서울대 한국어

Student's Book

서울대학교 언어교육원

EZ Korea 教材 12

首爾大學韓國語 4A

서울대 한국어 4A (Student's Book)

首爾大學韓國語 4A / 首爾大學語言教育院作 . -- 初版 . -- 臺北市 : 日月文化 , 2016.09
280 面 ; 19*26 公分 . -- (EZ Korea 教材 ;12)
ISBN 978-986-248-591-0 (平裝附光碟片)

1. 韓語 2. 讀本

803.28　　105014781

作　　者：首爾大學語言教育院
譯　　者：鄭乃瑋
責任編輯：陳靖婷
校　　對：陳靖婷、丁芷沂
封面設計：曾晏詩
內頁排版：健呈電腦排版股份有限公司

發 行 人：洪祺祥
副總經理：洪偉傑
副總編輯：曹仲堯
法律顧問：建大法律事務所
財務顧問：高威會計師事務所

出　　版：日月文化出版股份有限公司
製　　作：EZ 叢書館
地　　址：臺北市信義路三段 151 號 8 樓
電　　話：(02)2708-5509
傳　　真：(02)2708-6157
客服信箱：service@heliopolis.com.tw
網　　址：www.heliopolis.com.tw
郵撥帳號：19716071 日月文化出版股份有限公司

總 經 銷：聯合發行股份有限公司
電　　話：(02)2917-8022
傳　　真：(02)2915-7212
印　　刷：禹利電子分色有限公司
初　　版：2016 年 09 月
初版 5 刷：2022 年 11 月
定　　價：550 元
I S B N：978-986-248-591-0

머리말 Preface

<서울대 한국어 4A Student's Book>은 한국어 성인 학습자를 위한 정규 과정용(약 200 시간) 한국어 교재 시리즈 중 네 번째 책이다. 이 책은 600 시간의 한국어 교육을 받았거나 그에 준하는 한국어 능력을 가진 성인 학습자들이 친숙한 사회적, 추상적 주제와 기본적 업무 수행에 필요한 기능을 익혀서 전반적인 사회 생활이 가능한 한국어 의사소통 능력을 기르도록 하는 데 목적이 있다. 본 책은 다음과 같은 특징을 가지고 있다.

첫째, 말하기 의사소통 능력 신장에 중점을 두되 구어 학습과 문어 학습이 긴밀하게 연계되도록 구성하였다. 이를 위해 어휘와 문법의 연습, 대화문 연습, 담화 구성 연습으로 이어지는 단계적 말하기 학습을 도입하여 언어 지식의 학습이 언어 사용 능력 습득으로 자연스럽게 전이되도록 하였다. 또한 읽고 말하기, 듣고 말하기, 읽고 쓰기 연습을 통해 구어와 문어의 통합적 학습이 이루어지도록 하였다.

둘째, 문어 사용 능력 학습을 강화함으로써 이러한 능력이 고급 과정으로 자연스럽게 이행될 수 있도록 하였다. 이를 위해 구어에 주로 사용되는 문법 항목은 말하기 연습에서, 문어에 주로 나타나는 문법 항목은 읽고 말하기 연습에서 각각 구별하여 제시함으로써 구어와 문어의 학습이 변별적으로 이루어지도록 하였다.

셋째, 듣기를 주제 중심의 듣기와 담화 기능 중심의 듣기로 나누어서 담화 구성 능력을 익힐 수 있도록 하였다. 이를 위해 듣기를 통해 조언하기, 결과 예상하기, 불만 표현하기, 의견 제시하기 등의 담화 기능이 포함된 구어 텍스트를 이해하고 담화 기능 표현을 익혀서 들은 후 말하기 과제에서 사용하도록 하였다.

넷째, 실제적인 과제를 수행하는 과정에서 학습한 언어 지식을 충분히 활용하고 학습자 간 유의미한 상호작용이 활발하게 이루어지도록 구성하였다. 다양한 유형의 과제를 제시하고 필요한 경우 활동지를 별도로 제공하였다.

다섯째, 어휘 및 문법, 발음 학습이 체계적으로 이루어지도록 구성하였다. 어휘는 각 과의 주제와 연계하여 의미장을 중심으로 제시함으로써 효율적인 어휘 학습이 가능하게 하였다. 또한 문법 항목의 의미와 용법에 대한 핵심적인 기술을 예문과 함께 제시함으로써 종래 한국어 교재에 부족했던 문법 기술 부분을 보강하고자 하였다. 이를 위해 문법 해설을 부록에 별도로 제공하여 목표 문법에 대한 학습자의 이해를 도울 수 있게 하였다. 발음은 해당 과와 관련된 음운 규칙, 억양 등을 연습하여 발음의 정확성 및 유창성을 익히도록 하였다.

여섯째, 문화 영역 학습이 수업에서 원활하게 이루어질 수 있도록 구성하였다. 이를 위해 그림, 사진 등의 시각 자료를 활용하거나 학습자의 숙달도가 고려된 간략한 설명으로 한국 문화 정보를 제시하였다. 또한 문화 상호주의적 관점에서 학습자 간 문화에 대해서 공유하는 기회를 가지도록 하였으며, 한국 문화에 대한 심화된 이해를 돕기 위해 부록에 문화 해설을 별도로 제시하였다.

일곱째, 말하기 대화문, 듣기, 발음 자료가 담긴 MP3 CD를 함께 제공하여 수업용으로뿐만 아니라 자율 학습용으로도 사용하도록 하였다.

여덟째, 영어 번역을 병기하여 영어권 학습자의 빠른 의미 이해가 가능하도록 하였다. 읽고 쓰기, 문법 해설, 문화 해설 등에 번역문을 함께 제공하였으며 주제 어휘 및 새 단어 등에도 번역을 병기하였다.

아홉째, 사진, 삽화 등의 시각 자료를 풍부하게 제공하여 실제적이고 흥미 있는 학습이 가능하도록 하였다. 내용을 이해하는 데 도움이 되는 시각 자료를 통해 의미와 상황을 정확하게 전달하고 학습자의 흥미를 유발함으로써 학습 효과를 높이고자 하였다.

이 책이 완성되기까지 많은 분들의 노력과 수고가 있었다. 무엇보다도 오랜 기간에 걸쳐 집필 및 출판 과정에 참여한 교재개발위원회 선생님들의 헌신으로 책이 만들어질 수 있었다. 또한 직접 수업에서 사용하면서 꼼꼼하게 수정해 주신 서울대학교 한국어교육센터의 여러 선생님들과 정확한 발음으로 녹음을 해 주신 성우 임채현, 윤미나 선생님의 노고에 감사를 드린다. 아울러 책이 출판되기까지 오랜 기간 동안 작업을 도와주신 투판즈의 사장님과 도현정 부장님, 박형만 편집팀장님, 양승주 대리님을 비롯한 편집진 여러분께도 고마운 마음을 전한다.

2015. 11.

서울대학교 언어교육원

원장 전 영 철

院長的話

《首爾大學韓國語 4A Student's Book》是專為成人韓語學習者所制定的韓語正規課程系列教材中的第 4 冊。我們希望透過本書讓已修習 600 小時韓語課程，或具有與該課程時數相當之韓語能力的學習者，得以活用語言組織與使用能力，將其運用於平常所熟知的社會議題，並培養得以運用於基本社會生活的韓語溝通能力。本書具有下列特點。

第一，本書將重點擺在會話溝通能力，並將口語及書面語的學習做緊密的結合。為此，本書導入單字與文法練習、對話練習、談話架構練習等階段性的口說訓練，協助讀者自然地運用學到的語言知識。此外，透過閱讀與會話、聽力與會話、閱讀與寫作，讓口語和書面語得以全面學習。

第二，本書將加強學習書面語，幫助學習者銜接高級課程。為達成此目標，書中將口語經常使用的文法放在會話練習中，書面語經常使用的文法則放在閱讀與會話中，讓口語和書面語的練習分別進行。

第三，將聽力分為主題聽力和對話聽力，讓學習者熟悉對話。透過聽力，可以熟悉提出建議、預測結果、表達不滿、提出建議等主題的用語，亦能提升口語表達，並運用於會話練習中。

第四，在實際的教學現場使用本書，可讓學習者充分活用學到的語言知識，促進學習者之間的互動。書中收錄多種課堂活動，在必要的情況下，亦額外提供活動學習單。

第五，本書亦針對單字、文法與發音學習進行系統化的編排。單字和每課的主題有關，提升讀者的學習效果。再精準說明文法意義及用法，搭配例句演練，彌補其他教材在這方面的不足。為此，本書附錄亦提供文法解說，幫助讀者理解重點文法。發音則讓讀者練習與該課相關的單音、音韻規則、語調等，使讀者學會如何正確且流暢地發音。

第六，方便教師於課堂上進行文化教學，本書採用圖片、照片等視覺資料，或提供符合學習者熟練度的簡單說明，介紹韓國文化資訊。此外，從文化交流觀點出發，也提供學習者分享文化體驗的機會；同時為加深學習者對韓國文化的了解，在本書最後的附錄亦有文化解說。

第七，提供收錄會話對話文句、聽力、發音等音檔的 MP3 CD，不僅限於課堂上，就連自我學習時也可以使用。

第八，本書採韓英對照，讓英語圈讀者可快速理解吸收。書中會話、閱讀與寫作、文法解說、文化解說等單元亦有提供翻譯，各大標題、新單字等皆以韓英對照方式呈現。

（中文版為單字、會話、文法說明例句為中、韓對照，課文指示及標題替換為中文。）

第九，提供照片、插畫等豐富的視覺資料，增添學習樂趣。視覺資料可幫助讀者理解內容，傳達正確的意義和情境，並刺激讀者的學習興趣，提升學習效果。

本書的出版，有賴許多人的努力與付出。其中，多虧教材開發委員會的老師們投入編撰及出版的漫長過程，才得以完成此書。另外還要感謝於課程講授過程中，親自使用本系列教材，並細心給予修正意見的首爾大學韓國語教育中心老師們，還有為本書錄製準確發音的林采憲、尹美娜配音老師的辛勞。同時也要感謝 TWO PONDS 出版公司的老闆與陶賢貞部長，以及包含朴炯萬編輯組長與宋率奈代理在內的編輯團隊，在本書出版之前，長期所給予的協助。

2015.11.

首爾大學語言教育院

院長 **全永鐵**

일러두기 本書使用方法

《首爾大學韓國語 4A Student's Book》共有 1~9 課 ，每課皆由「字彙練習」、「文法與表現 1・2」、「會話」、「閱讀與會話」、「聽力與會話」、「閱讀與寫作」、「課堂活動」、「文化漫步」、「發音」、「自我評量」等單元構成，每課均有 8 小時的授課分量，詳細內容請看下方說明。

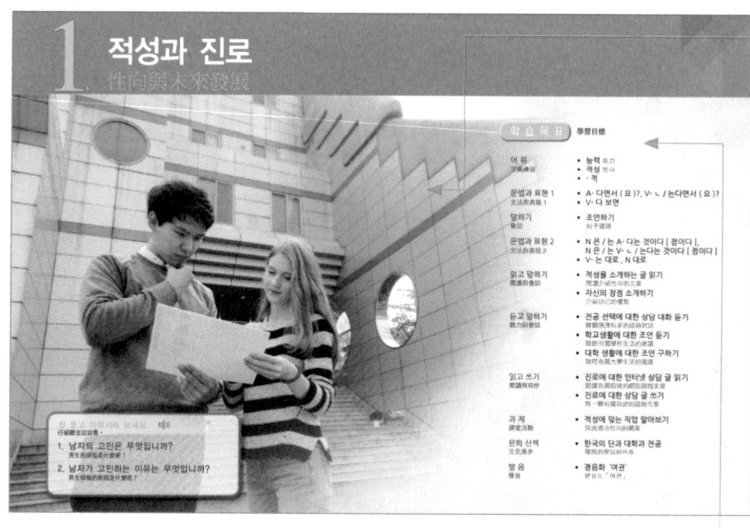

透過圖片描述課程主題與相關狀況，讓學習者得以準備即將學習的內容。

● 학습 목표 學習目標

提供各領域的學習目標和內容。

일러두기 本書使用方法

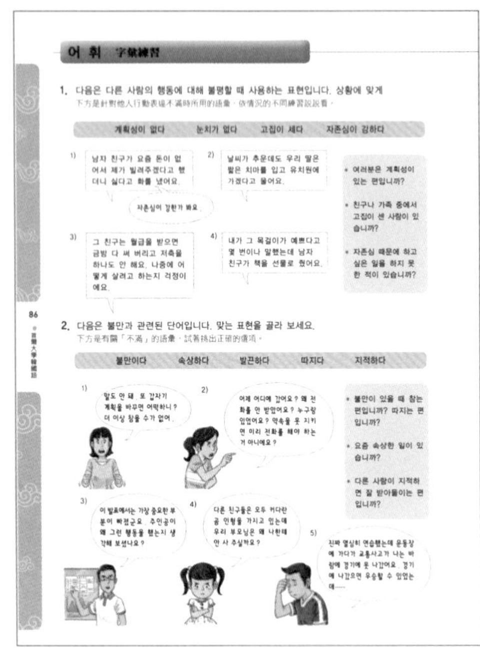

어 휘 字彙練習

1. 다음은 다른 사람의 행동에 대해 불평할 때 사용하는 표현입니다. 상황에 맞게
下方是針對他人行動表達不滿時所用的語彙，依情況的不同練習說說看。

계획성이 없다　눈치가 없다　고집이 세다　자존심이 강하다

1) 남자 친구가 요즘 돈이 없어서 제가 빌려주겠다고 했더니 싫다고 화를 냈어요.
자존심이 강한가 봐요.

2) 날씨가 추운데도 우리 딸은 짧은 치마를 입고 유치원에 가겠다고 울어요.

3) 그 친구는 월급을 받으면 금방 다 써 버리고 저축을 하나도 안 해요. 나중에 어떻게 살려고 하는지 걱정이에요.

4) 내가 그 목걸이가 예쁘다고 몇 번이나 말했는데 남자 친구가 책을 선물로 줬어요.

- 여러분은 계획성이 있는 편입니까?
- 친구나 가족 중에서 고집이 센 사람이 있습니까?
- 자존심 때문에 하고 싶은 일을 하지 못한 적이 있습니까?

86

2. 다음은 불만과 관련된 단어입니다. 맞는 표현을 골라 보세요.
下方是有關「不滿」的語彙，試著挑出正確的選項。

불만이다　속상하다　발끈하다　따지다　지적하다

- 불만이 있을 때 참는 편입니까? 따지는 편입니까?
- 요즘 속상한 일이 있습니까?
- 다른 사람이 지적하면 잘 받아들이는 편입니까?

●어휘 字彙練習

以重點單字先進行「字彙練習」，藉由圖片或情境對話供學生推測單字的意思，進而達到幫助理解和增強記憶的效果。此外，也會以問題導出和主題相關的會話，方便進行口語練習。

문법과 표현 1 文法與表現1　文法解說 p. 228-229

1. A/V-기는(요) 哪裡會…、哪有…

A 유진 씨는 교포니까 한국어 공부가 별로 안 어렵겠어요.
B 안 어렵기는요. 문법이 어려워서 매일 2시간씩 공부해야 해요.

A 친구한테 들었는데 노래를 잘한다면서?
B 잘하기는. 그냥 못 부른다는 소리는 안 들을 정도야.

연습 친구들과 서로 칭찬하고 대답해 보세요.
練習 試著和朋友相互稱讚並回應。

128

교포 僑胞

●문법과 표현 1 文法與表現1

收錄口語中常用的文法與表達，分為「對話範例」與「相關練習」兩部分。

・若看到 ⊙ 文法解說標誌，可翻至附錄【文法解說】查閱詳細說明。

對話範例

運用重點文法的典型對話實例。

單字補充

若出現本課範圍外的單字，於該頁的最下方皆有單字提示，千萬不要忘了一起背起來唷！

練習

透過實際的練習，使學習者更加熟悉文法的使用。

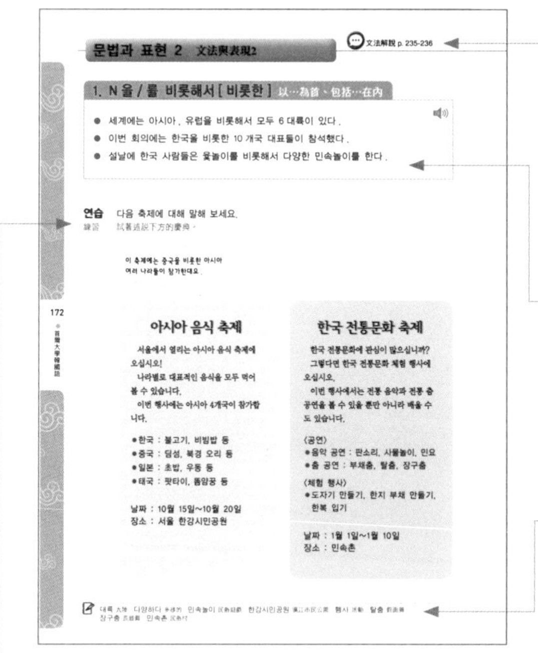

●문법과 표현 2 文法與表現2

收錄口語中常用的文法與表達，分為「對話範例」與「相關練習」兩部分。

・若看到 💬 文法解說標誌，可翻至附錄【文法解說】查閱詳細說明。

對話範例

運用重點文法的典型對話實例。

單字補充

若出現本課範圍外的單字，於該頁的最下方皆有單字提示，千萬不要忘了一起背起來唷！

練習

透過實際的練習，使學習者更加熟悉文法的使用。

일러두기 本書使用方法

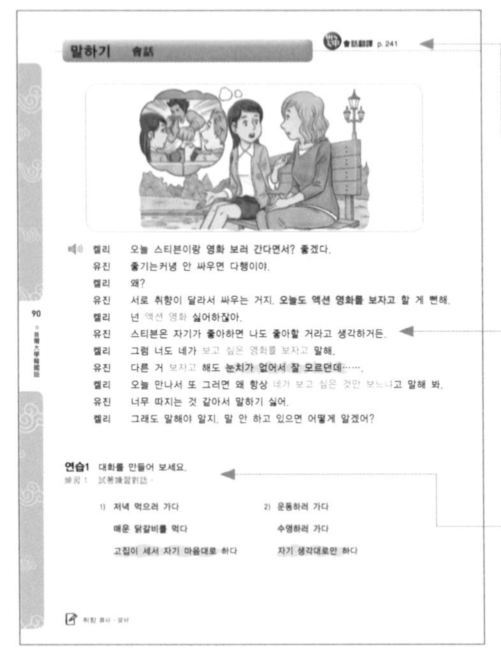

말하기 會話

會話翻譯 p. 241

켈리 오늘 스티븐이랑 영화 보러 간다면서? 좋겠다.
유진 좋기는커녕 안 싸우면 다행이야.
켈리 왜?
유진 서로 취향이 달라서 싸우는 거지. 오늘도 액션 영화를 보자고 할 게 뻔해.
켈리 넌 액션 영화 싫어하잖아.
유진 스티븐은 자기가 좋아하면 나도 좋아할 거라고 생각하거든.
켈리 그럼 너도 네가 보고 싶은 영화를 보자고 말해.
유진 다른 거 보자고 해도 눈치가 없어서 잘 모르던데…….
켈리 오늘 만나서 또 그러면 왜 항상 네가 보고 싶은 것만 보느냐고 말해 봐.
유진 너무 따지는 것 같아서 말하기 싫어.
켈리 그래도 말해야 알지. 말 안 하고 있으면 어떻게 알겠어?

연습1 대화를 만들어 보세요.
練習1 試著練習對話。

1) 저녁 먹으러 가다
매운 닭갈비를 먹다
고집이 세서 자기 마음대로 하다

2) 운동하러 가다
수영하러 가다
자기 생각대로만 하다

90

● 말하기 會話

分成「對話」、「交替練習」與「會話練習」三部分。

・若看到 會話翻譯標誌，可翻至附錄【翻譯】查閱中文翻譯。

對話

包含重點單字和重點文法的對話，使學習者能夠練習與日常生活情境相關的溝通技巧。

練習 1

透過套用色塊裡的單字，來熟悉每課的會話技巧。藍色文字部分請根據情境，自行替換。

연습2 다른 사람에 대한 불만을 이야기해 보세요.
練習2 說說看你對別人的不滿。

주말에 여자 친구랑 록 콘서트 보러 간다면서요? 좋겠어요.
좋기는커녕 싸우기만 할 게 뻔해요.
왜요?
저는 시끄러운 콘서트를 싫어하거든요.

1) 여자 친구와 주말에 콘서트 장에 가기로 했는데 저는 시끄러운 록 콘서트는 싫어합니다.

2) 남자 친구는 오늘 드라이브를 가자고 하는데 저는 막히는 시내에서 드라이브를 하고 싶지 않습니다.

91

第四課 男生與女生

練習 2

以原有對話為基礎，進行口語會話練習。

● 읽고 말하기 閱讀與會話

分成「閱讀」與「會話」兩部分。

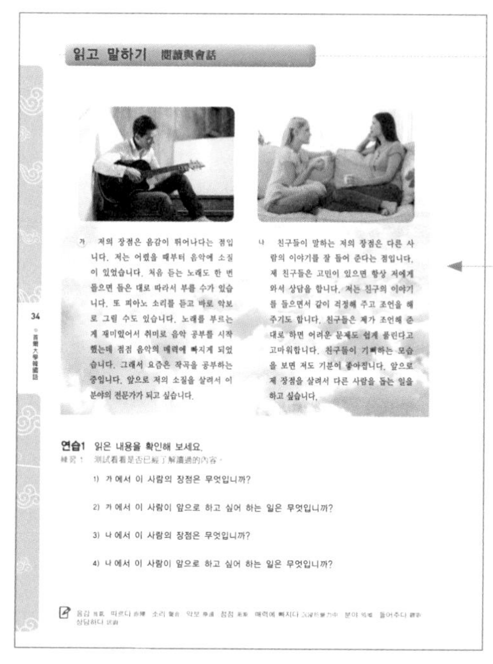

읽고 말하기 閱讀與會話

가 저의 장점은 음감이 뛰어나다는 점입니다. 저는 어렸을 때부터 음악에 소질이 있었습니다. 처음 듣는 노래도 한 번 들으면 들은 대로 따라서 부를 수가 있습니다. 또 피아노 소리를 듣고 바로 악보로 그릴 수도 있습니다. 노래를 부르는 게 재미있어서 취미로 음악 공부를 시작했는데 점점 음악의 매력에 빠지게 되었습니다. 그래서 요즘은 작곡을 공부하는 중입니다. 앞으로 저의 소질을 살려서 이 분야의 전문가가 되고 싶습니다.

나 친구들이 말하는 저의 장점은 다른 사람의 이야기를 잘 들어 준다는 점입니다. 제 친구들은 고민이 있으면 항상 저에게 와서 상담을 합니다. 저는 친구의 이야기를 들으면서 같이 걱정해 주고 조언을 해 주기도 합니다. 친구들은 제가 조언해 준 대로 하면 어려운 문제도 쉽게 풀린다고 고마워합니다. 친구들이 기뻐하는 모습을 보면 저도 기분이 좋아집니다. 앞으로 제 장점을 살려서 다른 사람을 돕는 일을 하고 싶습니다.

연습1 읽은 내용을 확인해 보세요.

練習1 測試看看是否已經了解讀過的內容。

1) 가 에서 이 사람의 장점은 무엇입니까?

2) 가 에서 이 사람이 앞으로 하고 싶어 하는 일은 무엇입니까?

3) 나 에서 이 사람의 장점은 무엇입니까?

4) 나 에서 이 사람이 앞으로 하고 싶어 하는 일은 무엇입니까?

34

閱讀

閱讀各種題材的短文，並回答問題。

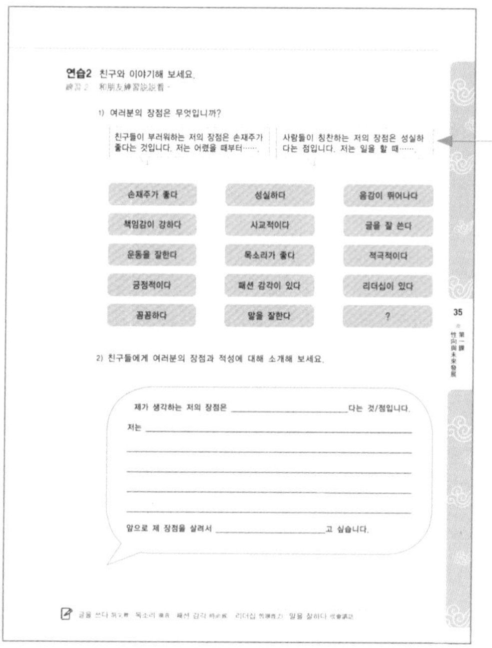

연습2 친구와 이야기해 보세요.

練習2 和朋友練習說說看。

1) 여러분의 장점은 무엇입니까?

친구들이 부러워하는 저의 장점은 손재주가 좋다는 것입니다. 저는 어렸을 때부터…….

사람들이 칭찬하는 저의 장점은 성실하다는 점입니다. 저는 일을 할 때…….

손재주가 좋다	성실하다	음감이 뛰어나다
책임감이 강하다	사교적이다	글을 잘 쓴다
운동을 잘한다	목소리가 좋다	적극적이다
긍정적이다	패션 감각이 있다	리더십이 있다
꼼꼼하다	말을 잘한다	?

2) 친구들에게 여러분의 장점과 적성에 대해 소개해 보세요.

제가 생각하는 저의 장점은 ____________ 다는 것/점입니다.

저는 ____________

앞으로 제 장점을 살려서 ____________ 고 싶습니다.

35

會話

閱讀文章後，練習和該主題相關的會話。

일러두기 本書使用方法

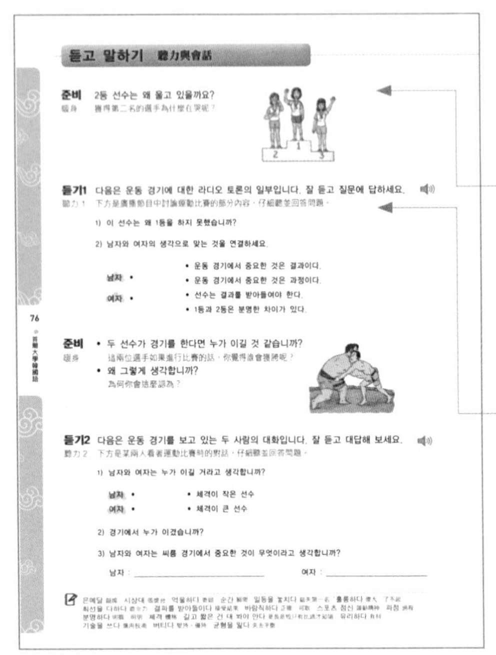

듣고 말하기 聽力與會話

준비 2등 선수는 왜 울고 있을까요?
暖身　獲得第二名的選手為什麼在哭呢？

듣기1 다음은 운동 경기에 대한 라디오 토론의 일부입니다. 잘 듣고 질문에 답하세요.
聽力 1　下方是廣播節目中討論運動比賽的部分內容，仔細聽並回答問題。

1) 이 선수는 왜 1등을 하지 못했습니까?

2) 남자와 여자의 생각으로 맞는 것을 연결하세요.

남자 •
여자 •

• 운동 경기에서 중요한 것은 결과이다.
• 운동 경기에서 중요한 것은 과정이다.
• 선수는 결과를 받아들여야 한다.
• 1등과 2등은 분명한 차이가 있다.

준비
• 두 선수가 경기를 한다면 누가 이길 것 같습니까?
暖身　這兩位選手如果進行比賽的話，你覺得誰會獲勝呢？
• 왜 그렇게 생각합니까?
為何你會這麼認為？

듣기2 다음은 운동 경기를 보고 있는 두 사람의 대화입니다. 잘 듣고 대답해 보세요.
聽力 2　下方是某兩人看著運動比賽時的對話，仔細聽並回答問題。

1) 남자와 여자는 누가 이길 거라고 생각합니까?

남자 •　　• 체격이 작은 선수
여자 •　　• 체격이 큰 선수

2) 경기에서 누가 이겼습니까?

3) 남자와 여자는 씨름 경기에서 중요한 것이 무엇이라고 생각합니까?

남자 : ________　여자 : ________

76 首爾大學韓國語

●듣고 말하기 聽力與會話

分成「暖身」、「聽力 1・2」與「會話」三部分。

暖身

在進入聽力練習前，提供學習者可以預測聽力內容的題目，及足以推測單字或表現等的圖片。

聽力

提供有關聽力內容的習題。

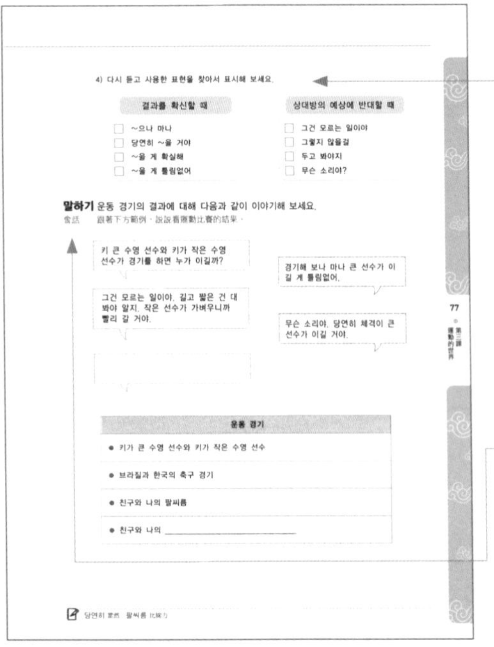

4) 다시 듣고 사용한 표현을 찾아서 표시해 보세요.

결과를 확신할 때	상대방의 예상에 반대할 때
□ ~으나 마나	□ 그건 모르는 일이야
□ 당연히 ~을 거야	□ 그렇지 않을걸
□ ~을 게 확실해	□ 두고 봐야지
□ ~을 게 틀림없어	□ 무슨 소리야?

말하기 운동 경기의 결과에 대해 다음과 같이 이야기해 보세요.
會話　跟著下方範例，說說看運動比賽的結果。

키 큰 수영 선수와 키가 작은 수영 선수가 경기를 하면 누가 이길까?

경기해 보나 마나 큰 선수가 이길 게 틀림없어.

그건 모르는 일이야. 길고 짧은 건 대 봐야 알지. 작은 선수가 가벼우니까 빨리 갈 거야.

무슨 소리야. 당연히 체격이 큰 선수가 이길 거야.

운동 경기
● 키가 큰 수영 선수와 키가 작은 수영 선수
● 브라질과 한국의 축구 경기
● 친구와 나의 팔씨름
● 친구와 나의 ________

당연히 當然　팔씨름 比腕力

77 第三課 運動的世界

表達練習

透過聽力中出現的表達來進行練習。

會話練習

聽力練習結束後，會有和聽力主題、技巧相關的會話內容與練習。

●읽고 쓰기 閱讀與寫作

分成「暖身」、「閱讀」與「寫作」三部分。

・若看到文章翻譯標誌，可翻至附錄【翻譯】查閱中文翻譯。

暖身

在進入閱讀練習前，先提供學習者可預測閱讀內容的題目，及足以推測單字或表現等圖片。

閱讀

提供符合學習者程度、生活化且多元的文章，以及簡單的閱讀測驗。

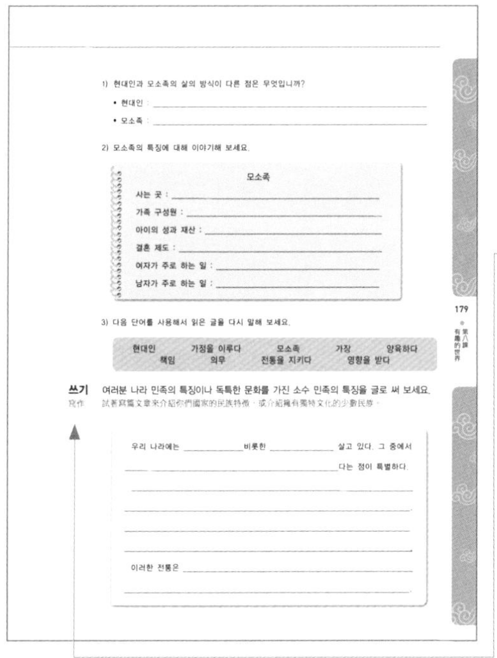

寫作

和閱讀文章類型相似的寫作練習。

일러두기 本書使用方法

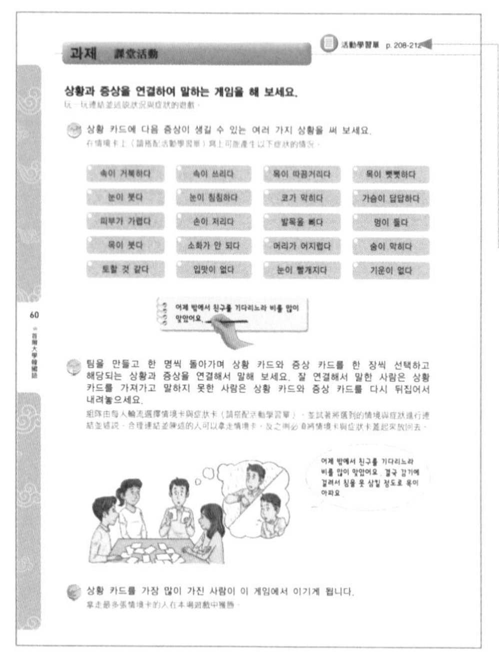

●과제 課堂活動

由 3～4 個階段的活動任務所組成，在活動的過程中，學習者透過互動活用單字與文法，進而提高語言使用的流暢性。

・若看到 活動學習單標誌，可依標示的頁碼，取得課堂活動學習單。

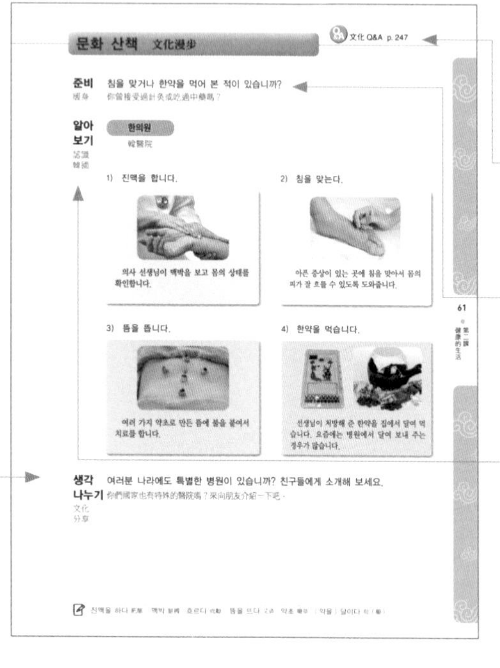

●문화 산책 文化漫步

分成「暖身」、「認識韓國」與「文化分享」三部分。

・若看到 文化Q&A標誌，可翻至附錄【文化Q&A】查閱關於本課文化主題的問答集。

暖身

提供和文化主題相關的題目、插畫與照片等內容。

認識韓國

提供和該課主題相關的韓國文化圖片或簡單說明。

文化分享

從文化交流的觀點上，讓學習者比較韓國文化與自己國家文化的不同。

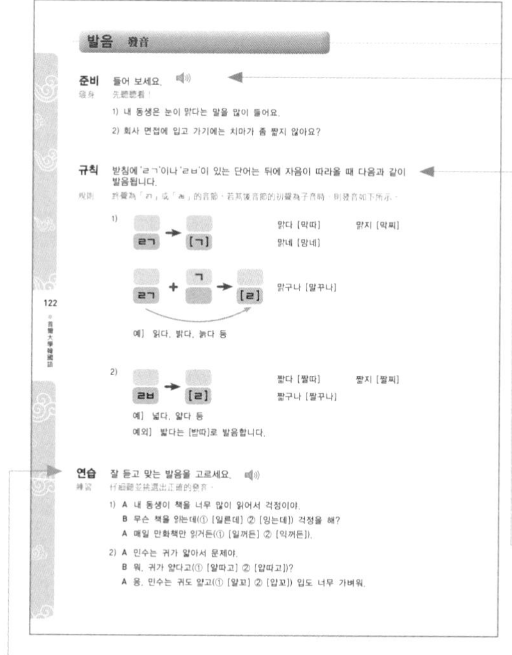

발음 發音

준비 들어 보세요.
暖身 先聽聽看！

1) 내 동생은 눈이 맑다는 말을 많이 들어요.
2) 회사 면접에 입고 가기에는 치마가 좀 짧지 않아요?

규칙 받침에 'ㄹㄱ'이나 'ㄹㅂ'이 있는 단어는 뒤에 자음이 따라올 때 다음과 같이 발음됩니다.
規則 終聲為「ㄺ」或「ㄼ」的音節，若其後音節的初聲為子音時，則發音如下所示。

1) ㄹㄱ → [ㄱ]　맑다 [막따]　맑지 [막찌]　맑네 [망네]

ㄹㄱ + ㄱ → [ㄹ]　맑구나 [말꾸나]

예] 읽다, 밝다, 늙다 등

2) ㄹㅂ → [ㄹ]　짧다 [짤따]　짧지 [짤찌]　짧구나 [짤꾸나]

예] 넓다, 얇다 등
예외] 밟다는 [밥따]로 발음합니다.

연습 잘 듣고 맞는 발음을 고르세요.
練習 仔細聽並挑選出正確的發音。

1) A 내 동생이 책을 너무 많이 읽어서 걱정이야.
B 무슨 책을 읽는데(① [일른데] ② [잉는데]) 걱정을 해?
A 매일 만화책만 읽거든(① [일꺼든] ② [익꺼든]).

2) A 민수는 귀가 얇아서 문제야.
B 뭐, 귀가 얇다고(① [얄따고] ② [얍따고])?
A 응, 민수는 귀도 얇고(① [얄꼬] ② [얍꼬]) 입도 너무 가벼워.

122

●발음 發音

分成三步驟。學習者可以練習和該課單字或文法相關的音韻現象。

暖身

先聽聽重點單字或句子，進而了解要學習的內容。

規則

將發音規則圖示化，使學習者能輕鬆了解。

練習

為了使學習者熟記規則，採取先聽再跟著複誦的練習方式。

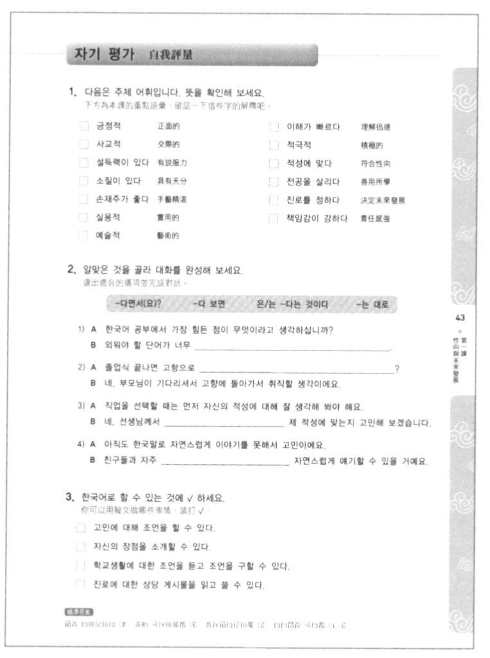

자기 평가 自我評量

1. 다음은 주제 어휘입니다. 뜻을 확인해 보세요.
下方為本課的重點語彙，確認一下這些字的解釋吧。

□ 긍정적	正面的	□ 이해가 빠르다	理解迅速
□ 사교적	交際的	□ 적극적	積極的
□ 설득력이 있다	有說服力	□ 적성에 맞다	符合性向
□ 소질이 있다	具有天分	□ 전공을 살리다	善用所學
□ 손재주가 좋다	手藝精湛	□ 진로를 정하다	決定未來發展
□ 실용적	實用的	□ 책임감이 강하다	責任感強
□ 예술적	藝術的		

2. 알맞은 것을 골라 대화를 완성해 보세요.
選出適合的選項並完成對話。

-다면서(요)?　-다 보면　은/는 -다는 것이다　-는 대로

1) A 한국어 공부에서 가장 힘든 점이 무엇이라고 생각하십니까?
B 외워야 할 단어가 너무 ______________.

2) A 졸업식 끝나면 고향으로 ______________?
B 네. 부모님이 기다리셔서 고향에 돌아가서 취직할 생각이에요.

3) A 직업을 선택할 때는 먼저 자신의 적성에 대해 잘 생각해 봐야 해요.
B 네. 선생님께서 ______________ 제 적성에 맞는지 고민해 보겠습니다.

4) A 아직도 한국말로 자연스럽게 이야기를 못해서 고민이에요.
B 친구들과 자주 ______________ 자연스럽게 얘기할 수 있을 거예요.

3. 한국어로 할 수 있는 것에 ✓ 하세요.
你可以用韓文做哪些事情，請打✓。

□ 고민에 대해 조언을 할 수 있다.
□ 자신의 장점을 소개할 수 있다.
□ 학교생활에 대한 조언을 듣고 조언을 구할 수 있다.
□ 진로에 대한 상담 게시물을 읽고 쓸 수 있다.

43

● 자기 평가 自我評量

以單字和文法為中心，讓學習者得以檢測自我學習進度與吸收程度。

일러두기 本書使用方法

● 부록 附錄

分成「活動學習單」、「文法解說」、「翻譯」、「文化 Q&A」、「聽力原文」、「課堂活動導引」、「標準答案」與「單字索引」八部分。

활동지 活動學習單

第1課 課堂活動 職業卡

의사 doctor	간호사 nurse	통역사 interpreter	건축 설계사 architect
운동선수 athlete	연구원 researcher	자동차 기술자 mechanic	사회학자 sociologist
약사 pharmacist	미용사 hairdresser	소설가 novelist	유치원 교사 kindergarten teacher
초중고 교사 school teacher	경찰관 police officer	항공기 승무원 flight attendant	도서관 사서 librarian
소방관 firefighter	종교 지도자 religious leader	과학자 scientist	군인 soldier
컴퓨터 프로그래머 computer programmer	회계사 accountant	배우 actor	방송 기자 [illegible]
외교관 diplomat	사진 작가 photographer	출판물 편집자 editor	여행 상품 개발자 tour planner
방송 연출가 program director	항공기 조종사 pilot	패션 디자이너 fashion designer	영양사 nutritionist
아나운서 announcer	상담가 counselor	은행원 bank clerk	농부 farmer
사무직 공무원 public officer	정치가 politician	심리학자 psychologist	컴퓨터 보안 전문가 computer security professional
변호사 lawyer	비서 secretary	광고 기획자 advertisement planner	영화감독 film director
만화가 cartoonist	선장 captain	증권 분석가 security analyst	경영인 CEO

活動學習單

提供練習或課堂活動等所需要的活動學習單。

문법 해설 文法解說

第1課

文法解說

針對每課「文法與表現」中所學習的文法進行解說，提供文法意義及功能、和不同詞類結合的變化、豐富的例句和使用上需注意的事項等，進而提升學習者對文法的理解，減少錯誤的產生。

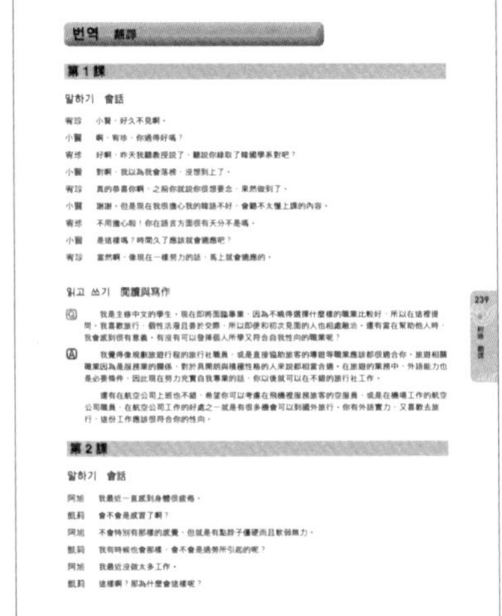

번역 翻譯

第1課

翻譯

為幫助學習者理解，本書提供「會話」與「閱讀與寫作」的翻譯。

文化 Q&A

搭配「文法漫步」單元，讓學習者可以了解更多韓國文化小常識。

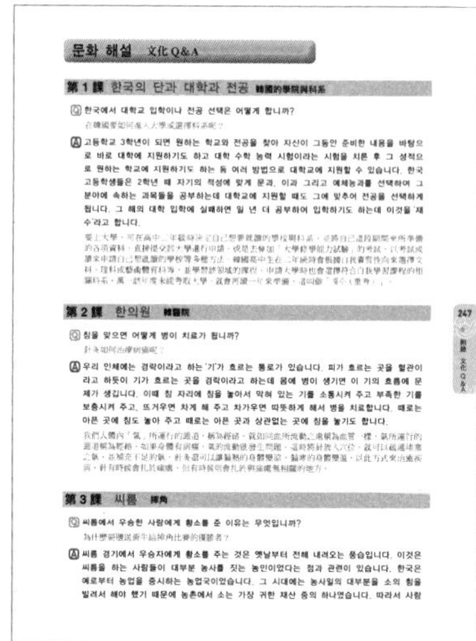

문화 해설 文化Q&A

第1課 한국의 단과 대학과 전공

Ⓠ 한국에서 대학교 입학이나 전공 선택은 어떻게 합니까?

Ⓐ 고등학교 3학년이 되면 원하는 학교와 전공을 찾아 자신이 그동안 준비한 내용을 바탕으로 바로 대학에 지원하기도 하고 대학 수학 능력 시험이라는 시험을 치른 후 그 성적으로 원하는 학교에 지원하기도 하는 등 여러 방법으로 대학교에 지원할 수 있습니다. 한국 고등학생들은 2학년 때 자기의 적성에 맞게 문과, 이과 그리고 예체능과를 선택하여 그 분야에 속하는 과목들을 공부하는데 대학교에 지원할 때도 그에 맞추어 전공을 선택하게 됩니다. 그 해의 대학 입학에 실패하면 일 년 더 공부하여 입학하기도 하는데 이것을 '재수'라고 합니다.

第2課 한의원

Ⓠ 침을 맞으면 어떻게 병이 치료가 됩니까?

針灸如何治療病痛呢？

Ⓐ 우리 인체에는 경락이라고 하는 '기'가 흐르는 통로가 있습니다. 피가 흐르는 곳을 혈관이라고 하듯이 기가 흐르는 곳을 경락이라고 하는데 몸에 병이 생기면 이 기의 흐름에 문제가 생깁니다. 이때 침 자리에 침을 놓아서 막혀 있는 기를 소통시켜 주고 부족한 기를 보충시켜 주고, 뜨거우면 차게 해 주고 차가우면 따뜻하게 해서 병을 치료합니다. 때로는 아픈 곳에 침도 놓아 주고 때로는 아픈 곳과 상관없는 곳에 침을 놓기도 합니다.

第3課 씨름

Ⓠ 씨름에서 우승한 사람에게 황소를 준 이유는 무엇입니까?

為什麼要贈送黃牛給摔角比賽的優勝者？

Ⓐ 씨름 경기에서 우승자에게 황소를 주는 것은 옛날부터 전해 내려오는 풍습입니다. 이것은 씨름을 하는 사람들이 대부분 농사를 짓는 농민이었다는 점과 관련이 있습니다. 한국은 예로부터 농업을 중시하는 농업국이었습니다. 그 시대에는 농사일의 대부분을 소의 힘을 빌려서 해야 했기 때문에 농촌에서 소는 가장 귀한 재산 중의 하나였습니다. 따라서 사람

247 附錄 文化Q&A

聽力原文

提供「仔細聽並說說看」和「聽力與會話」部分的聽力原文。

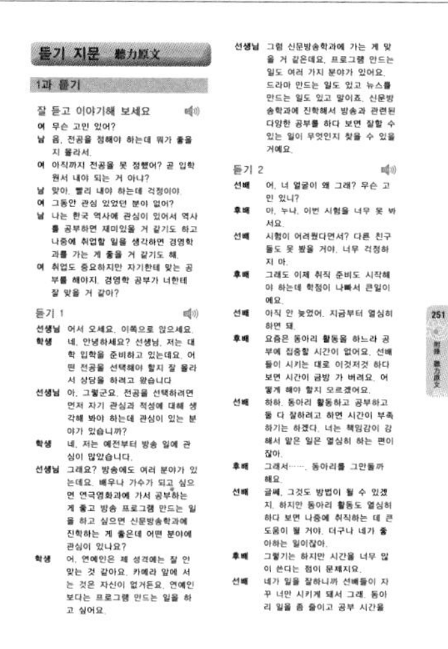

듣기 지문 聽力原文

1과 듣기

잘 듣고 이야기해 보세요

여 무슨 고민 있어?
남 음, 전공을 정해야 하는데 뭐가 좋을지 몰라서.
여 아직까지 전공을 못 정했어? 곧 입학원서 내야 되는 거 아니?
남 맞아. 빨리 내야 하는데 걱정이야.
여 그동안 관심 있었던 분야 없어?
남 나는 한국 역사에 관심이 있어서 역사를 공부하면 재미있을 거 같기도 하고 나중에 취업할 일을 생각하면 경영학과를 가는 게 좋을 거 같기도 해.
여 취업도 중요하지만 자기한테 맞는 공부를 해야지. 경영학 공부가 너한테 잘 맞을 거 같아?

듣기 1

선생님 어서 오세요. 이쪽으로 앉으세요.
학생 네. 안녕하세요? 선생님. 저는 대학 입학을 준비하고 있는데요. 어떤 전공을 선택해야 할지 잘 몰라서 상담을 하려고 왔습니다
선생님 아. 그렇군요. 전공을 선택하려면 먼저 자기 관심과 적성에 대해 생각해 봐야 하는데 관심이 있는 분야가 있습니까?
학생 네. 저는 예전부터 방송 일에 관심이 많았습니다.
선생님 그래요? 방송에도 여러 분야가 있는데요. 배우나 가수가 되고 싶으면 연극영화과에 가서 공부하는 게 좋고 방송 프로그램 만드는 일을 하고 싶으면 신문방송학과에 진학하는 게 좋은데 어떤 분야에 관심이 있나요?
학생 어. 연예인은 제 성격에는 잘 안 맞는 것 같아요. 카메라 앞에 서는 것은 자신이 없거든요. 연예인보다는 프로그램 만드는 일을 하고 싶어요.
선생님 그럼 신문방송학과에 가는 게 맞을 거 같은데요. 프로그램 만드는 일도 여러 가지 분야가 있어요. 드라마 만드는 일도 있고 뉴스를 만드는 일도 있고 말이죠. 신문방송학과에 진학해서 방송과 관련된 다양한 공부를 하다 보면 잘할 수 있는 일이 무엇인지 찾을 수 있을 거예요.

듣기 2

선배 어. 너 얼굴이 왜 그래? 무슨 고민 있니?
후배 아. 누나. 이번 시험을 너무 못 봐서요.
선배 시험이 어려웠다면서? 다른 친구들도 못 봤을 거야. 너무 걱정하지 마.
후배 그래도 이제 취직 준비도 시작해야 하는데 학점이 나빠서 큰일이에요.
선배 아직 안 늦었어. 지금부터 열심히 하면 돼.
후배 요즘은 동아리 활동을 하느라 공부에 집중할 시간이 없어요. 선배들이 시키는 대로 이것저것 하다 보면 시간이 금방 가 버려요. 어떻게 해야 할지 모르겠어요.
선배 하하. 동아리 활동하고 공부하고 둘 다 잘하려고 하면 시간이 부족하기는 하겠다. 너는 책임감이 강해서 맡은 일은 열심히 하는 편이잖아.
후배 그래서……. 동아리를 그만둘까 해요.
선배 글쎄. 그것도 방법이 될 수 있겠지. 하지만 동아리 활동도 열심히 하다 보면 나중에 취직하는 데 큰 도움이 될 거야. 더구나 네가 좋아하는 일이잖아.
후배 그렇기는 하지만 시간을 너무 많이 쓴다는 점이 문제지요.
선배 네가 일을 잘하니까 선배들이 자꾸 너만 시키게 돼서 그래. 동아리 일을 좀 줄이고 공부 시간을

251 附錄 聽力原文

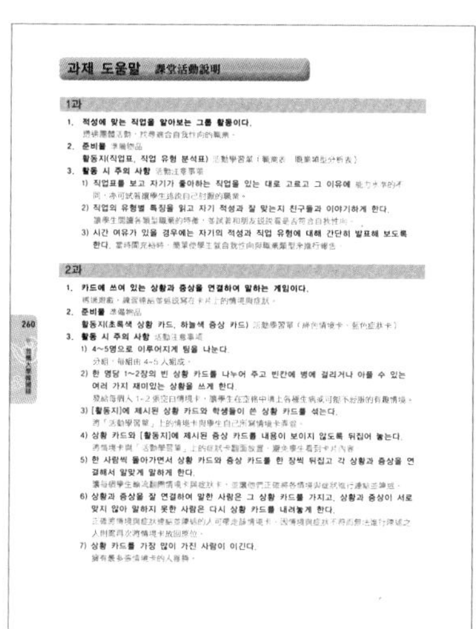

과제 도움말 課堂活動說明

1과

1. 적성에 맞는 직업을 알아보는 그룹 활동이다.
2. 준비물
   활동지(직업표, 직업 유형 분석표)
3. 활동 시 주의 사항
   1) 직업표를 보고 자기가 좋아하는 직업을 있는 대로 고르고 그 이유에
   2) 직업의 유형별 특징을 읽고 자기 적성과 잘 맞는지 친구들과 이야기하게 한다.
   3) 시간 여유가 있을 경우에는 자기의 적성과 직업 유형에 대해 간단히 발표해 보도록 한다.

2과

1. 카드에 쓰여 있는 상황과 증상을 연결하여 말하는 게임이다.
2. 준비물
   활동지(초록색 상황 카드, 하늘색 증상 카드)
3. 활동 시 주의 사항
   1) 4~5명으로 이루어지게 팀을 나눈다.
      分組，每組由 4~5 人組成。
   2) 한 명당 1~2장의 빈 상황 카드를 나누어 주고 빈칸에 병에 걸리거나 아플 수 있는 여러 가지 재미있는 상황을 쓰게 한다.
   3) [활동지]에 제시된 상황 카드와 학생들이 쓴 상황 카드를 섞는다.
   4) 상황 카드와 [활동지]에 제시된 증상 카드를 내용이 보이지 않도록 뒤집어 놓는다.
   5) 한 사람씩 돌아가면서 상황 카드와 증상 카드를 한 장씩 뒤집고 각 상황과 증상을 연결해서 알맞게 말하게 한다.
   6) 상황과 증상을 잘 연결하여 말한 사람은 그 상황 카드를 가지고, 상황과 증상이 서로 맞지 않아 말하지 못한 사람은 다시 상황 카드를 내려놓게 한다.
   7) 상황 카드를 가장 많이 가진 사람이 이긴다.
      擁有最多張情境卡的人獲勝。

260

課堂活動導引

提供進行課堂活動的方式，供教師參考。

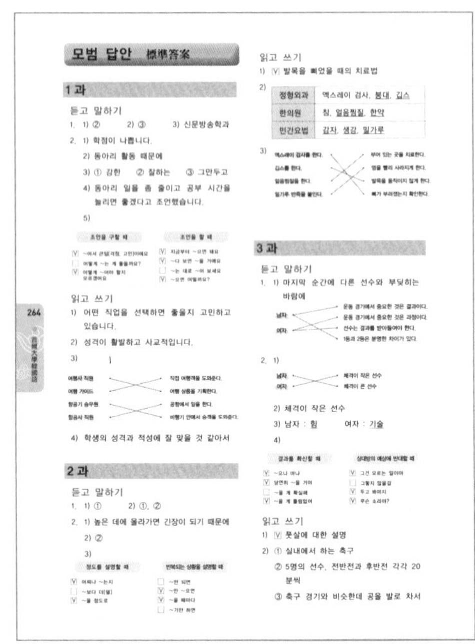

모범 답안 標準答案

1과

듣고 말하기

1. 1) ② 2) ③ 3) 신문방송학과
2. 1) 학점이 나쁩니다.
   2) 동아리 활동 때문에
   3) ① 강한 ② 잘하는 ③ 그만두고
   4) 동아리 일을 좀 줄이고 공부 시간을 늘리면 좋겠다고 조언했습니다.
   5)

읽고 쓰기

1) 어떤 직업을 선택하면 좋을지 고민하고 있습니다.
2) 성격이 활발하고 사교적입니다.
3)

여행사 직원 / 여행 가이드 / 항공기 승무원 / 항공사 직원
직접 여행객을 도와준다. / 여행 상품을 기획한다. / 공항에서 일을 한다. / 비행기 안에서 승객을 도와준다.

4) 학생의 성격과 적성에 잘 맞을 것 같아서

2과

듣고 말하기

1. 1) ① 2) ①, ②
2. 1) 높은 데에 올라가면 긴장이 되기 때문에
   2) ②
   3)

읽고 쓰기

1) [V] 발목을 삐었을 때의 치료법
2)

정형외과	엑스레이 검사, 붕대, 깁스
한의원	침, 얼음찜질, 한약
민간요법	감자, 생강, 밀가루

3) 엑스레이 검사를 한다. / 깁스를 한다. / 얼음찜질을 한다. / 밀가루 반죽을 붙인다.
부어 있는 곳을 치료한다. / 열을 빨리 사라지게 한다. / 발목을 움직이지 않게 한다. / 뼈가 부러졌는지 확인한다.

3과

듣고 말하기

1. 1) 마지막 순간에 다른 선수와 부딪히는 바람에

남자 / 여자
운동 경기에서 중요한 것은 결과이다. / 운동 경기에서 중요한 것은 과정이다. / 선수는 결과를 받아들여야 한다. / 1등과 2등은 분명한 차이가 있다.

2. 1)

남자 / 여자
체격이 작은 선수 / 체격이 큰 선수

   2) 체격이 작은 선수
   3) 남자 : 힘 여자 : 기술
   4)

읽고 쓰기

1) [V] 풋살에 대한 설명
2) ① 실내에서 하는 축구
   ② 5명의 선수, 전반전과 후반전 각각 20분씩
   ③ 축구 경기와 비슷한데 공을 발로 차서

264 首爾大學韓國語

標準答案

提供每課「聽力與會話」、「閱讀與寫作」的正確解答。

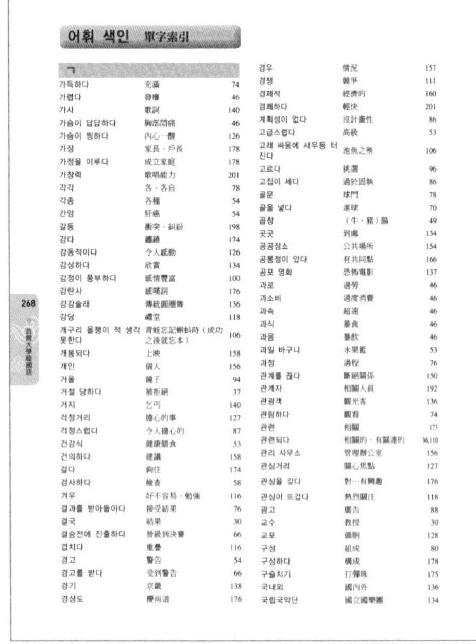

어휘 색인 單字索引

ㄱ

268 首爾大學韓國語

單字索引

按字母順序整理教材中出現的所有單字。

차례 目錄

교재 구성표 課程大綱

單元	會話	閱讀與會話	聽力與會話	閱讀與寫作
第 1 課 性向與未來發展	• 給予建議	• 閱讀介紹性向的文章 • 介紹自己的優點	**聽力：** • 聽聽選擇科系的諮詢對話 • 聽聽有關學校生活的建議 **會話：** • 詢問有關大學生活的建議	• 閱讀有關前途的網路諮詢文章 • 寫一篇有關前途的諮詢文章
第 2 課 健康的生活	• 說明症狀	• 閱讀警告的文章 • 述說警告的話	**聽力：** • 聽聽打到 119 的諮詢電話 • 聽聽有關症狀的對話 **會話：** • 說明特殊情況中的症狀	• 閱讀各種治療方法的報導 • 寫一篇介紹民俗療法的文章
第 3 課 運動的世界	• 說明比賽結果	• 閱讀介紹比賽場地的文章 • 介紹比賽場地	**聽力：** • 聽聽有關選手態度的對話 • 聽聽預測比賽結果的對話 **會話：** • 預測比賽結果	• 閱讀室內足球的說明 • 寫一篇文章介紹特殊的運動比賽
第 4 課 男生與女生	• 抱怨朋友	• 閱讀比較男女差異的文章 • 比較男女差異並述說	**聽力：** • 聽聽對異性行為的不滿 • 聽聽因意見不合而爭吵的對話 **會話：** • 強烈表達自我意見	• 閱讀以實驗結果為依據，表達自我意見的文章 • 寫一篇分析實驗結果的文章

課堂活動	字彙練習	文法與表現	發音	文化漫步
• 探詢適合性向的職業	• 能力 • 性向 • – 적	• A– 다면서 (요)?, V– ㄴ / 는다면서 (요)? • V– 다 보면 • N 은 / 는 A– 다는 것이다 [점이다], N 은 / 는 V– ㄴ / 는다는 것이다 [점이다] • V– 는 대로 , N 대로	• 硬音化「여권」	• 韓國的學院與科系
• 說明符合病情症狀的遊戲	• 症狀 • – 과	• 어찌나 [얼마나] A–(으) ㄴ지 , 어찌나 [얼마나] V– 는지 • A/V–(으) ㄹ 정도로 , A/V–(으) ㄹ 정도이다 • V– 다가는 • A/V–(으) ㄹ 뿐만 아니라 , N 뿐만 아니라	• 硬音化「손가락」	• 韓醫院
• 制訂體育活動計畫	• 運動比賽 • 勝負與狀況	• V–(으) 나 마나 • V– 는 바람에 • N(이) 라는 N • N 에 비해 (서)	• 硬音化「바쁠걸요」	• 摔角
• 討論男女之間是否存在差異	• 態度與不滿 • 能力 • – 스럽다	• A/V– 기는커녕 , N 은 / 는커녕 • A/V–(으) ㄹ 게 뻔하다 • A–(으) ㄴ 반면 (에), V– 는 반면 (에) • A/V–(으) ㄹ 수밖에 없다	• 「–(으) ㄹ 게 뻔하다」的聲調	• 男女的職業

교재 구성표 課程大綱

單元	會話	閱讀與會話	聽力與會話	閱讀與寫作
第 5 課 **俗語與慣用語**	• 說明令人傷心之事	• 閱讀描述個性的文章 • 描述別人的個性	**聽力：** • 聽聽廣播信件 • 聽聽引用俗語來安慰他人的對話 **會話：** • 引用俗語來安慰他人	• 閱讀引用俗語的報導 • 寫一篇引用俗語的報導
第 6 課 **表演與慶典**	• 建議參加表演	• 閱讀介紹慶典的文章 • 介紹慶典	**聽力：** • 聽聽介紹慶典的新聞 • 聽聽觀看表演後的感想 **會話：** • 介紹表演並給予評價	• 閱讀觀看表演的心得 • 寫一篇觀看表演的心得
第 7 課 **正確與錯誤**	• 對電視劇的內容提出自我觀點	• 閱讀談論公共場合應有行徑的部落格文章 • 提出公共場合應有行徑的意見	**聽力：** • 聽聽管理委員會針對公寓噪音的公告廣播 • 聽聽有關公寓噪音的意見 **會話：** • 舉例並提出自我意見	• 閱讀有關電影院的建議 • 寫篇建議文章
第 8 課 **有趣的世界**	• 說明市場資訊	• 閱讀說明遊戲的文章 • 說明家鄉的遊戲	**聽力：** • 聽聽有關韓國方言的報告 • 聽聽報告之後的問答 **會話：** • 聽聽說明並進行問答	• 閱讀有關少數民族特徵的介紹 • 寫一篇文章介紹少數民族的特徵
第 9 課 **韓國的大眾文化**	• 炫耀自我經驗	• 閱讀人物資訊 • 介紹你喜歡的演藝人員	**聽力：** • 聽聽電視劇 • 聽聽採訪內容 **會話：** • 進行採訪	• 閱讀電視節目的介紹 • 寫一篇文章介紹電視節目

課堂活動	字彙練習	文法與表現	發音	文化漫步
• 用身體動作來表現的遊戲	• 俗語 • 慣用語	• A/V– 고 해서 • A– 다더니，V– ㄴ / 는다더니 • A/V– 기 마련이다 • V– 다 보니 (까)	• 雙收音「ㄺ」與「ㄼ」的發音	• 俗語中的主角
• 改寫阿里郎的歌詞	• 鑑賞 • 評價 • - 거리	• A/V– 기는 (요) • A/V– 든 (지) A/V– 든 (지), N(이) 든 (지) N(이) 든 (지) • N(이) 야말로 • 여간 A–(으) ㄴ 것이 아니다, 여간 V–는 것이 아니다, 여간 A/V 지 않다	• 「– 기는 요」的聲調	• 韓國的阿里郎
• 就既有主題陳述意見	• 意見 • 行動 • - 질	• A/V– 더라도 • A– 다고 보다，V– ㄴ / 는다고 보다 • V–(으) ㄴ 채 (로) • A–(으) ㄴ지 A–(으) ㄴ지，V– 는지 V– 는지	• 流音化「논란」	• 申聞鼓
• 撰寫報告	• 文化 • 特徵 • - 별	• V– 아다 (가)/ 어다 (가) • A– 다는 N, V– ㄴ / 는다는 N • N 을 / 를 비롯해서 [비롯한] • A/V–(으) 며	• 有氣音化「비롯해서」	• 濟州島的木柱門
• 介紹你喜歡的知名人士的作品	• 心情 • 作品說明 • - 히	• A/V– 거든 • A/V– 았더라면 / 었더라면 • A/V–(으) ㅁ • A–(으) ㄴ 듯하다，V– 는 듯하다	• 「– 거든」的聲調	• K-POP

등장인물 人物介紹

켈리 凱莉 (27)
澳洲
LEI學生、研究生

최정우 崔正宇 (23)
韓國
大學生

스티븐 史提芬 (23)
美國
LEI學生、大學生

SNU

박유진 朴宥珍 (23)
美國
大學生

샤오밍 小明 (21)
中國
LEI學生、大學生

히엔 小賢 (24)
越南
LEI學生

알리 阿里 (20)
沙烏地阿拉伯
LEI學生、大學生
마리코 麻里子 (30)
日本
LEI學生、家庭主婦
이지연 李智妍 (30)
韓國
家庭主婦
줄리앙 朱利安 (25)
法國
LEI學生、研究生
김민수 金民秀 (28)
韓國
上班族
아키라 阿旭 (28)
日本
LEI學生、上班族

1 적성과 진로
性向與未來發展

잘 듣고 이야기해 보세요. 02
仔細聽並說說看。

1. 남자의 고민은 무엇입니까?
   男生的煩惱是什麼呢？
2. 남자가 고민하는 이유는 무엇입니까?
   男生煩惱的原因是什麼呢？

학 습 목 표 學習目標

어 휘 字彙練習	• 능력 能力 • 적성 性向 • - 적
문법과 표현 1 文法與表現 1	• A- 다면서 (요)?, V- ㄴ / 는다면서 (요)? • V- 다 보면
말하기 會話	• 조언하기 給予建議
문법과 표현 2 文法與表現 2	• N 은 / 는 A- 다는 것이다 [점이다], N 은 / 는 V- ㄴ / 는다는 것이다 [점이다] • V- 는 대로 , N 대로
읽고 말하기 閱讀與會話	• 적성을 소개하는 글 읽기 閱讀介紹性向的文章 • 자신의 장점 소개하기 介紹自己的優點
듣고 말하기 聽力與會話	• 전공 선택에 대한 상담 대화 듣기 聽聽選擇科系的諮詢對話 • 학교생활에 대한 조언 듣기 聽聽有關學校生活的建議 • 대학 생활에 대한 조언 구하기 詢問有關大學生活的建議
읽고 쓰기 閱讀與寫作	• 진로에 대한 인터넷 상담 글 읽기 閱讀有關前途的網路諮詢文章 • 진로에 대한 상담 글 쓰기 寫一篇有關前途的諮詢文章
과 제 課堂活動	• 적성에 맞는 직업 알아보기 探詢適合性向的職業
문화 산책 文化漫步	• 한국의 단과 대학과 전공 韓國的學院與科系
발 음 發音	• 경음화 '여권' 硬音化「여권」

어 휘 字彙練習

1. 다음은 사람의 능력에 대한 표현입니다. 맞는 표현을 골라 보세요.
以下是有關個人能力的語彙，試著挑選出正確的答案。

손재주가 좋다　　이해가 빠르다　　설득력이 있다　　책임감이 강하다

1) 누구나 그 사람의 말을 들으면 '아, 그렇구나!'하고 그 말이 맞는다고 생각하게 된다. 설득력이 있다

2) 힘들고 어려워도 내가 맡은 일은 끝까지 해내야 한다고 생각한다. ____________

3) 조금 복잡하고 어려운 설명도 다른 사람보다 쉽게 무슨 뜻인지 금방 알 수 있다. ____________

4) 손으로 무엇을 만드는 일은 누구보다도 잘할 수 있다. ____________

- 손재주가 좋은 편입니까?
- 설득력이 있는 사람은 어떤 직업이 잘 어울릴까요?
- 책임감이 강하다는 말을 자주 듣습니까?

2. 다음은 진로와 적성에 대한 표현입니다. 질문에 맞는 답을 찾아보세요.
以下是有關未來發展與性向的語彙，請找出符合問題的答案。

소질이 있다　　적성에 맞다　　진로를 정하다　　전공을 살리다

1) 음악에 소질이 있는 아이는 누구입니까?

① 저는 피아노를 배운 적은 없는데 노래를 들으면 피아노로 칠 수 있어요.
② 저는 피아노를 배운 지 1년이 되었는데 아직 한 곡도 못 쳐요.

2) 적성에 맞는 일을 찾은 사람은 누구입니까?

① 저는 선생님인데 가르치는 일이 정말 재미있어요.
② 저는 의사인데 피를 보면 무서워요.

3) 진로를 아직 정하지 못한 학생은 누구입니까?

① 저는 노래하는 걸 좋아하기는 하지만 가수는 되기 싫은데요.
② 저는 수학을 잘하니까 수학자가 되려고 해요.

4) 전공을 잘 살려서 일하는 사람은 누구입니까?

① 저는 대학교에서 영어를 전공했는데 지금 패션 회사에서 일해요.
② 저는 체육학과를 졸업하고 지금 아이들에게 축구를 가르쳐요.

- 어릴 때 어떤 일에 소질이 있다는 말을 많이 들었습니까?
- 사람을 많이 만나는 일이 자기 적성에 맞는다고 생각하십니까?
- 진로를 정할 때 생각해야 할 것은 무엇입니까?

3. 알맞은 표현을 사용하여 학과 소개서를 완성해 보세요.
請使用合適的語彙來完成系所的介紹。

-적

예술적 실용적 사교적 적극적 긍정적

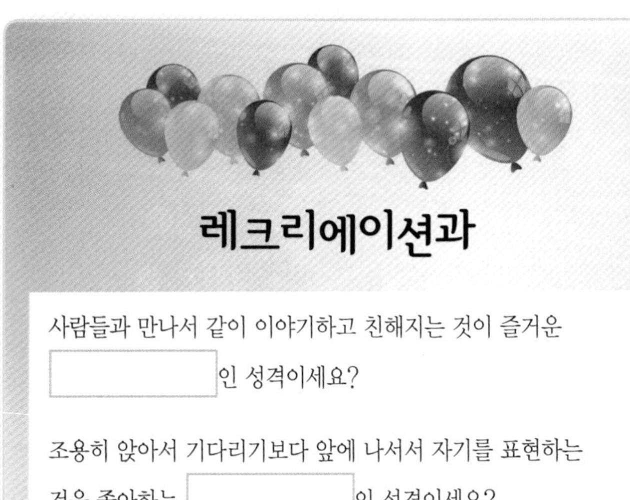

레크리에이션과

사람들과 만나서 같이 이야기하고 친해지는 것이 즐거운 ______인 성격이세요?

조용히 앉아서 기다리기보다 앞에 나서서 자기를 표현하는 것을 좋아하는 ______인 성격이세요?

항상 즐겁고 세상을 밝게 바라보는 ______인 사람들이 모이는 곳, 레크리에이션과로 오세요.

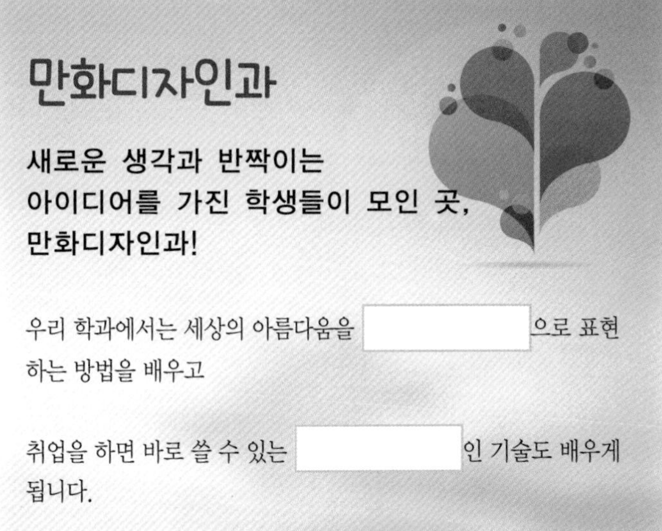

만화디자인과

새로운 생각과 반짝이는 아이디어를 가진 학생들이 모인 곳, 만화디자인과!

우리 학과에서는 세상의 아름다움을 ______으로 표현하는 방법을 배우고

취업을 하면 바로 쓸 수 있는 ______인 기술도 배우게 됩니다.

'-적'으로 만든 어휘는 다음과 같이 사용합니다.

예술적으로
예술적이다

- 자기의 성격이 사교적인 편입니까?
- 예술적인 재능은 노력으로 만들어질 수 있다고 생각합니까?
- 선물을 줄 때 실용적인 선물을 주는 편입니까? 어떤 선물이 실용적이라고 생각합니까?

문법과 표현 1 文法與表現1

文法解說 p. 215-216

1. A-다면서(요)?, V-ㄴ/는다면서(요)? 不是說…嗎？、不是聽說…嗎？

03

A 설악산은 단풍이 아름답다면서요?

B 네, 그래서 가을이면 관광객이 정말 많이 와요.

A 한국학과에 합격했다면서요?

B 네, 떨어질 줄 알았는데 붙었어요.

연습 친구의 고향에 대해 알고 있는 사실을 확인해 보세요.

練習 試著針對朋友的故鄉，確認你已經知道的事實。

히엔 씨 고향은 아름다운 해변으로 유명하다면서요?

네, 정말 아름다워요. 기회가 되면 한번 꼭 가 보세요.

유명한 장소 | 맛있는 음식 | 날씨

편리한 교통 | ?

한국학과 韓國學系 합격하다 錄取 떨어지다 落榜

2. V- 다 보면 持續…的話，就…

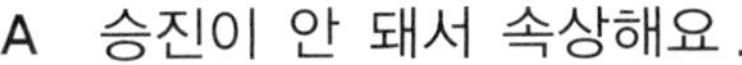
A 승진이 안 돼서 속상해요.

B 열심히 일하다 보면 좋은 기회가 생길 거예요.

A 한국어 발음이 너무 어려워요.

B 소리 내서 읽어 보세요. 큰 소리로 읽다 보면 발음이 좋아질 거예요.

연습 다음 상황에서 어떤 결과가 생길지 이야기해 보세요.

練習 說說看在下面的情況中會產生什麼樣的結果。

제 친구는 하루 종일 도서관에서 공부만 해요.

그렇게 열심히 공부하다 보면 언젠가는 크게 성공할 거예요.

그렇게 공부만 하다 보면 나중에는 친구가 다 없어질 수도 있어요.

제 남자 친구는 친구들에게 밥을 잘 사 주는 편이에요.

제 동생은 일 년에 서너 번씩 꼭 배낭여행을 가요.

우리 형은 시간이 날 때마다 암벽 등반을 해요.

우리 아버지는 참석해야 하는 모임이 아주 많아요.

기회 機會　소리를 내다 發出聲音　하루 종일 一整天　언젠가는 總有一天　성공하다 成功
나중에는 之後　서너 번 三四次　밥을 사다 請客

말하기 會話

번中 會話翻譯 p. 239

05

유진	히엔 씨, 오래간만이에요.
히엔	아, 유진 씨, 잘 지냈어요?
유진	네, 어제 교수님한테 들었는데 한국학과에 합격했다면서요?
히엔	네, 떨어질 줄 알았는데 붙었어요.
유진	정말 축하해요. 꼭 가고 싶어 하더니 결국 해냈군요.
히엔	고마워요. 하지만 한국어를 잘 못해서 강의를 잘 못 알아들을까 봐 고민이에요.
유진	걱정하지 마세요. 히엔 씨는 언어에 소질이 있잖아요.
히엔	그럴까요? 지내다 보면 적응하겠죠?
유진	그럼요. 지금처럼 열심히 하다 보면 금방 적응하게 될 거예요.

연습1 대화를 만들어 보세요.
練習 1 試著練習對話。

1) 인턴사원으로 뽑히다

그 일을 해 보고 싶어 하다

동료들과 잘 사귀지 못하다

사교적인 성격이다

2) 회사에 취직하다

올해 꼭 취직하겠다고 하다

일을 빨리 배우지 못하다

다른 회사에서 일해 본 적이 있다

교수 教授 붙다 錄取 결국 結果 해내다 做到、辦到 알아듣다 聽懂 적응하다 適應 금방 馬上
인턴사원 實習人員 뽑히다 被錄取 올해 今年

연습2 축하하고 조언해 주는 대화를 해 보세요.
練習 2 試著練習祝賀與建議的對話。

가수 오디션에 합격했다면서요? 축하해요.

고마워요. 정말 기쁘기는 한데 고민이 많아요.

무슨 고민인데요? 말해 봐요.

부모님이 제가 가수 되는 것을 반대하셔서요.

1) 가수 오디션에 합격했습니다.

2) 다음 달에 결혼합니다.

오디션 試鏡 반대하다 反對 설득하다 說服 꿈을 이루다 完成夢想 마음이 맞다 合得來

文法解說 p. 216-217

1. N은/는 A-다는 것이다[점이다], N은/는 V-ㄴ/는다는 것이다[점이다] …說是…、…就是…

- 한국 음식의 특징은 반찬이 많고 요리법이 다양하다는 것이다.
- 외국 생활에서 가장 힘든 점은 모든 일을 스스로 해결해야 한다는 점이다.
- 선생님께서 칭찬해 주신 나의 장점은 성실하고 책임감이 강하다는 것이다.

연습 친구들에게 질문하여 다음 메모를 완성하세요.
練習 向朋友提出問題，並完成下方的筆記。

1) 학교생활에서 힘든 점
① 숙제가 너무 많다.
②
③
④

학교생활에서 힘든 점은 무엇입니까?
학교생활에서 힘든 점은 숙제가 너무 많다는 것입니다.

2) 한국에 살면서 놀라웠던 것
① 인터넷 속도가 빠르다.
②
③
④

한국에 살면서 놀라웠던 것은 무엇입니까?
한국에 살면서 놀라웠던 것은 인터넷 속도가 빠르다는 것입니다.

3) 한국과 우리 나라의 차이점
① 한국은 음식을 먹을 때 젓가락을 사용한다.
②
③
④

한국과 여러분 나라의 차이점은 무엇입니까?
한국이 우리 나라와 다른 점은 음식을 먹을 때 젓가락을 사용한다는 점입니다.

특징 特徵 반찬 小菜 요리법 料理方法 스스로 自己 해결하다 解決 장점 優點 놀랍다 驚訝 속도 速度 차이점 差異 젓가락 筷子 다른 점 不同之處

2. V-는 대로, N 대로 按照

- 아이들은 부모가 하는 대로 따라 한다.
- 내가 조언해 준 대로 하면 어려운 문제도 쉽게 풀릴 것이다.
- 오늘 수업 시간에 학생들이 차례대로 자기소개를 했다.

연습 친구에게 여러분 나라의 문화를 소개해 보세요.
練習 試著向朋友介紹你們國家的文化。

우리 나라 인사를 가르쳐 줄게요.
제가 말하는 대로 따라 해 보세요.

Bonjour

你好

Guten Tag

Hello

Здравствуйте

우리 나라 인사

우리 나라 글자

우리 나라 노래

우리 나라 춤

조언하다 建議 쉽게 簡單地 문제가 풀리다 問題解決 인사 寒暄、打招呼 따라 하다 跟著做

읽고 말하기 閱讀與會話

가 저의 장점은 음감이 뛰어나다는 점입니다. 저는 어렸을 때부터 음악에 소질이 있었습니다. 처음 듣는 노래도 한 번 들으면 들은 대로 따라서 부를 수가 있습니다. 또 피아노 소리를 듣고 바로 악보로 그릴 수도 있습니다. 노래를 부르는 게 재미있어서 취미로 음악 공부를 시작했는데 점점 음악의 매력에 빠지게 되었습니다. 그래서 요즘은 작곡을 공부하는 중입니다. 앞으로 저의 소질을 살려서 이 분야의 전문가가 되고 싶습니다.

나 친구들이 말하는 저의 장점은 다른 사람의 이야기를 잘 들어 준다는 점입니다. 제 친구들은 고민이 있으면 항상 저에게 와서 상담을 합니다. 저는 친구의 이야기를 들으면서 같이 걱정해 주고 조언을 해 주기도 합니다. 친구들은 제가 조언해 준 대로 하면 어려운 문제도 쉽게 풀린다고 고마워합니다. 친구들이 기뻐하는 모습을 보면 저도 기분이 좋아집니다. 앞으로 제 장점을 살려서 다른 사람을 돕는 일을 하고 싶습니다.

연습1 읽은 내용을 확인해 보세요.
練習 1 測試看看是否已經了解讀過的內容。

1) 가 에서 이 사람의 장점은 무엇입니까?

2) 가 에서 이 사람이 앞으로 하고 싶어 하는 일은 무엇입니까?

3) 나 에서 이 사람의 장점은 무엇입니까?

4) 나 에서 이 사람이 앞으로 하고 싶어 하는 일은 무엇입니까?

음감 音感 따르다 跟隨 소리 聲音 악보 樂譜 점점 漸漸 매력에 빠지다 沉浸於魅力中 분야 領域 들어주다 聽取 상담하다 諮詢

연습2 친구와 이야기해 보세요.
練習 2 和朋友練習說說看。

1) 여러분의 장점은 무엇입니까?

> 친구들이 부러워하는 저의 장점은 손재주가 좋다는 것입니다. 저는 어렸을 때부터…….

> 사람들이 칭찬하는 저의 장점은 성실하다는 점입니다. 저는 일을 할 때…….

손재주가 좋다	성실하다	음감이 뛰어나다
책임감이 강하다	사교적이다	글을 잘 쓴다
운동을 잘한다	목소리가 좋다	적극적이다
긍정적이다	패션 감각이 있다	리더십이 있다
꼼꼼하다	말을 잘한다	?

2) 친구들에게 여러분의 장점과 적성에 대해 소개해 보세요.

제가 생각하는 저의 장점은 ______________________________다는 것/점입니다.

저는 ____

____

____

____

____

앞으로 제 장점을 살려서 ____________________________고 싶습니다.

글을 쓰다 寫文章 목소리 嗓音 패션 감각 時尚感 리더십 領導能力 말을 잘하다 很會講話

듣고 말하기 聽力與會話

준비 여러분은 고민이 있을 때 누구와 상담합니까?
暖身 當你有煩惱的時候，你會找誰諮詢呢？

☐ 선배 ☐ 친구 ☐ 부모님 ☐ 선생님 ☐ 형제

듣기1 다음은 상담하는 대화입니다. 잘 듣고 질문에 답하세요. 08
聽力 1 以下是有關諮詢的對話，仔細聽並回答問題。

1) 무엇에 대해 상담하고 있습니까?

① 직업 선택 ② 전공 선택 ③ 대학교 선택

2) 학생의 생각으로 맞는 것을 고르세요.

① 드라마를 만들고 싶다.

② 배우나 가수가 되고 싶다.

③ 방송 프로그램 만드는 일에 관심이 있다.

3) 상담 선생님이 학생에게 추천한 전공은 무엇입니까?

준비 여러분은 학교에 다닐 때 어떤 고민을 했습니까?
暖身 以前唸書的時候，你曾有過哪些煩惱呢？

☐ 성적을 잘 받고 싶다. ☐ 장학금을 받고 싶다. ☐ 동아리 활동을 하고 싶다.
☐ 좋은 회사에 취직하고 싶다. ☐ ____________

듣기2 다음은 대학교 선배와 후배의 대화입니다. 잘 듣고 대답해 보세요. 09
聽力 2 以下是大學學姐與學弟的對話，仔細聽並回答問題。

1) 후배는 지금 어떤 문제가 있습니까?

2) 후배는 왜 이런 문제가 생겼다고 생각합니까?

3) 들은 내용과 맞는 것을 고르세요.

① 후배는 책임감이 (강한 / 없는) 편이다.

② 후배는 시키는 일을 (잘하는 / 잘 못하는) 편이다.

③ 후배는 동아리 활동을 (그만두고 / 더 열심히 하고) 싶어 한다.

4) 선배는 후배에게 뭐라고 조언을 했습니까?

선택하다 選擇 예전 以前 방송 廣播 연극영화과 戲劇電影系 프로그램 節目 신문방송학과 新聞廣播學系 진학하다 升學、深造 관련되다 相關的 학점 學分 큰일이다 出事了 집중하다 集中 그만두다 放棄、停止 도움 幫助 늘리다 增長

5) 다시 듣고 사용한 표현을 찾아서 표시해 보세요.

조언을 구할 때	조언을 할 때
□ ~어서 큰일[걱정, 고민]이에요	□ 지금부터 ~으면 돼요
□ 어떻게 ~는 게 좋을까요?	□ ~다 보면 ~을 거예요
□ 어떻게 ~어야 할지 모르겠어요	□ ~는 대로 ~어 보세요
	□ ~으면 어떨까요?

말하기 고민에 대해 조언을 구하고 해 주는 대화를 해보세요.

會話 試著練習聽取他人煩惱，並給予建議。

취직할 회사를 못 찾아서 걱정이에요.

지금부터 찾으면 돼요. 왜 걱정을 해요?

어떻게 찾아야 할지 모르겠어요. 정보가 너무 부족해요.

인터넷으로 열심히 정보를 찾다 보면 좋은 회사를 찾을 수 있을 거예요.

고민	조언
● **취직할 회사를 못 찾았다.** - 회사에 대한 정보가 부족하다. - 직원을 뽑는 회사가 많지 않다.	
● **신용 카드 요금이 너무 많이 나온다.** - 물건을 보면 나도 모르게 사고 싶다. - 친구와 만나면 주로 돈을 내는 편이다.	
● **좋아하는 사람에게 고백하고 싶은데 용기가 없다.** - 그 사람 앞에서 얼굴이 빨개지고 말이 안 나온다. - 고백했다가 거절 당할까 봐 두렵다.	
●	

돈을 내다 付錢 거절 당하다 被拒絕 두렵다 害怕

읽고 쓰기 閱讀與寫作

번中 文章翻譯 p. 239

준비 여러분의 전공과 적성에 맞는 직업은 무엇이라고 생각합니까?
暖身 你認為適合你個人主修與性向的職業是什麼呢？

읽기 다음 인터넷 상담 글을 읽고 물음에 답하세요.
閱讀 閱讀以下網路諮詢文章並回答問題。

질문

저는 중국어를 전공하고 있는 학생입니다. 이제 곧 졸업을 앞두고 있는데 어떤 직업을 선택하는 것이 좋을지 몰라서 질문을 드립니다. 저는 여행하는 것을 좋아하고 성격이 활발하고 사교적이라서 처음 보는 사람과도 잘 어울리는 편입니다. 또 다른 사람을 도와주는 일을 할 때 보람을 느낍니다. 제 전공도 살리면서 적성에 맞는 직업이 없을까요?

답변

학생에게는 여행 상품을 기획하는 여행사 직원이나 직접 여행객을 도와주는 여행 가이드와 같은 직업이 잘 어울릴 것 같습니다. 여행 관련 직업은 서비스업이기 때문에 밝고 적극적인 성격의 사람에게 잘 맞습니다. 여행사 업무에서는 외국어 능력도 꼭 필요하니까 지금 하는 전공 공부를 열심히 하다 보면 나중에 좋은 여행사에서 일할 수 있을 것입니다.

또는 항공사에서 근무하는 것도 좋을 것 같습니다. 비행기 안에서 승객을 도와주는 승무원이나 공항에서 일을 하는 항공사 직원에 대해서도 생각해 보시기 바랍니다. 항공사에서 근무할 때 좋은 점 중의 하나는 외국 여행을 할 기회가 많다는 것입니다. 학생은 외국어 실력도 있고 여행을 좋아하니까 적성에 잘 맞을 것 같습니다.

1) 질문자가 고민하고 있는 것은 무엇입니까?

2) 질문자의 성격은 어떻습니까?

전공하다 主修　앞두다 在…前夕　보람을 느끼다 感到有價值　기획하다 規劃　여행객 旅客　여행 가이드 導遊
서비스업 服務業　업무 業務　능력 能力　항공사 航空公司　근무하다 工作　승객 乘客　승무원 空服員

3) 답변자가 추천한 직업과 하는 일에 대해 맞게 연결해 보세요.

여행사 직원 •		• 직접 여행객을 도와준다.
여행 가이드 •		• 여행 상품을 기획한다.
항공기 승무원 •		• 공항에서 일을 한다.
항공사 직원 •		• 비행기 안에서 승객을 도와준다.

4) 답변자가 위 직업을 추천하는 이유는 무엇입니까?

5) 다음 단어를 사용해서 글의 질문 부분을 다시 말해 보세요.

졸업을 앞두다　직업을 선택하다　활발하다　사교적
보람을 느끼다　전공을 살리다　적성에 맞다

쓰기 직업을 선택하기 위해 상담하는 글을 게시판에 써 보세요.

寫作 請試著在布告欄上寫一篇有關選擇職業的諮詢文章。

HOME > 게시판

질문

저는 ____________________는 학생입니다. ____________________을/를 앞두고 있는데 ____________________(으)ㄹ지 몰라서 질문을 드립니다. 저는 성격이 ____________________(으)ㄴ/는 편입니다. 또 저의 장점은 ____________________다는 점입니다. 그래서 사람들이 저에게 ____________________다고 칭찬을 합니다. 저는 ____________________(으)ㄹ 때 보람을 느낍니다. 제 전공도 살리면서 적성에 맞는 직업이 없을까요?

과제 課堂活動

자기 적성에 맞는 직업을 알아보세요.

試著瞭解符合自我性向的職業。

직업 카드 중에서 여러분이 해 보고 싶은 직업을 모두 고른 후 그 이유에 대해 이야기해 보세요.

從職業卡（請搭配活動學習單）中挑選出你想做的所有職業，並說說看為什麼。

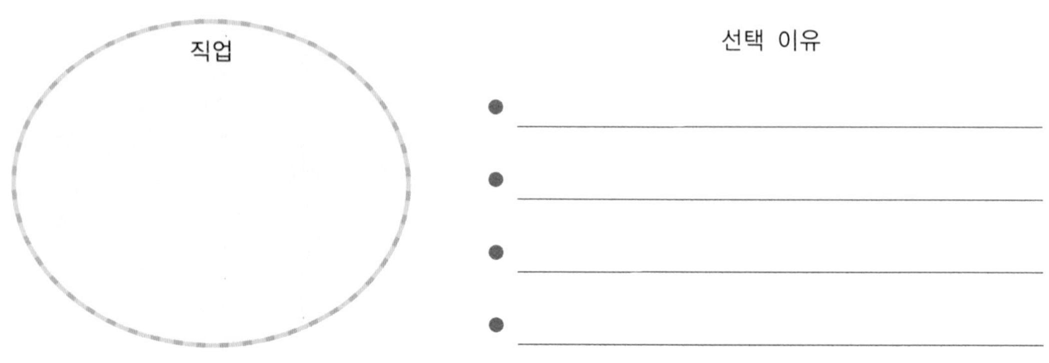

저는 유치원 교사가 되고 싶어요. 왜냐하면 아이들을 좋아해서 아이들과 같이 있으면 저도 모르게 마음이 편해지기 때문이에요.

자신이 좋아하는 직업이 색깔별로 몇 장인지 써 보세요.

將你喜歡的職業依顏色進行分類，並寫下各顏色的張數。

______장 ______장 ______장

______장 ______장 ______장

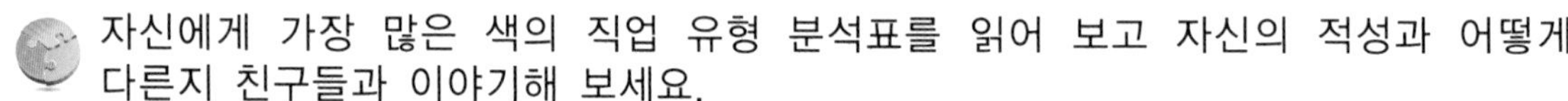

자신에게 가장 많은 색의 직업 유형 분석표를 읽어 보고 자신의 적성과 어떻게 다른지 친구들과 이야기해 보세요.

看看你的哪個顏色最多，並參照該顏色在職業類型分析表上的說明（請搭配活動學習單），和朋友說說看這與你的性向有何不同。

文化 Q&A p. 247

문화 산책 文化漫步

준비 여러분의 전공 또는 전공하고 싶은 것은 무엇입니까?
暖身 你的科系或你想選的科系是什麼呢？

알아 보기 종합 대학 안에는 보통 여러 개의 단과 대학이 있습니다. 각 단과 대학에는 여러 개의 전공이 있습니다.
認識韓國 綜合大學中通常有好幾個學院，各學院中又有許多科系。

1) 다음 단과 대학에서는 무엇을 공부할까요?

법과대학	경영대학	인문대학	사회과학대학
공과대학	의과대학	약학대학	미술대학
사범대학	체육대학	농업생명과학대학	생활과학대학
자연과학대학	음악대학	수의학대학	

2) 다음 전공은 어느 단과 대학에서 공부할까요?

철학	정치학	수학 교육	화학
식품 영양학	작곡	컴퓨터 공학	동양화

생각 나누기 여러분 나라의 대학에는 어떤 단과 대학과 전공이 있는지 소개해 보세요.
文化分享 請試著介紹你們國家的大學中有哪些學院與科系。

정치학 政治學 수학 교육 數學教育 화학 化學 식품 영양학 食品營養學 컴퓨터 공학 電腦工學 동양화 東洋畫

발음 發音

준비 들어 보세요.
暖身 先聽聽看！

1) 저는 한국어과에 들어가고 싶어요.

2) 여권을 집에 두고 공항에 갔어요.

3) 그 모임에는 초대장을 받은 사람만 참석할 수 있어요.

규칙 다음의 뜻으로 쓰이는 '과, 권, 장'은 단어의 마지막에 올 때 [꽈], [꿘], [짱]으로 발음됩니다.
規則 若做為如下方意義的「과、권、장」出現於單字最後一個音節時，則應發成「꽈、꿘、짱」的音。

1) 과목이나 병원 主修課程或醫院看診科別

예] 컴퓨터과 [컴퓨터꽈] / 디자인과 [디자인꽈] / 외과 [외꽈] / 안과 [안꽈]

2) 책이나 표 書籍或票券

예] 여권 [여꿘] / 입장권 [입짱꿘] / 하린권 [하린꿘]

3) 편지나 상장 信函或獎狀

예] 상장 [상짱] / 초대장 [초대짱]

연습 잘 듣고 따라 해 보세요.
練習 仔細聽並跟著唸唸看。

1) A 디자인과에 합격했다면서요?
B 아니요, 디자인과가 아니라 컴퓨터과에 합격했어요.

2) A 놀이공원 입장권이 얼마예요?
B 이만 원인데요. 할인권이 있으면 더 싸게 살 수 있어요.

3) A 이 편지는 무슨 초대장이에요?
B 아, 제 친구가 식당을 열었다고 초대장을 줬어요.

자기 평가 自我評量

1. 다음은 주제 어휘입니다. 뜻을 확인해 보세요.
下方為本課的重點語彙，確認一下這些字的解釋吧。

- ☐ 긍정적 正面的
- ☐ 사교적 交際的
- ☐ 설득력이 있다 有説服力
- ☐ 소질이 있다 具有天分
- ☐ 손재주가 좋다 手藝精湛
- ☐ 실용적 實用的
- ☐ 예술적 藝術的
- ☐ 이해가 빠르다 理解迅速
- ☐ 적극적 積極的
- ☐ 적성에 맞다 符合性向
- ☐ 전공을 살리다 善用所學
- ☐ 진로를 정하다 決定未來發展
- ☐ 책임감이 강하다 責任感強

2. 알맞은 것을 골라 대화를 완성해 보세요.
選出適合的選項並完成對話。

-다면서(요)?　　-다 보면　　은/는 -다는 것이다　　-는 대로

1) A 한국어 공부에서 가장 힘든 점이 무엇이라고 생각하십니까?
   B 외워야 할 단어가 너무 ______________________.

2) A 졸업식 끝나면 고향으로 ______________________?
   B 네, 부모님이 기다리셔서 고향에 돌아가서 취직할 생각이에요.

3) A 직업을 선택할 때는 먼저 자신의 적성에 대해 잘 생각해 봐야 해요.
   B 네, 선생님께서 ______________________ 제 적성에 맞는지 고민해 보겠습니다.

4) A 아직도 한국말로 자연스럽게 이야기를 못해서 고민이에요.
   B 친구들과 자주 ______________________ 자연스럽게 얘기할 수 있을 거예요.

3. 한국어로 할 수 있는 것에 √ 하세요.
你可以用韓文做哪些事情，請打 √。

- ☐ 고민에 대해 조언을 할 수 있다.
- ☐ 자신의 장점을 소개할 수 있다.
- ☐ 학교생활에 대한 조언을 듣고 조언을 구할 수 있다.
- ☐ 진로에 대한 상담 게시물을 읽고 쓸 수 있다.

標準答案
2. 1) 많다는 것입니다　2) 돌아간다면서요　3) 말씀하시는 대로　4) 이야기하다 보면

2 건강한 삶
健康的生活

잘 듣고 이야기해 보세요.
仔細聽並說說看。

1. 남자는 건강을 위해서 무엇을 합니까?
   男生為了健康而做什麼？
2. 여자는 남자의 행동에 대해 어떻게 생각합니까?
   女生是如何看待男生的行為呢？

학습목표 學習目標

어 휘 字彙練習	• 증상 症狀 • 과 -
문법과 표현 1 文法與表現 1	• 어찌나 [얼마나] A-(으) ㄴ지 , 어찌나 [얼마나] V- 는지 • A/V-(으) ㄹ 정도로 , A/V-(으) ㄹ 정도이다
말하기 會話	• 증상 설명하기 說明症狀
문법과 표현 2 文法與表現 2	• V- 다가는 • A/V-(으) ㄹ 뿐만 아니라 , N 뿐만 아니라
읽고 말하기 閱讀與會話	• 경고하는 글 읽기 閱讀警告的文章 • 경고하는 말 하기 述說警告的話
듣고 말하기 聽力與會話	• 119 전화 문의 듣기 聽聽打到 119 的諮詢電話 • 증상에 대한 대화 듣기 聽聽有關症狀的對話 • 특별한 상황에서의 증상 설명하기 說明特殊情況中的症狀
읽고 쓰기 閱讀與寫作	• 다양한 치료법에 대한 기사 읽기 閱讀各種治療方法的報導 • 민간요법 소개 글 쓰기 寫一篇介紹民俗療法的文章
과 제 課堂活動	• 상황에 알맞은 증상 말하기 게임 說明符合病情症狀的遊戲
문화 산책 文化漫步	• 한의원 韓醫院
발 음 發音	• 경음화 '손가락' 硬音化「손가락」

어 휘 字彙練習

1. 다음은 증상을 표현하는 말입니다. 그림을 보고 말해 보세요.
下方是用來表現症狀的語彙，看圖練習說說看。

눈이 침침하다　　목이 뻣뻣하다　　목이 따끔거리다
속이 거북하다　　가슴이 답답하다

1)

2)
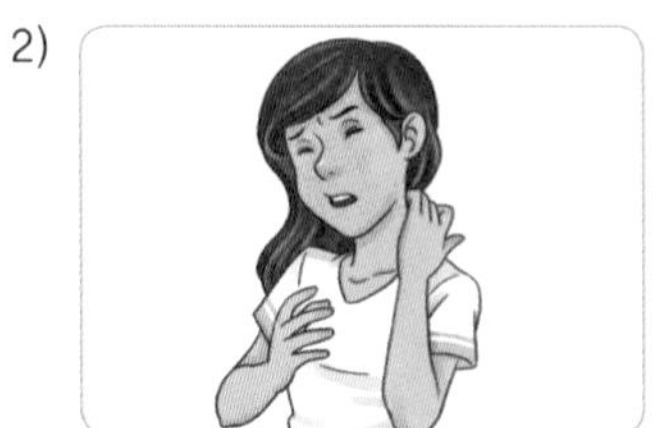

3)

4)

5)

- 어떨 때 속이 거북합니까?
- 목이 따끔거릴 때 어떻게 하면 좋습니까?
- 오랫동안 컴퓨터를 사용하면 몸이 어떻습니까?

2. 다음은 증상을 표현하는 말입니다. 어디가 아플 때 쓰는 말인지 그림과 연결하고 말해 보세요.
下方是用來表現症狀的語彙，請述說這些字用於哪裡不舒服時，並試著連結單字與圖像。

- 아주 매운 음식을 먹으면 어떻습니까?
- 오랫동안 비행기를 타면 어떤 증상이 나타납니까?
- 언제 얼굴이 붓습니까?

3. 다음 상황을 보고 걱정하는 말을 해 보세요.
查看下方的情形，並述説你的擔心憂慮。

과-

과로　　과식　　과음　　과속　　과소비

1) 어제 술을 많이 마셨더니 속이 쓰려요.

2) 돈을 너무 많이 써서 생활비가 모자라요.

3) 어제 친구 생일 파티에 갔는데 음식을 너무 많이 먹어서 지금까지 속이 거북해요.

4) 어제 시속 130km로 운전하다가 경찰에게 잡혔어요.

- 과식을 하는 편입니까? 과식하면 어떤 증상이 있습니까?
- 과음한 다음 날 어떻게 하면 속이 편해집니까?
- 운전하다가 과속으로 경찰에게 걸린 적이 있습니까? 여러분 나라에서는 얼마나 빨리 달리면 과속입니까?

文法解說 p. 218

문법과 표현 1 文法與表現1

1. 어찌나 [얼마나] A-(으) ㄴ지 , 어찌나 [얼마나] V- 는지
你都不曉得有多麼…

13

A 왜 이렇게 늦었어요 ?

B 미안해요 . 길이 어찌나 막히는지 한 시간이나 걸렸어요 .

A 너 요즘 스트레스를 많이 받는 것 같아 .

B 맞아 . 요즘 어찌나 바쁜지 스트레스를 안 받을 수가 없어 .

연습 한국에 대한 인상을 말해 보세요.
練習 說說看你對韓國的印象。

2. A/V-(으)ㄹ 정도로, A/V-(으)ㄹ 정도이다 …的程度

14

A 낙지볶음을 먹어 보니까 어땠어요?

B 눈물이 날 정도로 매웠어요.

A 배가 많이 아프세요?

B 네, 어찌나 아픈지 허리를 못 펼 정도예요.

연습 친구에게 물어보세요.

練習 試著向朋友提出問題。

싫어하는 음식이 뭐예요?

곱창요. 생각만 해도 속이 거북해질 정도로 곱창을 싫어해요.

싫어하는 음식	하기 싫은 일	무서워하는 동물
좋아하는 사람	즐겨 입는 옷 / 신발	?

낙지볶음 炒章魚 허리를 펴다 伸直腰 곱창 (牛、豬)腸 즐겨 입다 喜愛穿

말하기 會話

번역 會話翻譯 p. 239

15
아키라 요즘 계속 몸이 피곤해요.
켈 리 감기 걸린 거 아니에요?
아키라 특별히 그런 것 같지 않은데 목이 뻣뻣하고 기운이 없어요.
켈 리 저도 가끔 그럴 때가 있어요. 혹시 과로해서 그런 거 아니에요?
아키라 요즘은 일을 많이 안 했어요.
켈 리 그래요? 그런데 왜 그럴까요?
아키라 그러게요. 몸이 어찌나 피곤한지 아침에 일어나기도 힘들 정도예요. 아무리 생각해도 큰 병에 걸렸나 봐요.
켈 리 에이, 무슨 소리예요? 제가 보기에는 무리해서 그런 거 같은데요, 뭐.
아키라 켈리 씨, 나는 정말로 아픈데 자꾸만 왜 그래요? 엄살이라고 생각하는 거예요?
켈 리 아, 미안해요. 그런 뜻은 아니었는데.

연습1 대화를 만들어 보세요.
練習 1 試著練習對話。

1) 속이 거북하다
음식을 잘못 먹다
속이 쓰리고 가슴이 답답하다
음식을 먹기가 힘들다

2) 눈이 침침하다
컴퓨터를 오래 보다
눈이 따끔거리고 잘 안 보이다
책을 보기가 힘들다

무리하다 勉強、過度 자꾸만 老是 엄살이다 裝病

연습2 아픈 증상에 대해 설명해 보세요.
練習 2 試著說明不舒服的症狀。

오늘 병원에 가 봐야 할 것 같아요.

왜요? 어디가 안 좋아요?

온몸이 어찌나 가려운지 일을 못 할 정도예요.

뭘 잘못 먹은 거 아니에요?

1) 주말에 데이트가 있는데 온몸이 가렵습니다.

2) 내일 중요한 발표가 있는데 목이 너무 아픕니다.

온몸 全身

文法解說 p. 219-220

1. V- 다가는 再…下去，會…

- 이렇게 돈을 많이 쓰다가는 생활비가 모자라게 될 수도 있다.
- 계속 불규칙한 생활을 하다가는 건강이 나빠질 것이다.
- 계획 없이 살다가는 나중에 후회하게 될 수도 있다.

16

연습 친구의 나쁜 버릇을 듣고 그 버릇 때문에 생길 결과에 대해 경고해 보세요.
練習 聽聽朋友的壞習慣，並對這習慣可能產生的結果提出警告。

전 자꾸 손톱을 깨물어요.

그렇게 손톱을 깨물다가는
손 모양이 이상해질 거예요.

손톱을 깨물다	툭하면 화를 내다	늦잠을 자다
말하면서 다른 사람을 치다	?	

불규칙하다 不規律　후회하다 後悔　툭하면 動不動、動輒　사람을 치다 拍人

2. A/V-(으)ㄹ 뿐만 아니라, N 뿐만 아니라 不僅…

17

- 이 가게는 직원이 친절할 뿐만 아니라 물건의 질도 좋아서 항상 손님이 많다.
- 웃음은 병을 예방할 뿐만 아니라 병을 치료하기까지 한다.
- 어른들뿐만 아니라 아이들도 스트레스를 많이 받을 수 있다.

연습 다음 광고를 보고 이곳의 좋은 점에 대해 소개해 보세요.
練習 看下方廣告，並試著介紹這個地方的優點。

서울호텔

휴가철에 어디를 가야 할지 고민이신가요?
저희 서울호텔 패키지는 고급스럽고 편안한 휴식을 약속드립니다.

- 식사 : 아침, 점심, 저녁 특식 풀코스
- 혜택 : 헬스클럽 및 야외 수영장 무료, 최고급 오일 마사지 포함, 과일 바구니 증정

템플 스테이

스트레스 때문에 힘드세요? 복잡한 도시를 떠나 맑은 공기를 마시며 쉴 수 있는 꿈같은 이곳으로 오십시오.

- 일정 : 아침 – 명상, 사찰 구경
  점심 – 등산, 다도 체험
  저녁 – 명상, 운동
- 식사 : 건강에 좋은 잡곡밥
  건강식 반찬(채소, 버섯, 과일)

질 品質 예방하다 預防 치료하다 治療 휴가철 休假季節 패키지 套裝行程 고급스럽다 高級 휴식 休息
약속드리다 保證 특식 特餐 풀코스 套餐 헬스클럽 健身房 최고급 最高級 오일 精油 마사지 按摩
과일 바구니 水果籃 증정 贈送 명상 冥想 사찰 寺廟 다도 茶道 체험 體驗 잡곡밥 雜糧飯 건강식 健康膳食
버섯 蘑菇

읽고 말하기 閱讀與會話

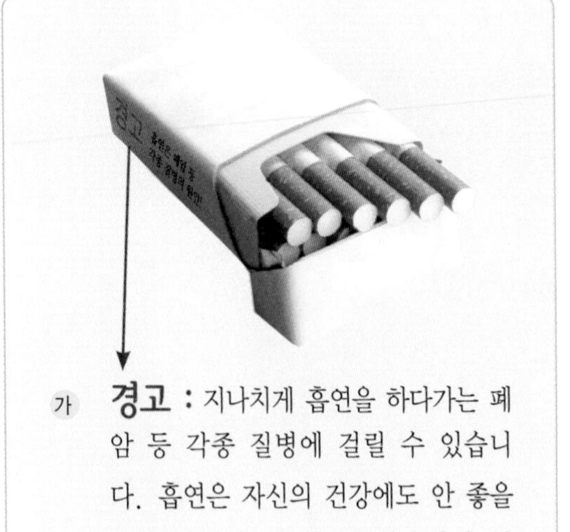

가 **경고** : 지나치게 흡연을 하다가는 폐암 등 각종 질병에 걸릴 수 있습니다. 흡연은 자신의 건강에도 안 좋을 뿐만 아니라 내 가족, 이웃까지 병들게 합니다.

나 **경고** : 술을 지나치게 마시다가는 간암이 생길 수 있습니다.
지나친 음주는 운전이나 작업 중 사고 발생률을 높일 뿐만 아니라 알코올 중독을 유발합니다.

연습1 읽은 내용을 확인해 보세요.
練習 1 測試看看是否已經了解讀過的內容。

1) 가 에서 담배를 피우면 어떤 병이 생길 수 있습니까?

2) 가 에서 흡연은 누구에게 좋지 않습니까?

3) 나 에서 술을 마시면 어떤 병이 생길 수 있습니까?

4) 나 에서 지나친 음주 때문에 어떤 문제가 발생할 수 있습니까?

경고 警告 지나치다 過份、超過 흡연 吸煙 폐암 肺癌 각종 各種 질병 疾病 병들다 生病 간암 肝癌
음주 喝酒 작업 工作、作業 발생률 發生率 알코올 중독 酒精中毒 유발하다 誘發

연습2 친구와 이야기해 보세요.
練習 2　和朋友練習説説看。

1) 다음 상황에 대해 어떤 경고를 할 수 있을까요? 친구들의 생각을 알아보세요.

	경고
과속	
과식	
과소비	

2) 친구들의 생각을 정리해서 말해 보세요.

______________________________다가는
______________________________ 수 있습니다.
______________________________ 뿐만 아니라
______________________________.

듣고 말하기 聽力與會話

준비 暖身

- 어떤 상황일 때 119에 전화합니까?
  什麼情況下要打 119？
- 여러분 나라에서는 갑자기 아프면 어떻게 합니까?
  在你們國家如果突然不舒服該怎麼做呢？

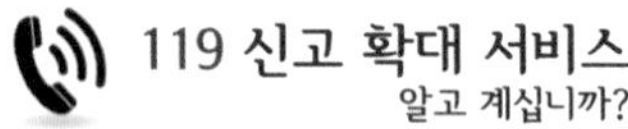

긴급 구조 통역 서비스
청소년 긴급 전화
관광 통역
노인 학대 상담 전화
119만 누르면 연결해 드립니다
외국인 종합 안내
여성 긴급 전화
아동 학대 신고 전화

듣기1 다음은 119에 전화로 문의하는 내용입니다. 잘 듣고 질문에 답하세요. 18

聽力 1 以下是打電話到 119 所詢問的內容，仔細聽並回答問題。

1) 남자가 전화한 이유는 무엇입니까?

① 근처 병원이 문을 닫아서

② 병원에 못 갈 정도로 몸이 아파서

③ 어떤 병원을 갈지 선택하지 못해서

2) 여자가 남자에게 질문한 것은 무엇입니까? 모두 고르세요.

① 남자의 증상

② 남자가 사는 곳

③ 남자의 전화번호

준비 여러분이 싫어하는 놀이기구는 무엇입니까?

暖身 你不喜歡什麼樣的遊樂設施呢？

듣기2 다음은 놀이기구를 타려는 두 사람의 대화입니다. 잘 듣고 대답해 보세요. 19

聽力 2 以下是兩人打算要玩遊樂設施的對話，仔細聽並回答問題。

1) 여자가 롤러코스터를 타기 싫어하는 이유는 무엇입니까?

____

2) 남자는 여자가 추천하는 놀이기구를 탄다면 어떤 증상이 나타날까요?

① 긴장해서 숨을 못 쉰다.

② 멀미가 나고 속이 거북하다.

③ 의자가 불편해서 다리가 저리다.

숨을 쉬다 呼吸　적다 填寫　놀이 기구 遊樂設施　놀이공원 遊樂園　롤러코스터 雲霄飛車　딱 질색이다 極其厭惡　높이 高　뚝 떨어지다 快速落下　빙글빙글 돌다 轉圈圈

3) 다시 듣고 대화에서 사용한 표현을 찾아서 표시해 보세요.

정도를 설명할 때

- ☐ 어찌나 ~는지
- ☐ ~보다 더 [덜]
- ☐ ~을 정도로

반복되는 상황을 설명할 때

- ☐ ~만 되면
- ☐ ~만 ~으면
- ☐ ~을 때마다
- ☐ ~기만 하면

말하기 다음 상황에서 나타날 수 있는 증상을 설명하는 대화를 해 보세요.

會話　試著練習說明在以下情形可能會發生的症狀。

저는 높은 곳에 올라가는 게 딱 질색이에요.

왜요? 높은 데를 무서워해요?

네, 그래서 높은 데만 올라가면 무서워서 숨도 못 쉴 정도예요.

그렇군요. 저는…….

상황	증상
높은 곳에 올라갔을 때	● 무서워서 숨도 못 쉴 정도이다. ● 땀이 나고 아무 생각도 할 수 없다.
먼지가 많거나 꽃가루가 날릴 때	● ●
싫어하는 사람과 밥을 먹어야 할 때	● ●
	● ●

먼지 灰塵　꽃가루가 날리다 花粉飄散

읽고 쓰기 閱讀與寫作

번↔中 文章翻譯 p. 240

준비 무엇을 하고 있습니까? 왜 이런 치료를 받고 있을까요?
暖身 圖片中的人正在做什麼呢？為什麼會做這樣的治療呢？

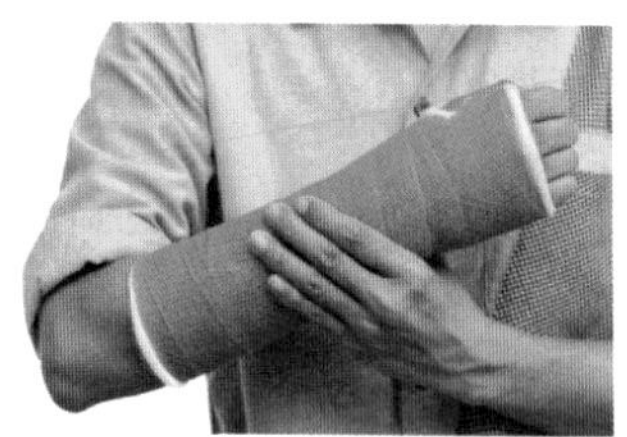

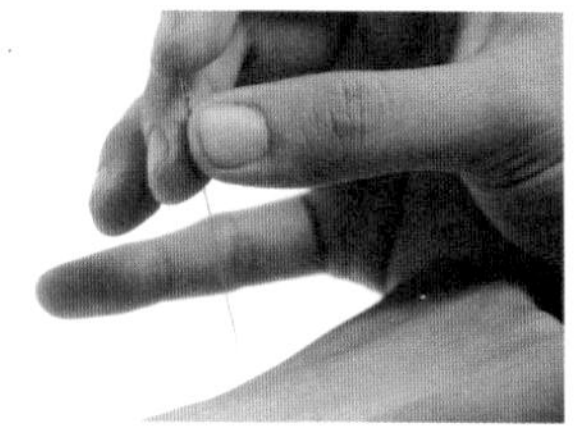

읽기 다음 기사를 읽고 질문에 답하세요.
閱讀 閱讀以下報導並回答問題。

발목을 삐었을 때는?

걷거나 뛰다가 넘어지면서 발목을 삐는 경우가 가끔 있습니다. '금방 괜찮아지겠지?' 하고 치료하지 않고 지내다가는 증상이 심해질 수 있습니다. 발목을 삐었을때 어떻게 치료하는 것이 좋을까요?

정형외과 치료

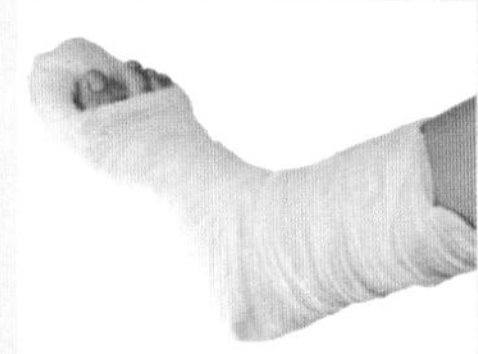

먼저 다친 부분이 붓고 멍이 들었는지 확인하고 손가락으로 눌러 봐서 얼마나 아픈지 확인합니다. 필요한 경우 뼈를 다치지 않았는지 엑스레이(X-ray) 검사를 하기도 합니다. 발목이 움직이지 않도록 부어 있는 발목에 붕대를 감거나 심할 경우 깁스를 합니다.

한의원 치료

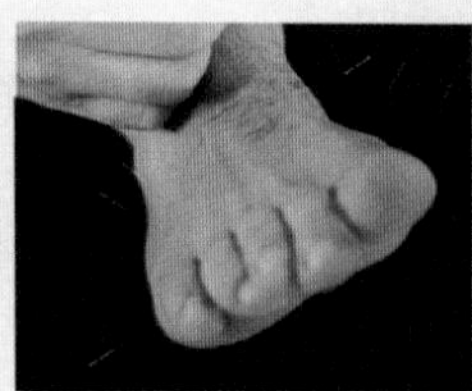

검사를 해서 뼈가 부러진 정도가 아니라면 침을 놓아서 치료를 합니다. 삔 지 얼마 되지 않았으면 얼음찜질을 하는 것도 부어 있는 발목을 치료하는 데에 도움이 됩니다. 심한 경우에는 한약을 먹기도 합니다.

민간요법 치료

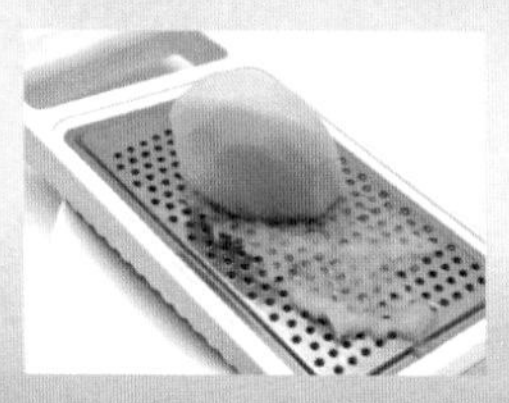

발목을 삐어서 멍이 들었을 때 집에서 쉽게 할 수 있는 치료법도 있습니다. 감자 한 개와 생강 한 개를 갈아서 밀가루와 섞어 반죽을 만들고 그것을 멍이 든 곳에 붙이면 멍이 빨리 사라지게 됩니다.

발목 腳踝 삐다 扭傷 멍이 들다 瘀青 확인하다 確認 누르다 按壓 뼈 骨頭 검사하다 檢查 붕대를 감다 用繃帶包紮 깁스를 하다 上石膏 한의원 韓醫院 침을 놓다 針灸 얼음찜질 冰敷 한약 中藥 민간요법 民俗療法 생강 生薑 반죽 麵團

1) 무엇을 소개하는 글입니까?

☐ 여러 종류의 발목 병원 ☐ 발목을 삐었을 때의 치료법 ☐ 민간요법의 좋은 점

2) 각 치료법에서는 무엇을 사용합니까?

정형외과	엑스레이 검사, ______________, ______________
한의원	침, ______________, ______________
민간요법	______________, ______________, ______________

3) 치료 방법과 그 목적을 알맞게 연결하세요.

엑스레이 검사를 한다. •	• 부어 있는 곳을 치료한다.
깁스를 한다. •	• 멍을 빨리 사라지게 한다.
얼음찜질을 한다. •	• 발목을 움직이지 않게 한다.
밀가루 반죽을 붙인다. •	• 뼈가 부러졌는지 확인한다.

4) 다음 단어를 사용해서 읽은 글을 다시 말해 보세요.

발목을 삐다 정형외과 엑스레이 붕대 깁스
한의원 침을 놓다 얼음찜질 한약 민간요법

쓰기 자기가 알고 있는 특별한 치료법이나 민간요법을 소개하는 글을 써 보세요.
写作 寫一篇文章來介紹你所知道的特別治療法或民俗療法。

______________ 때 집에서 쉽게 할 수 있는 치료법이 있습니다.

____

____

____

이 방법은 ______________ 뿐만 아니라 ______________

______________________________.

活動學習單 p. 208-212

상황과 증상을 연결하여 말하는 게임을 해 보세요.

玩一玩連結並述說狀況與症狀的遊戲。

상황 카드에 다음 증상이 생길 수 있는 여러 가지 상황을 써 보세요.
在情境卡上（請搭配活動學習單）寫上可能產生以下症狀的情況。

속이 거북하다	속이 쓰리다	목이 따끔거리다	목이 뻣뻣하다
눈이 붓다	눈이 침침하다	코가 막히다	가슴이 답답하다
피부가 가렵다	손이 저리다	발목을 삐다	멍이 들다
목이 붓다	소화가 안 되다	머리가 어지럽다	숨이 막히다
토할 것 같다	입맛이 없다	눈이 빨개지다	기운이 없다

팀을 만들고 한 명씩 돌아가며 상황 카드와 증상 카드를 한 장씩 선택하고 해당되는 상황과 증상을 연결해서 말해 보세요. 잘 연결해서 말한 사람은 상황 카드를 가져가고 말하지 못한 사람은 상황 카드와 증상 카드를 다시 뒤집어서 내려놓으세요.
組隊由每人輪流選擇情境卡與症狀卡（請搭配活動學習單），並試著將選到的情境與症狀進行連結並述說。合理連結並陳述的人可以拿走情境卡，反之則必須將情境卡與症狀卡蓋起來放回去。

상황 카드를 가장 많이 가진 사람이 이 게임에서 이기게 됩니다.
拿走最多張情境卡的人在本場遊戲中獲勝。

문화 산책 文化漫步

文化 Q&A p. 247

준비 침을 맞거나 한약을 먹어 본 적이 있습니까?
暖身 你曾接受過針灸或吃過中藥嗎？

알아보기 認識韓國

한의원
韓醫院

1) 진맥을 합니다.

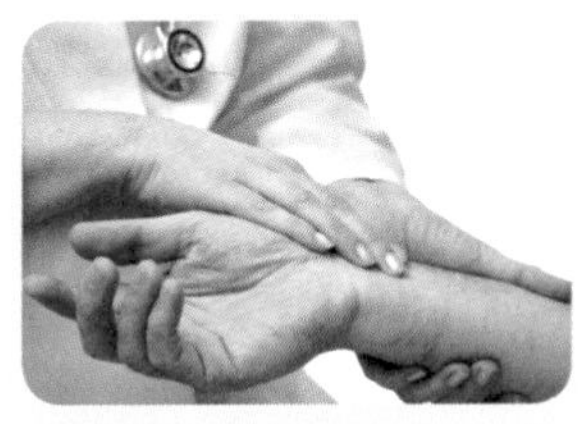

의사 선생님이 맥박을 보고 몸의 상태를 확인합니다.

2) 침을 맞는다.

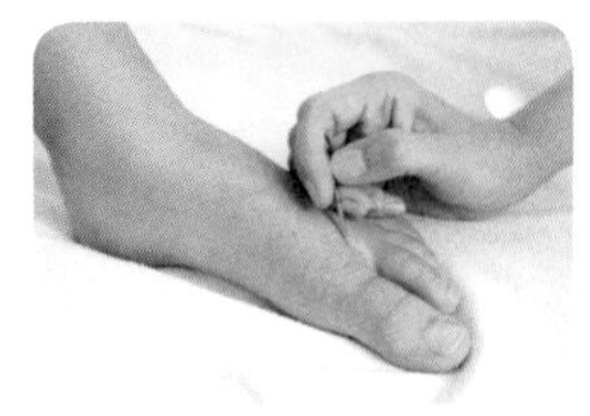

아픈 증상이 있는 곳에 침을 맞아서 몸의 피가 잘 흐를 수 있도록 도와줍니다.

3) 뜸을 뜹니다.

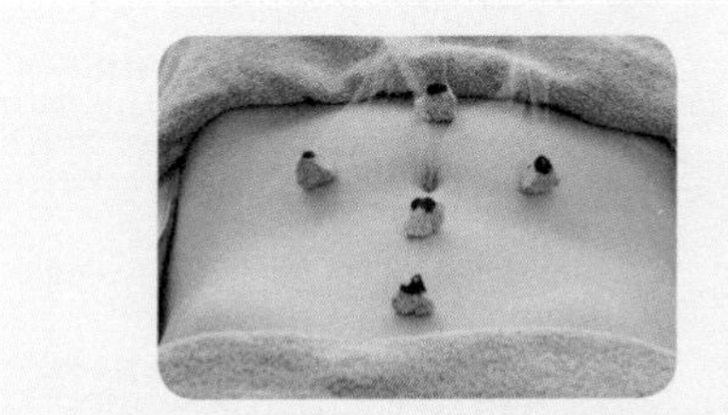

여러 가지 약초로 만든 뜸에 불을 붙여서 치료를 합니다.

4) 한약을 먹습니다.

선생님이 처방해 준 한약을 집에서 달여 먹습니다. 요즘에는 병원에서 달여 보내 주는 경우가 많습니다.

생각 나누기 여러분 나라에도 특별한 병원이 있습니까? 친구들에게 소개해 보세요.
文化分享 你們國家也有特殊的醫院嗎？來向朋友介紹一下吧。

진맥을 하다 把脈　맥박 脈搏　흐르다 流動　뜸을 뜨다 艾灸　약초 藥草　(약을) 달이다 煎(藥)

발음 發音

준비 들어 보세요.
暖身 先聽聽看！

1) 얼마나 아픈지 다친 데를 손가락으로 눌러 보세요.
2) 우리 집 앞에 빵가게가 새로 생겼어요.
3) 지하철에서 어떤 사람이 제 발등을 밟았어요.

규칙 다음 단어들은 다른 단어와 함께 쓰일 때 첫소리가 항상 [ㄲ, ㄸ, ㅃ]로 발음 됩니다.
規則 以下單字若與其他單字一起使用時，前音節的初聲應發成「ㄲ、ㄸ、ㅃ」的音。

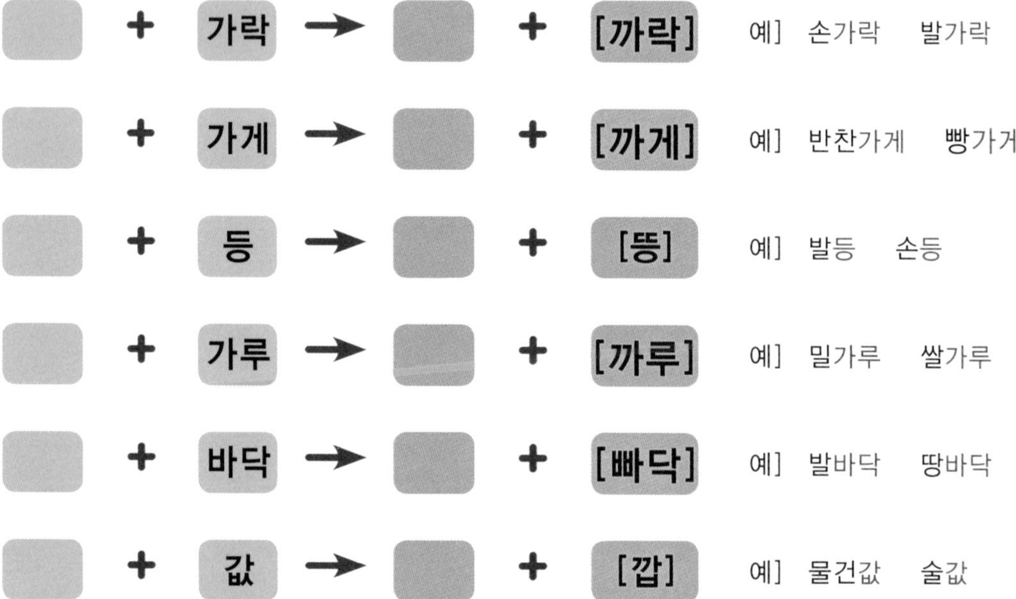

연습 잘 듣고 따라 해 보세요.
練習 仔細聽並跟著唸唸看。

1) 요리를 하다가 밀가루를 쏟았어요.
2) 친구가 승진했다고 술값을 다 냈어요.
3) 저는 방바닥에 누워서 자면 허리가 아파요.
4) 요즘은 쌀가게를 찾기 어려운 것 같아요.
5) 손바닥하고 손가락은 더러운데 손등은 깨끗해요.

자기 평가 自我評量

1. 다음은 주제 어휘입니다. 뜻을 확인해 보세요.
下方為本課的重點語彙，確認一下這些字的解釋吧。

- ☐ 가렵다 發癢
- ☐ 가슴이 답답하다 胸部悶痛
- ☐ 과로 過勞
- ☐ 과소비 過度消費
- ☐ 과속 超速
- ☐ 과식 暴食
- ☐ 과음 暴飲
- ☐ 눈이 침침하다 視線模糊
- ☐ 막히다 堵塞
- ☐ 목이 따끔거리다 喉嚨灼痛
- ☐ 목이 뻣뻣하다 脖子僵硬
- ☐ 붓다 腫脹
- ☐ 속이 거북하다 肚子不適
- ☐ 쓰리다 灼痛
- ☐ 저리다 發麻

2. 알맞은 것을 골라 대화를 완성해 보세요.
選出適合的選項並完成對話。

-(으)ㄹ 정도로 어찌나 -(으)ㄴ/는지 -(으)ㄹ 뿐만 아니라 -다가는

1) A 밖에 날씨가 많이 추워요?
   B ______________________ 입이 얼 것 같아요.

2) A 요즘 매일 밤마다 자기 전에 라면을 끓여 먹어요.
   B ______________________ 금방 뚱뚱해질 거예요.

3) A 많이 피곤해 보여요.
   B 그래요. ______________________ 피곤해요.

4) A 지금 살고 있는 집이 어때요?
   B ______________________.

3. 한국어로 할 수 있는 것에 ✓ 하세요.
你可以用韓文做哪些事情，請打 ✓。

- ☐ 아픈 증상을 설명할 수 있다.
- ☐ 잘못된 일에 대해 경고하거나 주의 사항을 말할 수 있다.
- ☐ 특별한 상황에서의 증상을 설명할 수 있다.
- ☐ 치료법을 소개할 수 있다.

標準答案
2. 1) 어찌나 추운지 2) 그렇게 먹다가는 3) 눈을 못 뜰 정도로 4) 조용할 뿐만 아니라 깨끗해요

3 스포츠의 세계
運動的世界

잘 듣고 이야기해 보세요. 22
仔細聽並說說看。

1. 두 사람은 어느 선수가 1등이라고 생각합니까?
   你認為這兩人哪一位選手會是第一名呢？
2. 두 사람의 의견이 다른 이유는 무엇입니까?
   這兩人意見不同的原因是什麼？

학 습 목 표 學習目標

어 휘 字彙練習	• 운동 경기 運動比賽 • 승부와 상황 勝負與狀況
문법과 표현 1 文法與表現 1	• V-(으)나 마나 • V-는 바람에
말하기 會話	• 경기 결과 설명하기 說明比賽結果
문법과 표현 2 文法與表現 2	• N(이)라는 N • N에 비해(서)
읽고 말하기 閱讀與會話	• 경기장 소개하는 글 읽기 閱讀介紹比賽場地的文章 • 경기장 소개하기 介紹比賽場地
듣고 말하기 聽力與會話	• 선수의 태도에 대한 대화 듣기 聽聽有關選手態度的對話 • 경기 결과를 예측하는 대화 듣기 聽聽預測比賽結果的對話 • 경기 결과에 대해 예측하기 預測比賽結果
읽고 쓰기 閱讀與寫作	• 풋살에 대한 설명문 읽기 閱讀室內足球的說明 • 특별한 운동 경기에 대해 설명문 쓰기 寫一篇文章介紹特殊的運動比賽
과 제 課堂活動	• 체육 대회 계획 세우기 制訂體育活動計畫
문화 산책 文化漫步	• 씨름 摔角
발 음 發音	• 경음화 '바쁠걸요' 硬音化「바쁠걸요」

어 휘 字彙練習

1. 다음은 운동 경기에 대한 표현입니다. 맞는 표현을 골라 보세요.
下方是有關運動比賽的語彙，試著挑出正確的選項。

득점을 하다	승부가 나다	승부욕이 강하다	연장전을 하다	결승전에 진출하다

1) 우리 팀 선수가 홈런을 쳐서 점수를 얻었어요. 득점을 하다
2) 후반전까지 끝났는데도 두 팀이 점수가 같아서 경기를 더 해야 해요. ________
3) 경기는 꼭 이겨야 해요. 경기에서 진다면 경기를 하는 이유가 없잖아요. ________
4) 이번 경기에서 이겼으니까 앞으로 한 번만 더 이기면 우승이에요. ________
5) 상대 팀과 실력이 비슷해서 계속 동점이었는데 결국 우리가 이겼어요. ________

- 축구 경기에서 연장전을 했는데도 승부가 나지 않으면 어떻게 합니까?
- 운동 경기(농구, 야구, 권투 등)에서 어떻게 하면 득점을 합니까?
- 어떤 일을 할 때 승부욕이 강해집니까?

2. 다음은 경기 상황에 대한 표현입니다. 맞는 표현을 골라 상황에 맞게 이야기해 보세요.
下方是有關比賽情況的語彙，試著挑出符合狀況的正確表現並說說看。

막상막하이다	아슬아슬하다	정정당당하다	흥미진진하다	자신만만하다

1) 이 경기 정말 재미있는데요.

2) 반칙을 하지 않고 경기를 하면 좋을 텐데요.

3) 두 팀 실력이 비슷해요.

4) 이번 경기는 틀림없이 우리 팀이 이길 거예요.

5) 농구 경기에서 우리 팀이 1점 차이로 이겼어요.

- 어떤 일을 자신만만하게 시작했는데 결과가 안 좋았던 경험이 있습니까?
- 어떤 장면을 보면 아슬아슬하게 느껴집니까?
- 최근에 흥미진진하게 읽은 책이나 재미있었던 영화가 있습니까?

3. 다음은 경기 장면입니다. 알맞은 표현을 사용하여 경기에 대해 이야기해 보세요.
下方是比賽的場面，請使用合適的語彙來說說看。

규칙을 지키다	반칙을 하다	경고를 받다	퇴장을 당하다

- 운동 경기(축구, 농구, 배구 등)에서 어떤 행동을 하면 반칙입니까?
- 축구 경기에서 경고를 몇 번 받으면 퇴장을 당합니까?
- 학교에서 규칙을 지키지 않아서 경고를 받은 적이 있습니까?

문법과 표현 1 文法與表現1

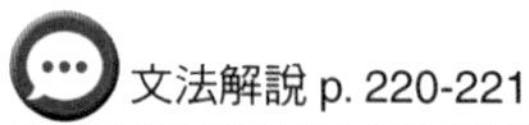
文法解說 p. 220-221

1. V-(으)나 마나 做不做都一樣

23

A 추워? 그럼 이 옷이라도 입을래?

B 이건 너무 얇아서 입으나 마나 소용없을 거야.

A 이번 경기는 어느 팀이 이길까?

B 내가 보기에 이 경기는 해 보나 마나야. 실력 차이가 너무 나잖아.

연습 다음에 해당되는 친구에게 스티커를 붙여 보세요.

練習 試著在符合下方敘述的朋友身上貼上貼紙。

이 친구는 물어보나 마나 여자 / 남자 친구가 있을 거예요.

이 친구 집은 가 보나 마나 정말 깨끗할 거예요.

이 친구가 만든 음식은 먹어 보나 마나 맛있을 거예요.

이 친구는 달리기 경기에서 해 보나 마나 1등 할 거예요.

이 친구 지갑에는 열어 보나 마나 돈이 제일 많이 들어 있을 거예요.

이 친구는 보나 마나 우리 반에서 손이 제일 클 거예요.

얇다 薄 소용없다 沒有用處 실력 차이가 나다 實力差距太大

2. V-는 바람에 因為…

A 어제 영화 재미있었어요?

B 옆 사람이 계속 전화를 받는 바람에 영화를 제대로 못 봤어요.

A 저 선수가 왜 넘어졌대요?

B 상대편이 반칙을 하는 바람에 넘어졌나 봐요.

연습 다음과 같이 친구와 이야기를 연결해 보세요.

練習 跟著範例，試著和朋友來玩句子接龍。

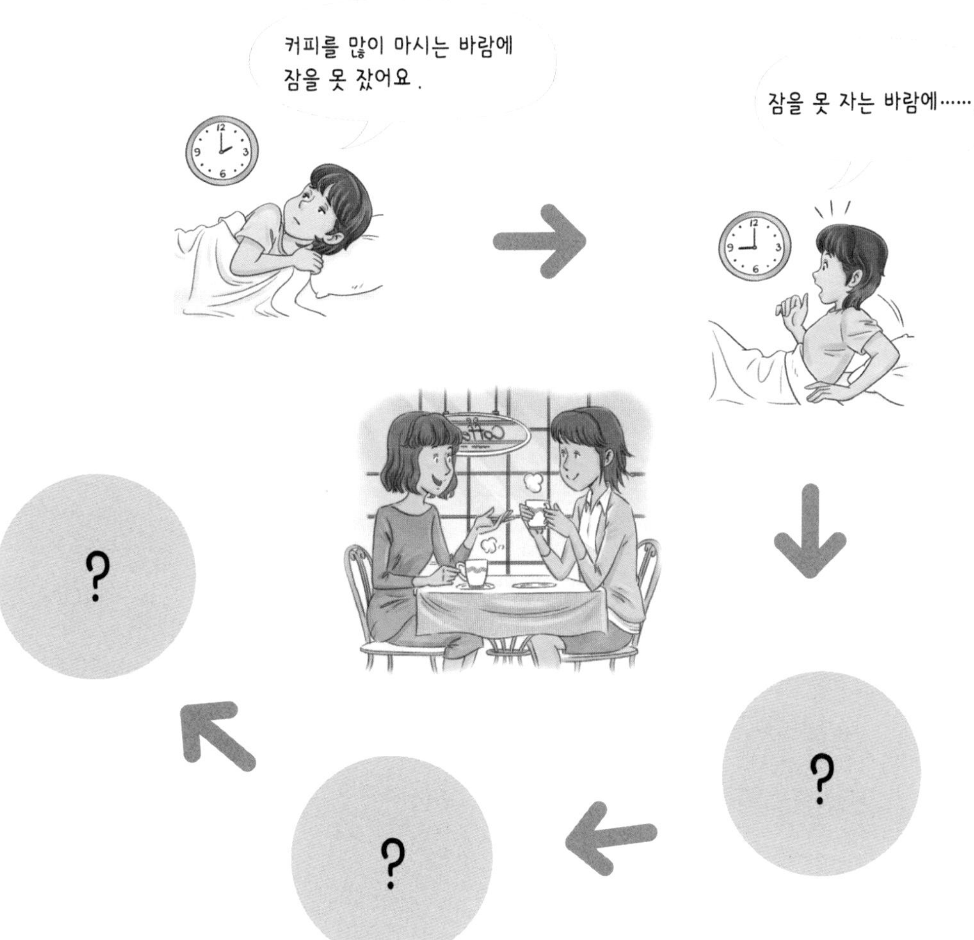

말하기 會話

會話翻譯 p. 240

25
유진 어제 축구 경기를 했다면서요? 어떻게 됐어요?
알리 아쉽게도 우리 팀이 졌어요.
유진 왜요? 경기해 보나 마나 서울대가 이길 거라고 자신만만해 했잖아요.
알리 사실 전반전까지는 2대 1로 우리 팀이 이기고 있었거든요.
유진 처음엔 잘했네요.
알리 그런데 후반전에서 한국대학교가 두 골을 넣어서 한 골 차이로 졌어요.
유진 어휴, 아깝게 졌네요.
알리 맞아요. 이길 수도 있었는데 우리 팀 선수 한 명이 반칙을 해서 퇴장 당하는 바람에 지고 말았어요.
유진 아, 그래서 그렇게 됐군요.

연습1 대화를 만들어 보세요.
練習 1 試著練習對話。

1) 1대 0으로 우리 팀이 이기고 있다
두 골을 넣어서 역전패하다
우리 팀이 후반전에 체력이 떨어지다

2) 1대 1로 비기고 있다
한 골을 넣어서 한 골 차이로 지다
우리 팀 선수 두 명이 부상을 당하다

아쉽다 可惜 전반전 上半場 후반전 下半場 골을 넣다 進球 아깝다 遺憾 역전패하다 遭逆轉而落敗
체력이 떨어지다 體力下滑 비기다 平手 부상을 당하다 受傷

연습2 경기 결과에 대해 이야기해 보세요.
練習 2　來說說看比賽的結果。

어제 여자 핸드볼 경기 봤어?

응, 정말 흥미진진한 경기였어.

우리 팀이 이겼어?

아니, 연장전까지 했는데 졌어.

1)

여자 핸드볼	전반전	후반전	연장전
서울대	12	24	26
한국대	11	24	27

2)

탁구	1세트	2세트	3세트	4세트	5세트	세트 점수
서울대	11	7	9	11	9	2
한국대	9	11	11	8	11	3

핸드볼 手球　세트 局、盤

문법과 표현 2 文法與表現2

文法解說 p. 222

1. N(이)라는 N 叫做…的…、稱為…的…

- 이것은 한국에서 유명한 닭갈비라는 음식입니다.
- '서울의 별'이라는 드라마에서 1960 년대 서울의 모습을 볼 수 있습니다.
- 풋살이라는 운동 경기에 대해 들어 본 적이 있습니까?

26

연습 자신이 좋아하는 인물이나 친구를 소개해 보세요.
練習 試著介紹你喜歡的人物或朋友。

저는 박지성이라는 축구 선수를 좋아합니다. 박지성은 경기장에서 지치지 않고 뛰어 다니기 때문에 사람들에게 '두 개의 심장'이라는 별명을 얻었습니다. 다른 선수들처럼 키가 크지는 않지만 축구를 정말 잘합니다.

저는 주은정이라는 친구를 소개하고 싶습니다. 은정이와 저는 고등학교 때부터 항상 붙어 다니던 단짝 친구입니다. 은정이는 얼굴이 예쁠 뿐만 아니라 마음도 예쁩니다. 그래서 주말마다 천사 식당이라는 곳에서 가난한 사람들을 위해 음식을 만들어 주는 일도 합니다.

 지치다 精疲力竭 심장 心臟 별명 綽號 단짝 친구 摯友 천사 天使

2. N에 비해(서) 與…相比、就…來說

- 서울에 비해서 제주도는 날씨가 따뜻합니다.
- 그 친구는 다른 친구들에 비해 젊어 보입니다.
- 그 선수는 실력에 비해 좋은 평가를 받지 못하고 있습니다.

연습 친구의 질문을 듣고 각 나라의 특징에 대해 서로 질문하고 대답해 보세요.
練習 聽聽朋友的問題，並針對各個國家的特徵來進行問答。

중국 남자들은 한국 남자들과 어떤 차이가 있습니까?

중국 남자들은 한국 남자들에 비해 요리를 잘합니다.

질문 : ______________ 은/는 ______________ 과/와 어떤 차이가 있습니까?

친구 이름	특징

평가를 받다 獲得評價

가 여기는 서울월드컵경기장이라는 곳이다. 이곳은 다른 축구장에 비해서 공원이 잘 되어 있고 쉴 곳도 많아서 사람들이 많이 찾는다. 이곳에 가면 운동 경기를 관람할 수도 있고 경기장 내에 있는 영화관에서 영화도 볼 수 있고 근처 공원에서 산책도 할 수 있다.

나 여기는 잠실야구장이라는 곳이다. 이곳은 야구 경기가 있는 날이면 응원하는 사람들의 함성 소리로 가득하다. 다른 야구장에 비해 교통이 편리하고 주차 시설이 잘 되어 있어서 많은 사람들이 찾는다. 또 음식을 가지고 들어갈 수 있기 때문에 음식을 먹으면서 재미있게 경기를 볼 수 있다.

연습1 읽은 내용을 확인해 보세요.
練習 1 測試看看是否已經了解讀過的內容。

1) 가 에서 서울월드컵경기장이 다른 축구장보다 좋은 점은 무엇입니까?

2) 가 에서 서울월드컵경기장에서 할 수 있는 일 3가지를 찾아보세요.

3) 나 에서 잠실야구장이 다른 야구장보다 좋은 점은 무엇입니까?

4) 나 에서 잠실야구장에 가면 재미있는 이유는 무엇입니까?

서울월드컵경기장 首爾世界盃競技場 축구장 足球場 관람하다 觀看 내 內部 잠실야구장 蠶室棒球場
응원하다 加油 함성 吶喊聲 가득하다 充滿

연습2 친구와 이야기해 보세요
練習 2　和朋友練習説説看。

1) 여러분 나라에서는 다음과 같은 상황에 어느 장소에 가면 좋을 것 같습니까?

상황	선택한 장소	선택한 이유
데이트를 할 때		
가족과 시간을 보낼 때		
스트레스를 풀고 싶을 때		
?		

2) 친구들에게 여러분 나라 사람들이 자주 가는 장소에 대해 소개해 주세요.

여기는 ____________________라는 곳입니다. 이곳은 ____________________에

비해서 ____.

여기에 가면 ____

____

____

____.

듣고 말하기 聽力與會話

준비 2등 선수는 왜 울고 있을까요?
暖身 獲得第二名的選手為什麼在哭呢？

듣기1 다음은 운동 경기에 대한 라디오 토론의 일부입니다. 잘 듣고 질문에 답하세요. 28
聽力 1 以下是廣播節目中討論運動比賽的部分內容，仔細聽並回答問題。

1) 이 선수는 왜 1등을 하지 못했습니까?

2) 남자와 여자의 생각으로 맞는 것을 연결하세요.

남자 •	• 운동 경기에서 중요한 것은 결과이다.
	• 운동 경기에서 중요한 것은 과정이다.
여자 •	• 선수는 결과를 받아들여야 한다.
	• 1등과 2등은 분명한 차이가 있다.

준비 • 두 선수가 경기를 한다면 누가 이길 것 같습니까?
暖身 這兩位選手如果進行比賽的話，你覺得誰會獲勝呢？
• 왜 그렇게 생각합니까?
為何你會這麼認為？

듣기2 다음은 운동 경기를 보고 있는 두 사람의 대화입니다. 잘 듣고 대답해 보세요. 29
聽力 2 以下是兩人看著運動比賽時的對話，仔細聽並回答問題。

1) 남자와 여자는 누가 이길 거라고 생각합니까?

남자 •	• 체격이 작은 선수
여자 •	• 체격이 큰 선수

2) 경기에서 누가 이겼습니까?

3) 남자와 여자는 씨름 경기에서 중요한 것이 무엇이라고 생각합니까?

남자 : ____________________ 여자 : ____________________

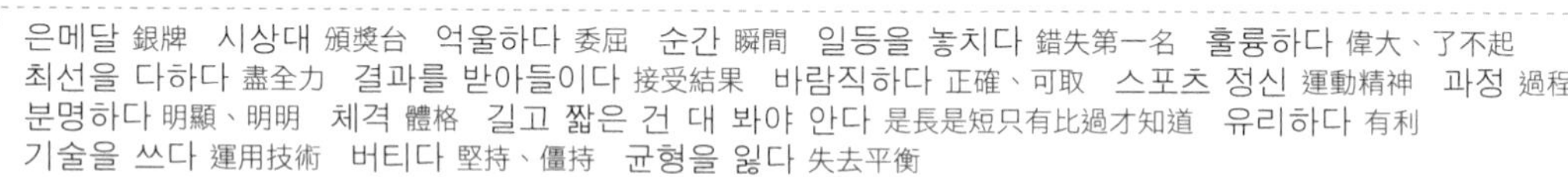
은메달 銀牌 시상대 頒獎台 억울하다 委屈 순간 瞬間 일등을 놓치다 錯失第一名 훌륭하다 偉大、了不起
최선을 다하다 盡全力 결과를 받아들이다 接受結果 바람직하다 正確、可取 스포츠 정신 運動精神 과정 過程
분명하다 明顯、明明 체격 體格 길고 짧은 건 대 봐야 안다 是長是短只有比過才知道 유리하다 有利
기술을 쓰다 運用技術 버티다 堅持、僵持 균형을 잃다 失去平衡

4) 다시 듣고 사용한 표현을 찾아서 표시해 보세요.

결과를 확신할 때	상대방의 예상에 반대할 때
☐ ~으나 마나	☐ 그건 모르는 일이야
☐ 당연히 ~을 거야	☐ 그렇지 않을걸
☐ ~을 게 확실해	☐ 두고 봐야지
☐ ~을 게 틀림없어	☐ 무슨 소리야?

말하기 운동 경기의 결과에 대해 다음과 같이 이야기해 보세요.

會話　跟著下方範例，説説看運動比賽的結果。

키 큰 수영 선수와 키가 작은 수영 선수가 경기를 하면 누가 이길까?

경기해 보나 마나 큰 선수가 이길 게 틀림없어.

그건 모르는 일이야. 길고 짧은 건 대 봐야 알지. 작은 선수가 가벼우니까 빨리 갈 거야.

무슨 소리야. 당연히 체격이 큰 선수가 이길 거야.

운동 경기
● 키가 큰 수영 선수와 키가 작은 수영 선수
● 브라질과 한국의 축구 경기
● 친구와 나의 팔씨름
● 친구와 나의 ______________________

당연히 當然　팔씨름 比腕力

읽고 쓰기 閱讀與寫作

준비 운동 경기에 알맞은 공을 찾아보세요.
暖身 找找看運動比賽中所使用的球。

농구 배구 축구 풋살

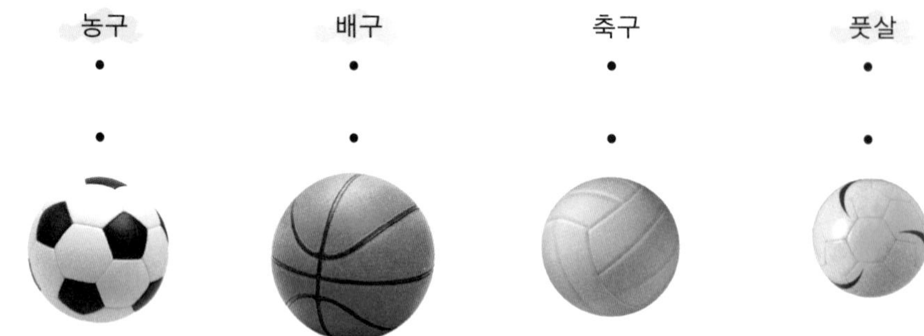

읽기 다음 설명문을 읽고 물음에 답하세요.
閱讀 閱讀以下文章並回答問題。

풋살이라는 경기를 아세요?

가 풋살은 축구와 비슷한 경기입니다. 스페인어로 축구를 의미하는 'Futbol'과 실내를 의미하는 프랑스어의 'Salle'을 합쳐서 만든 이름입니다. 즉 실내에서 하는 축구라는 뜻입니다.

나 축구를 하려면 11명의 선수가 필요하지만 풋살은 5명이 할 수 있는 경기입니다. 선수의 인원뿐만 아니라 경기장과 공의 크기도 축구에 비해 작습니다. 또 축구는 실내에서는 할 수 없지만 풋살은 실내에서도 할 수 있다는 점이 다릅니다. 경기 시간도 다른데 축구 경기는 전반전과 후반전 각각 45분씩 경기를 하지만 풋살은 20분씩 경기를 합니다.

다 풋살을 하는 방법은 축구 경기와 비슷합니다. 공을 발로 차서 상대편 골문에 넣는데 공을 많이 넣는 팀이 이기게 됩니다. 이때 선수는 발만을 사용해야 하는데 손을 쓰면 반칙이 되고 반칙을 하면 상대편에게 공을 넘겨줘야 합니다. 경기를 마치고도 승부가 나지 않아 무승부이면 연장전을 하게 됩니다.

라 풋살이 축구에 비해 좋은 점은 아무 데서나 쉽게 할 수 있다는 점입니다. 선수의 수가 적고 경기장이 작아도 되기 때문에 친구들이 모였을 때 쉽게 할 수 있습니다. 또 좁은 공간에서 하기 때문에 경기 진행이 빨라서 매우 흥미진진한 경기를 즐길 수 있다는 것도 장점입니다.

의미하다 意味著 합치다 加起來、合併 즉 即、也就是說 뜻 意思 인원 人員、人數 각각 各、各自
발로 차다 用腳踢 골문 球門 넘겨주다 讓給…、交給… 무승부 無勝負 진행 進行

1) 무엇에 대한 글입니까?

☐ 풋살에 대한 설명 ☐ 풋살 경기장에 대한 설명 ☐ 풋살 선수에 대한 설명

2) 읽은 내용을 친구와 이야기해 보세요.

① 가 풋살은 무슨 뜻입니까?

② 나 풋살 경기는 몇 명의 선수가 몇 분 동안 합니까?

③ 다 풋살 경기는 어떻게 합니까?

④ 라 풋살 경기의 장점은 무엇입니까?

3) 풋살과 축구에 대해 정리해 보세요.

	풋살	축구
인원		
경기장과 공의 크기		
경기 장소		
경기 시간		
경기 방법		

4) 다음 단어를 사용해서 읽은 글을 다시 말해 보세요.

풋살 뜻 인원 크기 실내
전반전 후반전 경기 방법 좋은 점

쓰기 운동 경기를 비교하여 설명하는 글을 써 보세요.
寫作 寫一篇比較並說明運動比賽的文章。

1) 친구들과 이야기하면서 쓸 내용을 정리해 보세요.

경기			
내용	경기 이름의 뜻		
	경기의 역사		
	좋은 점		
	다른 경기와 비교		
		• • •	• • •

2) 정리한 내용을 보고 운동을 소개하는 설명문을 써 보세요.

과제 課堂活動

체육 대회를 어떻게 준비해야 할지 토의해 봅시다.
來討論看看要如何準備體育大會。

체육 대회를 위해 생각해야 할 내용을 정해 보세요.
試著擬定舉辦體育大會時所要考慮的內容。

- 경기 종목
- 경기 순서
- 경기 시간
- 경기 규칙
- 팀 구성 방법
- 상품
-
-
-

위에서 정한 항목에 대해 친구들과 토의해 보세요.
就上方所擬定的項目和朋友來進行討論。

경기 종목	
경기 순서	
경기 시간	
경기 규칙	
팀 구성 방법	
상품	

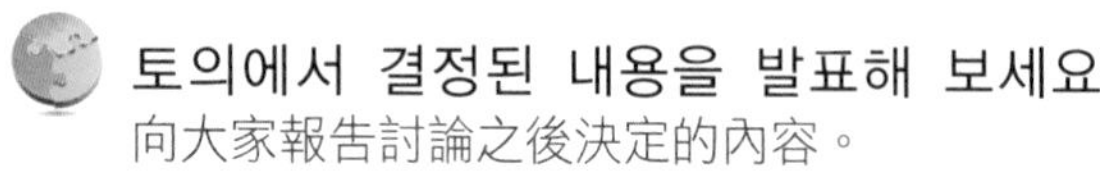

토의에서 결정된 내용을 발표해 보세요.
向大家報告討論之後決定的內容。

종목 項目　구성 組成　상품 獎品

문화 산책 文化漫步

文化 Q&A p. 247

준비 씨름 경기를 본 적이 있습니까?
暖身 你有看過摔角比賽嗎？

알아보기 認識韓國

씨름
摔角

1) 경기장

모래판

모래가 깔려 있는 둥근 모양의 경기장이다.

2) 경기 복장

샅바

허리와 다리에 묶어서 손잡이로 쓰는 튼튼한 끈인데 빨간색과 파란색으로 선수를 구분한다.

3) 경기 방법

두 선수가 서로의 샅바를 잡고 상대방을 쓰러뜨리는 경기이다. 무릎 위의 어느 부분이 땅에 먼저 닿는 사람이 지게 된다.

4) 우승 상

과거에는 큰 씨름 대회에서 우승을 하게 되면 황소를 상으로 주었다. 경기의 규모에 따라 쌀을 상으로 주는 경우도 있었다.

생각 나누기 文化分享
여러분 나라에 씨름과 비슷한 운동이 있습니까?
你們國家有沒有類似摔角的運動呢？

모래판 (摔角) 沙場　깔리다 鋪設　샅바 (韓式摔角用的) 帶子　손잡이 把手　끈 繩子　쓰러뜨리다 摔倒、使倒下　닿다 碰觸、觸及　황소 黃牛　규모 規模

발음 發音

준비 들어 보세요. 30

暖身 先聽聽看！

1) 이번 경기에서 이길 수도 있었는데 아깝네요.

2) 아침에 못 일어날 정도로 피곤해요.

규칙 '동사, 형용사 + -(으)ㄹ'뒤에 오는 'ㄱ, ㄷ, ㅂ, ㅅ, ㅈ'은 [ㄲ, ㄸ, ㅃ, ㅆ, ㅉ]로 발음됩니다.

規則 「動詞、形容詞+-(으)ㄹ」後若接「ㄱ、ㄷ、ㅂ、ㅅ、ㅈ」等子音時，則這些子音應分別發成「ㄲ、ㄸ、ㅃ、ㅆ、ㅉ」的音。

바쁠걸요 → [바쁠꺼료]

넘어질 거예요 → [너머질 꺼예요]

무서울 정도로 → [무서울 쩡도로]

이길 수 있어요 → [이길 쑤 이써요]

연습 잘 듣고 따라 해 보세요. 31

練習 仔細聽並跟著唸唸看。

1) 키가 작은 선수가 넘어질 것 같아요.

2) 오늘 날씨가 너무 추워서 손이 얼 정도예요.

3) 할 수 없지요, 뭐. 다음에 더 잘해야지요.

4) 금방 끝날 줄 알았는데 승부가 쉽게 안 나겠어요.

5) 이곳에 가면 쉴 곳도 많고 산책도 할 수 있어요.

6) 보나 마나 체격이 큰 선수가 이길 게 틀림없어요.

자기 평가 自我評量

1. 다음은 주제 어휘입니다. 뜻을 확인해 보세요.
下方為本課的重點語彙，確認一下這些字的解釋吧。

- ☐ 결승전에 진출하다 晉級到決賽
- ☐ 경고를 받다 受到警告
- ☐ 규칙을 지키다 遵守規則
- ☐ 득점을 하다 得分
- ☐ 막상막하이다 不相上下
- ☐ 반칙을 하다 犯規
- ☐ 승부가 나다 分出勝負
- ☐ 승부욕이 강하다 好勝心強
- ☐ 아슬아슬하다 膽戰心驚
- ☐ 연장전을 하다 進行延長賽
- ☐ 자신만만하다 自信滿滿
- ☐ 정정당당하다 正正當當
- ☐ 퇴장당하다 被逐出場外
- ☐ 흥미진진하다 津津有味

2. 알맞은 것을 골라 완성해 만들어 보세요.
選出適合的選項並完成對話。

-(으)나 마나 　 -는 바람에 　 (이)라는 　 에 비해서

1) A 어제 늦게 자서 오늘 늦잠을 잤나 봐요.
   B 네, ______________________ 회사에 지각했어요.

2) A 요즘 물가가 많이 올랐지요?
   B 맞아요. ______________________ 정말 많이 오른 것 같아요.

3) A 제가 담근 김치인데 한번 먹어 보세요.
   B 마리코 씨는 요리를 잘 하니까 ______________________ 맛있을 거예요.

4) A 요즘 인기 있는 영화가 뭐예요?
   B ______________________ 영화가 인기가 많대요.

3. 한국어로 할 수 있는 것에 ✓ 하세요.
你可以用韓文做哪些事情，請打 ✓ 。

- ☐ 운동 경기 결과에 대해서 설명할 수 있다.
- ☐ 경기장 소개를 읽고 경기장을 소개할 수 있다.
- ☐ 운동 경기 결과를 예측하는 대화를 듣고 말할 수 있다.
- ☐ 운동 경기에 대한 설명문을 읽고 쓸 수 있다.

標準答案

2. 1) 늦잠을 자는 바람에 2) 작년에 비해서 3) 먹어 보나 마나 4) '명량'이라는

4 남자와 여자

잘 듣고 이야기해 보세요.
仔細聽並說說看。

1. 여자는 남자의 선물이 마음에 들었습니까?
   女生喜歡男生的禮物嗎？
2. 여자는 무엇을 선물로 받고 싶었습니까?
   女生本來希望收到什麼禮物呢？

학습목표 學習目標

어 휘 字彙練習	• 태도와 불만 態度與不滿 • 능력 能力 • - 스럽다
문법과 표현 1 文法與表現 1	• A/V- 기는커녕 , N 은 / 는커녕 • A/V-(으) ㄹ 게 뻔하다
말하기 會話	• 친구에 대해 불평하기 抱怨朋友
문법과 표현 2 文法與表現 2	• A-(으) ㄴ 반면 (에), V- 는 반면 (에) • A/V-(으) ㄹ 수밖에 없다
읽고 말하기 閱讀與會話	• 남자와 여자 비교하는 글 읽기 閱讀比較男女差異的文章 • 남자와 여자 비교하여 말하기 比較男女差異並述說
듣고 말하기 聽力與會話	• 이성의 행동에 대한 불만 듣기 聽聽對異性行為的不滿 • 의견 차이로 다투는 대화 듣기 聽聽因意見不合而爭吵的對話 • 의견 강하게 표현하기 強烈表達自我意見
읽고 쓰기 閱讀與寫作	• 실험 결과를 근거로 한 의견 제시 글 읽기 閱讀以實驗結果為依據，表達自我意見的文章 • 실험 결과를 분석하는 글 쓰기 寫一篇分析實驗結果的文章
과 제 課堂活動	• 남녀 차이 유무에 대해 토론하기 討論男女之間是否存在差異
문화 산책 文化漫步	• 남녀의 직업 男女的職業
발 음 發音	• '-(으) ㄹ 게 뻔하다'의 억양 「-(으) ㄹ 게 뻔하다」的聲調

어 휘 字彙練習

1. 다음은 다른 사람의 행동에 대해 불평할 때 사용하는 표현입니다. 상황에 맞게 이야기해 보세요.
下方是針對他人行動表達不滿時所用的語彙，依情況的不同練習説説看。

계획성이 없다　　눈치가 없다　　고집이 세다　　자존심이 강하다

1) 남자 친구가 요즘 돈이 없어서 제가 빌려주겠다고 했더니 싫다고 화를 냈어요.

자존심이 강한가 봐요.

2) 날씨가 추운데도 우리 딸은 짧은 치마를 입고 유치원에 가겠다고 울어요.

3) 그 친구는 월급을 받으면 금방 다 써 버리고 저축을 하나도 안 해요. 나중에 어떻게 살려고 하는지 걱정이에요.

4) 내가 그 목걸이가 예쁘다고 몇 번이나 말했는데 남자 친구가 책을 선물로 줬어요.

- 여러분은 계획성이 있는 편입니까?
- 친구나 가족 중에서 고집이 센 사람이 있습니까?
- 자존심 때문에 하고 싶은 일을 하지 못한 적이 있습니까?

2. 다음은 불만과 관련된 단어입니다. 맞는 표현을 골라 보세요.
下方是有關「不滿」的語彙，試著挑出正確的選項。

불만이다　　속상하다　　발끈하다　　따지다　　지적하다

1) 말도 안 돼. 또 갑자기 계획을 바꾸면 어떡하니? 더 이상 참을 수가 없어.

2) 어제 어디에 갔어요? 왜 전화를 안 받았어요? 누구랑 있었어요? 약속을 못 지키면 미리 전화를 해야 하는 거 아니에요?

3) 이 발표에서는 가장 중요한 부분이 빠졌군요. 주인공이 왜 그런 행동을 했는지 생각해 보셨나요?

4) 다른 친구들은 모두 커다란 곰 인형을 가지고 있는데 우리 부모님은 왜 나한테 안 사 주실까요?

5) 진짜 열심히 연습했는데 운동장에 가다가 교통사고가 나는 바람에 경기에 못 나갔어요. 경기에 나갔으면 우승할 수 있었는데…….

- 불만이 있을 때 참는 편입니까? 따지는 편입니까?
- 요즘 속상한 일이 있습니까?
- 다른 사람이 지적하면 잘 받아들이는 편입니까?

3. 다음 빈칸에 알맞은 말을 넣으세요.
將合適的語彙放入空格中。

여성스럽다　사랑스럽다　자랑스럽다　당황스럽다　걱정스럽다

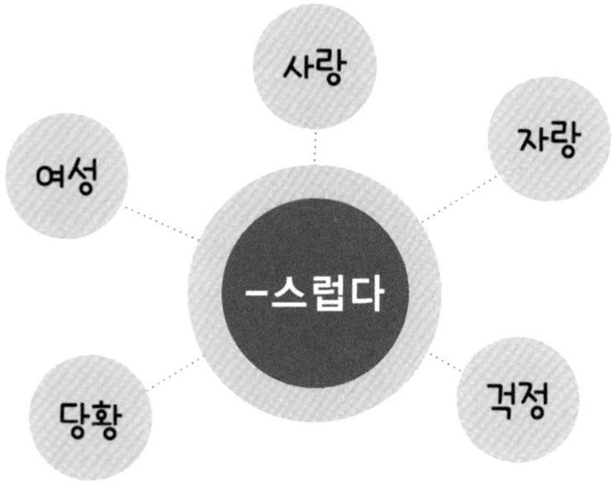

-스럽다: 사랑, 자랑, 여성, 당황, 걱정

- 어떤 사람이 여성스럽다고 생각합니까?
- 여러분은 어떨 때 자기 자신이 자랑스럽습니까?
- 최근에 당황스러웠던 경험이 있습니까?

1) 그렇게 쉬지 않고 일하다가는 병에 걸릴 거야. 이제 좀 쉬어.

(걱정스러운) 마음

2) 저 분홍색 원피스 어때? 꽃무늬도 예쁘고 리본도 달려 있어서 참 마음에 든다.

(　　　　　) 치마

3) 수업에 늦어서 급하게 교실 문을 열었는데 우리 교실이 아니었어요.

(　　　　　) 상황

4) 우리 아들이 서울에서 좋은 회사에 취직했어요. 어찌나 기쁜지 날아갈 것 같아요.

(　　　　　) 아들

5) 우리 딸은 웃는 것도 예쁘고 우는 것도 귀여워요. 보면 볼수록 예쁘네요.

(　　　　　) 딸

 文法解說 p. 223-224

문법과 표현 1 文法與表現1

1. A/V-기는커녕, N 은/는커녕 別說…了，就連…都…

A 새로 산 휴대폰이 편리하지요?

B 편리하기는커녕 너무 기능이 많아서 사용법도 모르겠어요.

A 어제 영화는 재미있었니?

B 말도 마. 갑자기 배탈이 나는 바람에 영화관은커녕 집 밖에도 못 나갔어.

연습 광고를 보고 마음에 들지 않는 부분에 대해서 이야기해 보세요.

練習 看廣告並說說你不喜歡的部分。

어제 헬스클럽에 갔지요? 어땠어요?

말도 마세요. 광고를 믿고 갔는데 넓기는커녕 세 사람이 운동하기에도 좁았어요.

•깨끗하고 넓은 헬스장!
•친절하고 전문적인 강사!
•최신식 사우나 시설
•운동복과 수건 제공
•무료 샤워실

10주년 기념 이벤트
여성 회원은 1개월 무료 수강

마음에 드는 스타일로 바꿔 드립니다.
마음에 드는 사진을 가져 오시면 똑같이 해 드립니다.
저렴한 가격으로 최상의 서비스를 해 드립니다.

오전 10시 이전 50% 세일!
최고급 샴푸 증정

기능 功能 사용법 使用方法 광고 廣告 전문적 專業的 최신식 最新型 사우나 三溫暖 주년 週年 기념 紀念 이벤트 活動 회원 會員 최상 最好的、最優的

2. A/V-(으)ㄹ 게 뻔하다 很明顯會是…

A 이 책이 재미있을까?

B 제목을 보니까 재미없을 게 뻔해.

A 이번 달에는 저축을 좀 할 수 있겠어요?

B 저축이라니요? 돈을 많이 써서 저축은커녕 생활비도 모자랄 게 뻔해요.

연습 練習

다음과 같이 한 친구에 대한 질문을 만들어서 다른 친구들에게 물어보고 대답을 들어 보세요.

參考下方範例，設計一段關於朋友的問答題目，以此來詢問其他朋友，並聆聽他們的回覆。

____________ 씨가 책을 선물 받으면 좋아할까요?

____________ 씨가 어젯밤에 무엇을 했을까요?

____________ 씨가 지금 무슨 생각을 하고 있을까요?

____________ 씨와 말다툼하면 내가 이길까요?

저축 儲蓄　말다툼하다 爭執、起口角

말하기 會話

會話翻譯 p. 241

35

켈리 오늘 스티븐이랑 영화 보러 간다면서? 좋겠다.
유진 좋기는커녕 안 싸우면 다행이야.
켈리 왜?
유진 서로 취향이 달라서 싸우는 거지. 오늘도 액션 영화를 보자고 할 게 뻔해.
켈리 넌 액션 영화 싫어하잖아.
유진 스티븐은 자기가 좋아하면 나도 좋아할 거라고 생각하거든.
켈리 그럼 너도 네가 보고 싶은 영화를 보자고 말해.
유진 다른 거 보자고 해도 눈치가 없어서 잘 모르던데…….
켈리 오늘 만나서 또 그러면 왜 항상 네가 보고 싶은 것만 보느냐고 말해 봐.
유진 너무 따지는 것 같아서 말하기 싫어.
켈리 그래도 말해야 알지. 말 안 하고 있으면 어떻게 알겠어?

연습1 대화를 만들어 보세요.
練習 1 試著練習對話。

1) 저녁 먹으러 가다
매운 닭갈비를 먹다
고집이 세서 자기 마음대로 하다

2) 운동하러 가다
수영하러 가다
자기 생각대로만 하다

취향 喜好、愛好

연습2 다른 사람에 대한 불만을 이야기해 보세요.
練習 2　說說看你對別人的不滿。

주말에 여자 친구랑 록 콘서트 보러 간다면서요? 좋겠어요.

좋기는커녕 싸우기만 할 게 뻔해요.

왜요?

저는 시끄러운 콘서트를 싫어하거든요.

1) 여자 친구와 주말에 콘서트 장에 가기로 했는데 저는 시끄러운 록 콘서트는 싫어합니다.

2) 남자 친구는 오늘 드라이브를 가자고 하는데 저는 막히는 시내에서 드라이브를 하고 싶지 않습니다.

록 콘서트 搖滾演唱會　드라이브를 가다 開車去兜風

문법과 표현 2 文法與表現2

文法解說 p. 224

1. A-(으)ㄴ 반면(에), V-는 반면(에) 與此相反…、反之…、但是…

- 우리 집은 학교에서 가까운 반면에 지하철역에서 멀다.
- 나는 책 읽는 것을 좋아하는 반면에 동생은 그림 그리는 것을 좋아한다.
- 남자들은 보통 자동차에 관심이 많은 반면 여자들은 자동차에 별로 관심이 없는 편이다.

36

연습 여러분 주변에 있는 것들에 대한 장점과 단점을 비교하여 말해 보세요.
練習 試著比較並述說你周邊事物的優點與缺點。

학교 식당	우리 집	우리 삼촌
내가 자주 가는 가게	내가 최근 본 드라마	?

최근 最近

2. A/V-(으)ㄹ 수밖에 없다 只得…、僅可以…

- 좋은 재료로 만들었으니까 음식이 맛있을 수밖에 없다. 37
- 등록금이 없어서 대학 입학을 포기할 수밖에 없었다.
- 남자와 여자는 체격이 다르기 때문에 잘할 수 있는 운동이 다를 수밖에 없다.

연습 다음과 같이 친구의 행동에 대해 이유를 말해 보세요.
練習 跟著如下範例，來述說為何朋友會有這些行為或狀況發生。

그 친구는 왜 자주 다리를 다칠까?

- 성격이 급하니까 자주 다칠 수밖에 없다.
- 항상 높은 구두를 신으니까 자주 다칠 수밖에 없다.
- 항상 휴대 전화를 보면서 걸으니까 자주 다칠 수밖에 없다.
- 운동을 자주 하니까 자주 다칠 수밖에 없다.
- ?

그 친구는 왜 물건을 자주 잃어버릴까?

그 친구는 왜 늘 웃고 다닐까?

?

포기하다 放棄 늘 總是

읽고 말하기 閱讀與會話

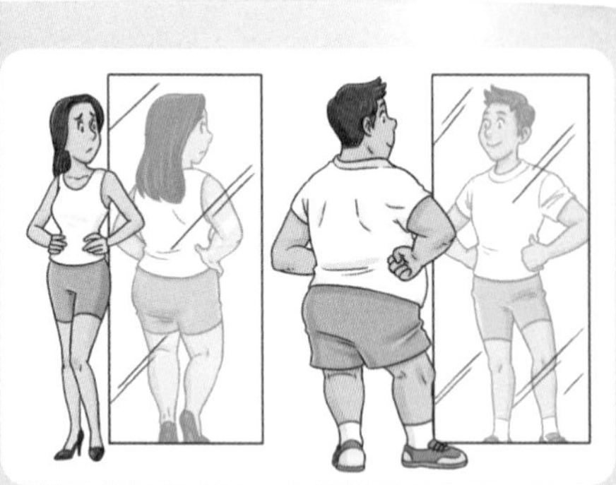

가 **거울로 본 자신의 모습**

여자는 거울을 볼 때 실제보다 자신이 뚱뚱하다고 생각하는 반면에 남자는 대부분 자신이 남자답고 멋있다고 생각한다. 그래서 여자가 남자에 비해서 몸매나 다이어트에 관심이 많을 수밖에 없다.

나 **옷에 대한 생각**

여자는 옷장에 옷이 많이 있어도 입을 옷이 없다고 생각하는 반면에 남자는 옷이 몇 벌만 있어도 충분하다고 생각한다. 여자는 옷을 멋으로 입지만 남자는 옷의 기능만 생각하기 때문에 그럴 수밖에 없다.

연습1 읽은 내용을 확인해 보세요.
練習 1 測試看看是否已經了解讀過的內容。

1) 가 에서 거울을 볼 때 여자와 남자의 생각은 어떻게 다릅니까?
- ▶ 여자 :
- ▶ 남자 :

2) 가 에서 여자와 남자의 생각 차이로 무엇을 알 수 있습니까?

3) 나 에서 옷에 대한 여자와 남자의 생각은 어떻게 다릅니까?
- ▶ 여자 :
- ▶ 남자 :

4) 나 에서 여자와 남자의 생각이 다른 이유는 무엇입니까?

거울 鏡子　실제 實際上　남자답다 有男人味、像個男子漢　몸매 身材　옷장 衣櫃

연습2 친구와 이야기해 보세요.
練習 2　和朋友練習説説看。

1) 다음 상황에서 여자와 남자는 어떻게 행동할까요? 친구들의 생각을 알아보세요.

	여자	남자
길을 잘 모를 때		
무서운 영화를 볼 때		
친구에게 심각한 고민이 생겼을 때		
친구와 같이 있다가 화장실에 갈 때		

2) 친구들의 생각을 정리해서 말해 보세요.

여자는 ______________________________ 반면에
남자는 ______________________________
____
______________________________ 수밖에 없습니다.
____
______________________________.

심각하다 嚴重的

듣고 말하기 聽力與會話

준비 고민이 있을 때 다른 사람이 어떻게 해 주기를 기대합니까?
暖身 當你為某事而煩惱時，你希望別人為你做些什麼呢？

듣기1 다음은 친구에 대한 불만을 이야기하는 내용입니다. 잘 듣고 질문에 답하세요. 38
聽力 1 以下是述說對朋友不滿的內容，仔細聽並回答問題。

1) 이 남자의 여자 친구는 무엇 때문에 힘들어 합니까?

① 일 때문에 ② 직장 상사 때문에

2) 왜 이런 문제 상황이 생겼습니까?

① 남녀의 생각 차이 때문에

② 여자가 자존심이 강하기 때문에

③ 남자가 문제를 해결하지 못해서

준비 데이트할 때 싸운 적이 있습니까? 왜 싸웠습니까?
暖身 你曾經在約會的時候吵架嗎？為什麼而吵呢？

듣기2 다음은 다투고 있는 두 사람의 대화입니다. 잘 듣고 대답해 보세요. 39
聽力 2 以下是某兩人吵架的內容，仔細聽並回答問題。

1) 남자와 여자는 무엇에 대해 이야기하고 있습니까?

① 식당의 분위기 ② 식당의 음식 맛 ③ 식당의 음식값

2) 대화를 듣고 맞는 대답에 표시하세요.

① 이 식당은 음식이 (비싼 / 싼) 편이다.

② 남자는 다른 식당에 (가고 싶어 한다 / 가고 싶어 하지 않는다).

③ 여자는 남자가 돈을 많이 (쓰는 / 안 쓰는) 것에 대해 불만이다.

3) 남자는 어떤 성격입니까?

 상사 上司 원만하다 圓滿、美滿 기대하다 期待 고르다 挑選 수준 水準 정식 定食、套餐 모처럼 難得、好不容易 기분이 나다 心情好 메뉴판 菜單

4) 다시 듣고 대화에서 사용한 표현을 찾아서 표시해 보세요.

부정적 결과를 예상할 때	상대방에게 불만을 표현할 때
☐ ~다가는	☐ ~는 거 아냐?
☐ ~기는커녕	☐ 왜 그래, 또?
☐ ~을 게 뻔해	☐ 어떻게 ~니/냐?
☐ ~기는 틀렸다	☐ ~는다는 게 말이 되니/되냐?

말하기 의견을 주장하는 대화를 해 보세요.
會話　試著練習主張自我意見的對話。

새 자동차를 살까 해.

새 자동차를 사려면 돈이 많이 필요한 거 아냐?

그렇기는 해도 중고 자동차를 살 수는 없잖아. 중고 자동차는 금방 고장 날 게 뻔해.

잘 고르면 괜찮아. 돈도 없는데 어떻게 새 자동차를 사냐?

	여자	남자
자동차 판매점에서	새 자동차를 사고 싶다.	중고 자동차를 사고 싶다.
여름휴가 계획을 세우면서	사람들과 어울려 놀 수 있는 곳이 좋다.	조용한 곳이 좋다.
친구 결혼 선물을 의논하면서	선물이 좋다.	현금이 좋다.

판매점 銷售處　의논하다 商議、討論　현금 現金

읽고 쓰기 閱讀與寫作

준비 暖身

다음 8가지 일을 하는 데 시간이 얼마나 걸립니까?
做下方的八件事情，要花費你多少時間呢？

- 다림질하기
- 택배 물건 받기
- 커피 내리기
- 식빵 굽기
- 복사하기
- 전화로 집의 위치를 설명해 주기
- 아이를 안고 달래 주기
- 아이에게 우유를 먹이고 기저귀 갈아 주기

읽기 閱讀

다음 보고서를 읽고 물음에 답하세요.
閱讀以下報告內容，並回答問題。

남녀 대학생을 대상으로 흥미로운 실험을 했다. 여덟 가지 일을 10분 내에 모두 마치는 것이다. 그 일은 다림질하기, 택배 물건 받기, 전화가 오면 전화를 받아서 집의 위치를 설명해 주기, 아이에게 우유를 먹이고 기저귀 갈아 주기, 아이를 안고 달래 주기, 커피 내리기, 식빵 굽기, 복사하기였다.

실험 결과 일을 마치는 데 여학생은 평균 9분 56초가 걸렸고 남학생은 평균 13분 52초가 걸렸다. 대부분의 여학생들은 10분 내에 일을 마친 반면에 10분 내에 일을 마친 남학생은 한 명도 없었다. 여학생들은 아기를 안고 전화를 받으면서 집의 위치를 설명해 주는 동시에 갑자기 도착한 택배 물건을 받고, 커피를 내리면서 식빵도 굽고 복사도 했다. 한 번에 여러 가지 일을 허둥대지 않고 침착하게 해냈다. 이에 비해 남학생들은 처음부터 당황스러워했다. 다림질을 하고 있는데 택배 물건이 오고 전화까지 오니까 어떻게 해야 할지 몰라 우왕좌왕했다. 일을 마치는 시간도 오래 걸렸고 일을 동시에 하지 못하고 허둥대서 일의 결과도 엉망일 수밖에 없었다.

이 실험 결과를 보면 어떤 일이 동시에 주어졌을 때 여자는 남자보다 일의 순서를 정해 해내는 능력이 훨씬 뛰어나다는 것을 알 수 있다. 그 반면에 남자들은 일을 동시에 하는 능력이 여자에 비해 뒤떨어진다. 그러므로 여자들에게 일을 시킬 때는 여러 가지 일을 한꺼번에 줘도 크게 문제가 안 되지만 남자들에게 일을 줄 때는 여러 가지 일을 한꺼번에 주는 것보다는 한 가지 일이 끝나면 다음 일을 시키는 것이 훨씬 더 좋은 방법이다.

1) 읽은 내용에 대해 이야기해 보세요.

① 누구를 대상으로 어떤 실험을 하였습니까?

② 일을 하는 데 여자와 남자는 각각 시간이 얼마나 걸렸습니까?

③ 실험 과정에서 일을 하는 여자와 남자의 태도는 어떻게 달랐습니까?

다림질 熨燙衣物 커피를 내리다 煮咖啡 식빵 土司 달래다 哄、安慰 기저귀를 갈다 換尿布 실험 實驗 평균 平均 동시에 同時 허둥대다 慌張 침착하다 沈著 우왕좌왕하다 倉皇失措 주어지다 被給予、被賦予 순서 順序 뛰어나다 傑出、卓越 뒤떨어지다 落後 시키다 使喚 한꺼번에 一次

2) 실험 결과를 정리해 보세요.

> ________________ 대상으로 ____
> 에 대한 실험을 했습니다. 실험 결과 여자들은 ________________능력이
> 여자에 비해 뒤떨어진다는 것을 알 수 있었습니다. 그러므로 여자에게 일을 줄
> 때는 ________________도 되지만 남자에게 일을 줄 때는 ____________
> 일을 주는 것이 더 좋습니다.

3) 다음 단어를 사용해서 읽은 글을 다시 말해 보세요.

대상	실험	결과	평균	동시에	허둥대다
당황스러워하다	침착하다	뛰어나다	뒤떨어지다		

쓰기 실험 결과를 근거로 의견을 제시하는 글을 써 보세요.

寫作 以實驗結果為依據，寫篇提出自我意見的文章。

남자가 주차하는 데에 걸린 시간 43초

여자가 주차하는 데에 걸린 시간 3분 1초

1) 다음 그림을 보고 실험 내용을 이야기해 보세요.

2) 왜 이런 결과가 나왔는지 친구들과 이야기해 보세요.

3) 실험 방법과 결과를 설명하고 자기의 의견을 제시하는 글을 완성해 보세요.

> ____________________ 대상으로 __________________ 실험을 했습니다.
> 실험 결과 남자들은 ____ 반면에
> 여자들은 ________________________________다는 것을 알 수 있었습니다.
> 이런 결과가 나온 이유는 ____
> ____기 때문입니다.
> 그러므로 남자들은 ____________________________________ 수밖에 없고
> 여자들은 ____________ 수밖에 없다는 점을 서로 잘 이해해야 합니다.

주차하다 停車

과제 課堂活動

남녀의 차이에 대해 이야기하고 자신의 입장을 주장하는 토론을 해 보세요.

說說看男女之間的差異，並試著以自我主張立場進行討論。

다음 설문에 대답해 보세요.

試著回答以下問題。

	예	아니요	차이가 없다
1. 여자가 남자보다 말을 더 잘한다.			
2. 남자가 여자보다 운전을 더 잘한다.			
3. 여자가 남자보다 집안일을 더 잘한다.			
4. 남자가 여자보다 힘이 세다.			
5. 여자가 남자보다 눈치가 빠르다.			
6. 남자가 여자보다 방향을 잘 안다.			
7. 여자가 남자보다 감정이 풍부하다.			
8. 남자가 여자보다 승부욕이 강하다.			

남자와 여자는 능력이 같다고 생각합니까? 다르다고 생각합니까?
생각이 같은 친구들끼리 모여서 그렇게 생각하는 이유와 근거를 이야기해 보세요.

你覺得男女生之間的能力是一樣，還是不一樣呢？
找尋想法與你相同的人，共同來說說看你們會這樣認為的理由與根據。

남자와 여자는 잘할 수 있는 직업이 같다.

남자와 여자는 잘할 수 있는 직업이 다르다.

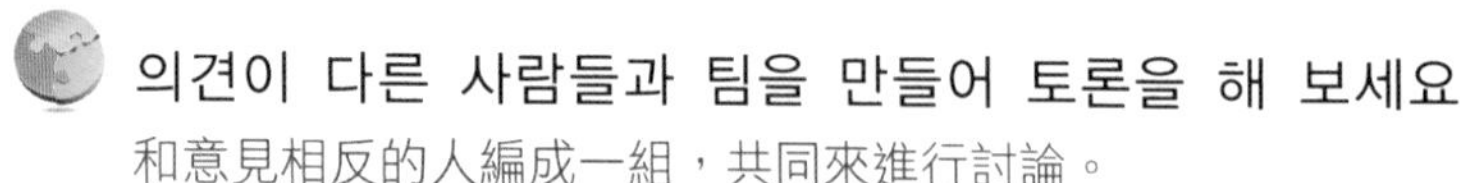

의견이 다른 사람들과 팀을 만들어 토론을 해 보세요.

和意見相反的人編成一組，共同來進行討論。

감정이 풍부하다 感情豐富　근거 根據　토론을 하다 進行討論

문화 산책 文化漫步

文化 Q&A p. 248

준비 여러분은 남자나 여자가 하면 안 되는 일이라고 생각하는 직업이 있습니까?
暖身 你認為男性或女性有不能從事的職業嗎？

알아 보기 認識韓國

남녀의 직업
男女的職業

1) 의상 디자이너

앙드레 김은 1962년 앙드레 김 의상실을 열고 한국 최초의 남자 의상 디자이너로 활동했다.

2) 비행기 조종사

신수진 기장은 1997년 첫 여성 부기장으로 임명되었고 2008년 첫 여성 기장이 되었다.

3) 간호사

1962년 첫 남자 간호사면허가 발급되었고 2012년에는 5000명이 넘었다. 2012년 면허시험 합격자 중 남자가 7.5%를 차지했다.

4) 지휘자

김경희 교수는 2008년 한국 최초의 여성 상임 지휘자가 되었다. 지휘를 공부한 지 20년 만의 일이었다.

생각 나누기 여러분 나라에는 남자와 여자의 직업에 구분이 있는지 이야기해 보세요.
文化分享 說說看你們國家在男、女性的職業上是否有所區分。

의상 디자이너 服裝設計師 의상실 服裝室 최초 最初、第一個 조종사 駕駛員 부기장 副機長 임명되다 被任命 기장 機長 면허 執照 발급되다 被發放 차지하다 佔（有） 지휘자 指揮 상임 常任

발음 發音

준비 들어 보세요.
暖身 先聽聽看！

1) 친구가 오늘도 늦을 게 뻔해요.

2) 계단에서 넘어질 뻔했어요.

규칙 '-(으)ㄹ 게 뻔하다' 는 '-(으)ㄹ 뻔했다'보다 '뻔'을 조금 길게 발음합니다.
規則 「-(으)ㄹ 게 뻔하다」中的「뻔」在發音時，應發得比「-(으)ㄹ 뻔했다」中的「뻔」音長。

보자고 할 게 뻔:해요

넘어질 뻔했어요

연습 잘 듣고 따라 해 보세요.
練習 仔細聽並跟著唸唸看。

1) A 오늘은 민수 씨가 약속 시간을 지킬까요?
B 그 친구는 항상 시간을 안 지키니까 오늘도 늦을 게 뻔해요.

2) A 지금 가면 지하철을 탈 수 있을까요?
B 12시가 넘었으니까 지하철이 끊겼을 게 뻔해요.

3) A 무슨 일 있어요?
B 네, 학교에 오는 길에 교통사고를 당할 뻔했어요.

4) A 이게 무슨 냄새야?
B 내가 음식을 태우는 바람에 불이 날 뻔했거든.

자기 평가 自我評量

1. 다음은 주제 어휘입니다. 뜻을 확인해 보세요.
下方為本課的重點語彙，確認一下這些字的解釋吧。

- ☐ 걱정스럽다 令人擔心的
- ☐ 계획성이 없다 沒計畫性
- ☐ 고집이 세다 過於固執
- ☐ 눈치가 없다 不懂察言觀色
- ☐ 당황스럽다 不知所措的
- ☐ 따지다 追究、追問
- ☐ 발끈하다 勃然大怒
- ☐ 불만이다 心生不滿
- ☐ 사랑스럽다 討人喜愛的
- ☐ 속상하다 心痛沮喪
- ☐ 여성스럽다 有女人味的
- ☐ 자랑스럽다 令人驕傲的
- ☐ 자존심이 강하다 自尊心強
- ☐ 지적하다 指責、指出

2. 알맞은 것을 골라 대화를 완성해 보세요.
選出適合的選項並完成對話。

-기는커녕　　-(으)ㄹ 게 뻔하다　　-(으)ㄴ/는 반면에　　-(으)ㄹ 수밖에 없다

1) A 이 영화 오늘 꼭 보고 싶은데 극장에 가면 표가 있을까?
   B 요즘 인기 많다던데. 주말이라서 ______________________.

2) A 생일 선물 많이 받았지?
   B ______________________ 생일 축하 인사를 해 주는 사람도 없었어요.

3) A 좀 더 넓은 방은 없을까요? 셋이 같이 지내기에 불편할 거 같은데요.
   B 지금은 다른 방이 없어서 이 방에서 같이 ______________________.

4) A 부모님이 식당을 하시니까 맛있는 음식을 많이 먹어서 좋지요?
   B ______________________ 너무 많이 먹게 돼서 자꾸 살이 쪄요.

3. 한국어로 할 수 있는 것에 √ 하세요.
你可以用韓文做哪些事情，請打 √ 。

- ☐ 친구에 대한 불평을 말할 수 있다.
- ☐ 남녀를 비교하는 글을 읽고 비교하여 말할 수 있다.
- ☐ 의견 차이로 다투는 대화를 듣고 자신의 의견을 표현할 수 있다.
- ☐ 실험 결과를 근거로 의견을 제시하는 글을 읽고 쓸 수 있다.

標準答案

2. 1) 표가 없을 게 뻔해　2) 생일 선물을 받기는커녕　3) 지낼 수밖에 없어요
4) 맛있는 음식을 먹을 수 있어서 좋은 반면에

5 속담과 관용어
俗語與慣用語

잘 듣고 이야기해 보세요. 42
仔細聽並說說看。

1. 여자는 왜 화가 났습니까?
   女生為何生氣呢？
2. 여자는 남자에게 무슨 말을 하고 싶었습니까?
   女生本來想對男生說什麼話？

학 습 목 표 學習目標

어 휘 字彙練習	• 속담 俗語 • 관용어 慣用語
문법과 표현 1 文法與表現 1	• A/V- 고 해서 • A- 다더니 , V- ㄴ / 는다더니
말하기 會話	• 속상한 일 설명하기 說明令人傷心之事
문법과 표현 2 文法與表現 2	• A/V- 기 마련이다 • V- 다 보니 (까)
읽고 말하기 閱讀與會話	• 성격 묘사하는 글 읽기 閱讀描述個性的文章 • 다른 사람 성격 묘사하기 描述別人的個性
듣고 말하기 聽力與會話	• 라디오 편지 듣기 聽聽廣播信件 • 속담을 인용하여 위로하는 대화 듣기 聽聽引用俗語來安慰他人的對話 • 속담을 인용하여 위로하기 引用俗語來安慰他人
읽고 쓰기 閱讀與寫作	• 속담을 인용한 기사 읽기 閱讀引用俗語的報導 • 속담을 인용하여 기사 쓰기 寫一篇引用俗語的報導
과 제 課堂活動	• 몸짓으로 표현하는 게임 用身體動作來表現的遊戲
문화 산책 文化漫步	• 속담의 주인공 俗語中的主角
발 음 發音	• 겹받침 'ㄹㄱ', 'ㄹㅂ'의 발음 雙收音「ㄺ」與「ㄼ」的發音

어 휘 字彙練習

1. 다음은 여러 가지 속담입니다. 그림을 보면서 무슨 뜻인지 알아보세요.
看圖片猜猜看下方所列的各個俗語是什麼意思。

1)

호랑이도 제 말하면 온다

2)

개구리 올챙이 적 생각 못한다

3)

소 잃고 외양간 고친다

4)

고래 싸움에 새우 등 터진다

5)

세 살 버릇 여든까지 간다

6)

믿는 도끼에 발등 찍힌다

7)

원숭이도 나무에서 떨어질 때가 있다

8)

젊어서 고생은 사서도 한다

9)

천 리 길도 한 걸음부터

10)

시작이 반이다

- 여러분 나라에도 위와 같은 뜻을 나타내는 속담이 있으면 소개해 보세요.

2. 다음은 많이 사용되는 표현입니다. 어떤 뜻을 표현하는지 그림에서 찾아보세요.
下方是經常被人們使用的語彙，看圖找出它們所代表的意思。

입이 가볍다　입이 무겁다　입이 짧다　눈이 높다　귀가 얇다　발이 넓다

1)

2)

3)

말해 줘!

4)

5)

6)

문법과 표현 1 文法與表現1

文法解說 p. 225-226

1. A/V-고 해서 又因為…、再加上…的關係

A 오늘 시간 있으면 같이 영화 보러 갈래요?

B 오늘은 몸도 피곤하고 해서 집에서 쉬려고요.

A 지연 씨 강아지가 힘이 없어 보이네요.

B 네, 요즘 밥도 잘 안 먹고 해서 걱정이에요. 병원에 데려가야 할 것 같아요.

연습 다음 상황에 대한 계획과 그 이유에 대해 이야기해 보세요.

練習 就下方情形説説看你的計畫及理由。

내일 휴일인데 뭘 할 계획이에요?

시간도 많고 해서 오랜만에 서점에 갈 생각이에요.

1) 내일 휴일인데 뭘 할 계획이에요?

2) 이번 주말에 특별한 계획이 있어요?

3) 다음 방학 때 뭘 하고 싶어요?

4) 오늘 저녁에 ______________________?

시간이 많다

새로운 경험을 하고 싶다

가슴이 답답하다

친구들이 여러 번 추천했다

월급을 받았다

혼자 여행해 본 적 없다

?

2. A-다더니, V-ㄴ/는다더니 記得某人說…

A 오늘 파티 준비를 혼자 했어요? 힘들었겠어요.

B 네, 친구가 도와준다더니 바쁜 일이 있다면서 그냥 가 버렸거든요.

A 지난번 회의에서 서지혜 씨가 큰 실수를 했다면서요?

B 네, 원숭이도 나무에서 떨어질 때가 있다더니 경험이 많은 지혜 씨도 실수를 하더라고요.

연습 다음 상황에 대해 불만을 이야기하는 대화를 만들어 보세요.

練習 就下方情況，試著練習述說不滿的對話。

1)

2)

3)

4)

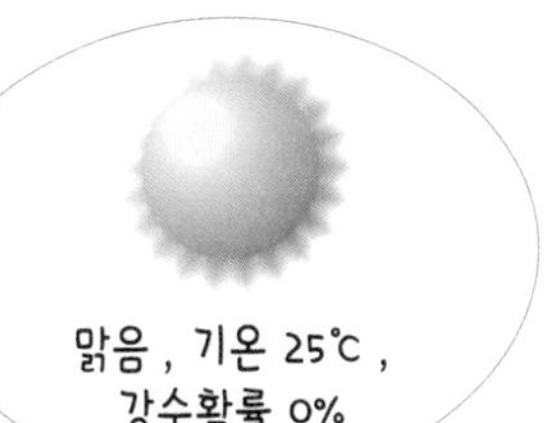

말하기 會話

會話翻譯 p. 242

45

아키라 회사 선배 때문에 속상해요.

정 우 왜요? 무슨 일 있었어요?

아키라 이번에 제가 회사에서 아주 중요한 일을 맡았거든요.

정 우 아키라 씨의 능력을 인정받은 모양이네요.

아키라 그런 건 아니고요. 일본어 능력이 필요한 일이라서요. 그런데 제가 아직 모르는 것도 많고 해서 선배에게 좀 도와 달라고 부탁을 했어요.

정 우 그런데 선배가 안 도와줘요?

아키라 네, 도와줄 줄 알았는데 도와주기는커녕 그렇게 쉬운 일도 혼자 못하느냐면서 큰소리로 야단을 쳤어요.

정 우 아이고, 개구리 올챙이 적 생각 못 한다더니 자기가 신입 사원일 때 생각은 못하는군요.

연습1 대화를 만들어 보세요.
練習 1 試著練習對話。

1) 내 전공과 관련된 일이다

자기가 경험이 많으니까 자기가 해 보겠다고 부장님께 말하다

믿는 도끼에 발등 찍힌다

믿고 있던 선배가 더 힘들게 하다

2) 전에 해 본 적이 있는 일이다

작은 일을 더 크게 만들어서 내가 부장님께 혼나다

호랑이도 제 말하면 온다

저기 그 선배가 오다

인정을 받다 獲認同肯定　야단을 치다 責罵　신입 사원 新進員工　관련되다 有關連的　부장님 部長
혼나다 挨罵

연습2 문제 상황에 대해 속담을 사용해서 이야기해 보세요.
練習 2　試著使用俗語來述說問題狀況。

요즘 일이 너무 많아서 힘들어요.

무슨 일이 그렇게 많은데요?

공부할 것도 많은데 학비 벌려고 아르바이트까지 하느라 잠 잘 시간도 없어요.

정말 힘들겠군요.

1) 동생이 어릴 때부터 내 옷을 말도 없이 입더니 대학생이 되어서도 내 옷을 마음대로 입고 나간다.

세 살 버릇 여든까지 간다

2) 큰 마트들이 너무 심하게 가격 경쟁을 해서 우리 가게가 장사가 안 된다.

고래 싸움에 새우 등 터진다

마트 超市、賣場　경쟁 競爭　장사가 안 되다 生意不好

문법과 표현 2 文法與表現2

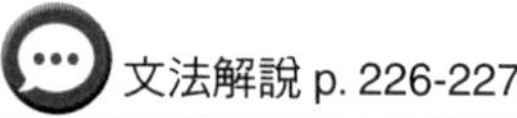
文法解說 p. 226-227

1. A/V-기 마련이다 總是…、就會…

46

- 소문은 눈덩이처럼 커지기 마련이다.
- 언어를 배우는 일은 시간이 걸리기 마련이다.
- 아무리 친한 친구라도 항상 같이 다니다 보면 마음이 안 맞을 때도 있기 마련이다.

연습 다음 주제에 맞는 시를 써 보세요.

練習 試著書寫符合下列主題的詩詞。

1)

가을이 되면

사람들은 외로움을 많이 느끼기

마련이다.

2)

눈덩이 雪球 외로움 寂寞

2. V-다 보니(까) 一直做…，結果…

- 한국 사람을 자주 만나다 보니까 한국말을 잘하게 되었다.
- 여러 종류의 책을 다양하게 읽다 보니 상식이 풍부해졌다.
- 서로에게 모든 이야기를 하다 보니까 비밀이 없어졌다.

연습 요즘 잘하게 되거나 좋아하게 된 일을 소개하고 그 이유를 말해 보세요.
練習 介紹一下最近變擅長或變喜歡的事物，並述説其理由。

요즘 연주 실력이 많이 늘었네요.

친구들과 모여서 같이 연습을 하다 보니 연주를 더 잘하게 됐어요.

?

상식 常識 풍부하다 豐富

읽고 말하기 閱讀與會話

가 내 동생은 귀가 얇은 편이다. 그래서 다른 사람의 말을 들으면 쉽게 자기 생각을 바꾼다. 귀가 얇으면 한 가지 일을 오래 못하기 마련인데 내 동생이 그렇다. 얼마 전에는 건강을 위해 자전거를 타기 시작하더니 일주일도 안 지나서 수영이 좋다는 말을 듣고 자전거 대신 수영을 하기 시작했다. 수영도 역시 오래 못하고 조깅이 좋다는 뉴스를 보더니 조깅으로 바꿨다. 내 동생이 한 가지 일이라도 제대로 했으면 좋겠다.

나 나에게는 초등학교 때부터 친하게 지낸 죽마고우가 있다. 어떤 이야기든지 다 하다 보니까 우리 사이에는 비밀이 없다. 서로에 대해 많이 알고 있다 보면 실수로 다른 사람에게 그 비밀을 말할 때도 있기 마련이지만 내 친구는 입이 무거워서 우리끼리 한 이야기를 절대로 다른 사람에게 말하지 않는다. 그래서 우리 부모님께 말하지 못하는 일도 그 친구에게는 마음 편하게 말할 수 있다.

연습1 읽은 내용을 확인해 보세요.
練習 1 測試看看是否已經了解讀過的內容。

1) 가 에서 동생은 어떤 사람입니까?

2) 가 에서 얼마 전 동생에게 어떤 일이 있었습니까?

3) 나 에서 친구의 장점은 무엇입니까?

4) 나 에서 친구에게 어떤 일까지 말할 수 있습니까?

조깅 慢跑 제대로 好好地、完整地 죽마고우 青梅竹馬

연습2 친구와 이야기해 보세요.
練習 2　和朋友練習說說看。

1) 여러분이 아는 사람 중에 다음과 같은 사람이 있습니까? 친구들과 이야기해 보세요.

	자주 하는 행동
눈이 높은 사람	
입이 가벼운 사람	
귀가 얇은 사람	
발이 넓은 사람	

2) 위에서 이야기한 사람 중 한 명을 골라서 그 사람의 성격과 행동에 대해 말해 보세요.

제가 아는 사람 중에 ______________________ 사람이 한 명 있습니다.
그런 사람은 ______________________________기 마련입니다.
____다 보니(까)
____
____
____.

듣고 말하기 聽力與會話

준비 여자 친구 또는 남자 친구가 생기면 누구에게 소개합니까?
暖身 如果你有了女朋友或男朋友的話，你會向誰介紹呢？

듣기1 다음은 라디오 편지입니다. 잘 듣고 질문에 답하세요. 48
聽力 1 以下是廣播信件的內容，仔細聽並回答問題。

1) 편지를 보낸 여자의 문제는 무엇입니까?

____

2) 여자의 상황에 맞는 속담을 고르세요.

① 호랑이도 제 말하면 온다.

② 믿는 도끼에 발등 찍힌다.

③ 원숭이도 나무에서 떨어질 때가 있다.

준비 할 일이 있을 때 미리 부지런하게 하는 편입니까? 아니면 일을 미루는 편입니까?
暖身 當有事情要去完成時，你是算「事先勤快執行」，還是偏「推拖延誤耽擱」的呢？

듣기2 다음은 오랜만에 만난 두 친구의 대화입니다. 잘 듣고 질문에 답하세요. 49
聽力 2 以下是許久不見的兩名好友的對話，仔細聽並回答問題。

1) 여자가 힘들어하는 이유는 무엇입니까?

① 요즘 모임에 나갈 수 없어서

② 해야 할 일이 한꺼번에 생겨서

③ 친구들이 갑자기 여행을 가자고 해서

2) 여자가 지금 해야 할 일은 무엇입니까? 모두 쓰세요.

① 석사 논문 쓰기

② ______________________

③ ______________________

3) 남자의 생각으로 맞는 것을 고르세요.

① 남자는 여자가 게으르다고 생각한다.

② 남자는 여자의 상황을 안타까워하고 있다.

③ 남자는 여자가 바쁘다는 것을 모르고 있었다.

사연 書信內容　여대생 女大學生　연락이 뜸하다 聯絡少了　기말고사 期末考　왠지 不知為何　배신감 遭人背叛的感覺
안타깝다 令人遺憾的　석사 碩士　논문 論文　느긋하게 悠閒　박사 과정 博士課程　입학 원서 入學申請書　마감 截止
겹치다 重疊　정신이 없다 忙得不可開交　하필이면 偏偏　겨우 好不容易、勉強

4) 다시 듣고 대화에서 사용한 표현을 찾아서 표시해 보세요.

인용할 때	위로할 때
☐ ~는다더니	☐ 어떡해요
☐ ~는다고	☐ 저런
☐ ~는다고 하잖아요 [는다잖아요]	☐ 안됐네요
☐ ~는다는 말이 있잖아요	

말하기 속담을 인용하여 위로하는 대화를 해 보세요.
會話　試著引用俗語來練習安慰別人的對話。

졸업 논문 쓴다고 바쁘다더니
아직도 할 게 많이 남았어요?

네, 마음만 급하고 잘 안되네요.

저런, 어떡해요. 할 일이 많으면
마음이 급해지기 마련이지요.

맞아요. 더구나 그동안 바빠서 논문을
조금밖에 못 썼어요.

상황	속담
졸업 논문 쓰느라 바쁜 친구에게	천 리 길도 한걸음부터
회사 일이 많아서 힘든 친구에게	젊어서 고생은 사서도 한다
중국어 공부를 시작했는데 힘들어 하는 친구에게	시작이 반이다

번中 文章翻譯 p. 242

준비 다음 그림들은 어떤 뜻을 나타내는 것 같습니까?
暖身 你覺得下方圖像代表著什麼意思呢？

읽기 다음 신문 기사를 읽고 물음에 답하세요.
閱讀 閱讀以下新聞報導，並回答問題。

가 **서울에서 집 사기**
하늘의 별 따기

내년에 결혼을 하게 된 김대한 씨는 두 달 동안 집을 구하러 다니다가 결국 월세 집을 구하기로 했다. 자신이 가진 돈으로 서울에서 집을 사려면 은행에서 많은 돈을 빌릴 수밖에 없었기 때문이다. 이것은 김대한 씨만의 문제가 아니다. 평범한 직장인이 서울에서 집을 사는 것은 하늘의 별 따기이다.

나 **티끌 모아 태산**
10원짜리 동전 모아 사랑 나누기

오늘 오전 대전의 한 고등학교 강당에서는 '10원짜리 동전 모으기' 행사가 있었다. 사용할 일이 많지 않아서 집에 쌓아 두었던 10원짜리 동전을 모아서 어려운 이웃을 돕자는 행사였다.

학생 대표 송은희 양은 "10원은 적은 돈이지만 조금씩 모으다 보니 세 달 뒤에는 큰돈이 되어 있었다. 티끌 모아 태산이라는 속담을 직접 느낄 수 있는 소중한 경험이었다."라고 소감을 말했다.

다 **배우 L 씨 가수 W 씨와 연애?**
아니 땐 굴뚝에 연기 날까

최근 인기 연예인 L 씨와 W 씨의 스캔들로 인터넷이 시끄럽다. 네티즌들은 아니 땐 굴뚝에 연기가 나겠느냐면서 두 사람의 관계에 관심을 가지고 지켜보는 중이다. 두 사람이 공항에서 같이 출국하는 사진이 인터넷에 올라 온 후 관심은 더 뜨거워지고 있다. 하지만 L 씨의 매니저는 유명한 연예인들은 이런 소문이 나기 마련이라면서 L 씨와 W 씨는 친한 동료일 뿐이라고 말했다.

월세 （按月付）房租　직장인 上班族　강당 禮堂　행사 活動　큰돈 大錢　소중하다 珍貴　소감 感想
아니 땐 굴뚝에 연기 날까 無風不起浪　스캔들 緋聞　네티즌 網友　지켜보다 觀察　출국하다 出國
관심이 뜨겁다 熱烈關注　매니저 經紀人　동료 同事

1) 읽은 내용에 대해 이야기해 보세요.

① 김대한 씨는 서울에서 집을 살 수 있을까요?

② 왜 10원짜리 동전을 모으기로 했을까요?

③ L 씨와 W 씨는 어떤 관계일까요?

2) 이 글에서 사용된 속담을 가지고 기사의 내용을 정리해 보세요.

① 가 ______________________는 것은 하늘에 있는 별을 따는 것처럼 힘든 일이다.

② 나 작은 티끌을 모으면 큰 산이 될 수 있는 것처럼 ____________을 모아서 ___________ 일을 할 수 있었다.

③ 다 불을 피워야 연기가 나는 것처럼 ___________기 때문에______________이 생겼을 것이다.

쓰기 속담을 이용해서 신문 기사를 써 보세요.

寫作 試著運用俗語來寫篇新聞報導。

1) 다음 기사의 내용에 대해 추측해 보세요.

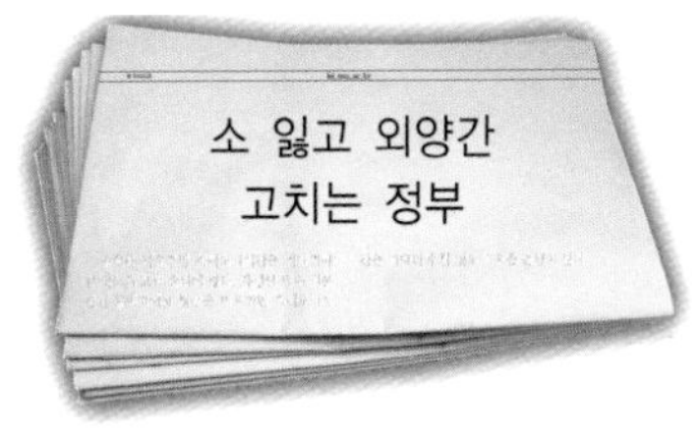

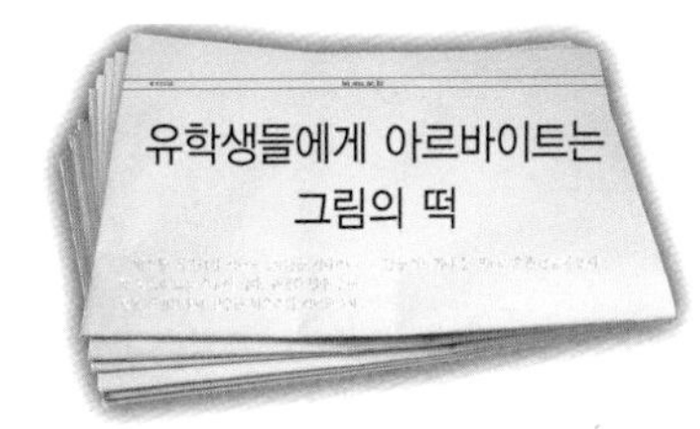

2) 속담을 이용해 제목을 쓰고 기사를 완성해 보세요.

제목 : ________________________________

과제 課堂活動

活動學習單 p. 213-214

속담과 관용어에 맞는 상황을 설명하고 알아맞히는 게임을 해 보세요.

玩一玩說明並猜測符合俗語與慣用語狀況的遊戲。

팀을 나누고 문제를 설명할 사람 순서를 정하세요.
分組並決定負責說明題目的人員順序。

각 팀마다 한 사람씩 순서대로 나와 속담과 관용어 카드를 보고 그에 맞는 상황을 설명하세요. 다른 팀원들은 그 설명을 듣고 속담이나 관용어를 알아맞혀 보세요.
每組一人依序出列，參照「俗語與慣用語卡」（請搭配活動學習單）來述說符合其解釋的狀況。其他組員則在聽完說明後，猜猜看答案是哪一句俗語或慣用語。

속담이나 관용어를 가장 많이 알아맞힌 팀이 이 게임에서 이기게 됩니다.
猜中最多俗語或慣用語的隊伍在本次遊戲中獲勝。

문화 산책 文化漫步

文化 Q&A p. 248

준비 한국 속담에는 어떤 동물이나 식물 또는 물건이 자주 나옵니까?
暖身 韓國的俗語中經常出現什麼動物、植物或物品呢？

알아보기 認識韓國

속담의 주인공
俗語中的主角

1) 떡

- **누워서 떡 먹기**
- **그림의 떡**

왜 자주 쓰였을까?

떡은 쌀로 만드는 음식이기 때문에 밥을 먹을 여유가 있는 집에서 먹을 수 있는 간식이었다. 또 명절이나 제사 같은 특별한 날에 먹는 귀한 음식이었다.

2) 소

- **소 잃고 외양간 고친다**
- **바늘 도둑이 소 도둑 된다**

왜 자주 쓰였을까?

한국은 전통적으로 농업 국가였고 농사를 짓는 데는 소가 매우 중요했다. 소 없이는 농사짓기가 힘들었기 때문이다.

생각 나누기 여러분 나라 속담에는 어떤 것이 자주 나오는지 이야기해 보세요.
文化分享 試著述說你們國家的俗語中經常出現的東西。

제사 祭祀 바늘 針 농업 農業 농사짓다 種田

발음 發音

준비 들어 보세요.
暖身 先聽聽看！

1) 내 동생은 눈이 맑다는 말을 많이 들어요.

2) 회사 면접에 입고 가기에는 치마가 좀 짧지 않아요?

규칙 받침에 'ㄹㄱ'이나 'ㄹㅂ'이 있는 단어는 뒤에 자음이 따라올 때 다음과 같이 발음됩니다.
規則 終聲為「ㄺ」或「ㄼ」的音節，若其後音節的初聲為子音時，則發音如下所示。

1)

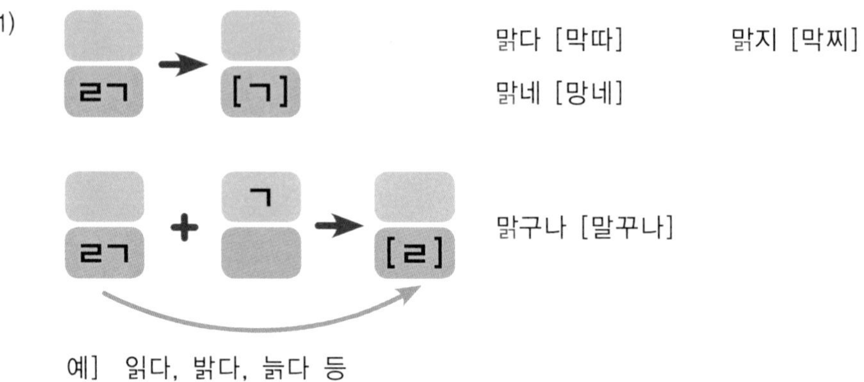

맑다 [막따] 맑지 [막찌]
맑네 [망네]

맑구나 [말꾸나]

예] 읽다, 밝다, 늙다 등

2)

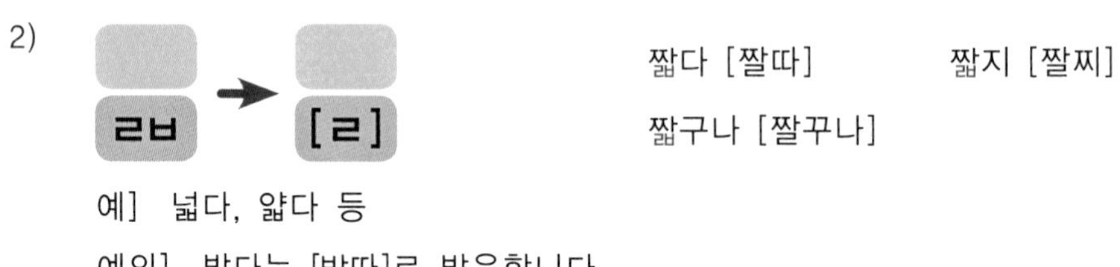

짧다 [짤따] 짧지 [짤찌]
짧구나 [짤꾸나]

예] 넓다, 얇다 등

예외] 밟다는 [밥따]로 발음합니다.

연습 잘 듣고 맞는 발음을 고르세요.
練習 仔細聽並挑選出正確的發音。

1) A 내 동생이 책을 너무 많이 읽어서 걱정이야.
   B 무슨 책을 읽는데 (① [일른데] ② [잉는데]) 걱정을 해?
   A 매일 만화책만 읽거든 (① [일꺼든] ② [익꺼든]).

2) A 민수는 귀가 얇아서 문제야.
   B 뭐, 귀가 얇다고 (① [얄따고] ② [얍따고])?
   A 응, 민수는 귀도 얇고 (① [얄꼬] ② [얍꼬]) 입도 너무 가벼워.

자기 평가 自我評量

1. 다음 주제 어휘입니다. 뜻을 확인해 보세요.
下方為本課的重點語彙，確認一下這些字的解釋吧。

- ☐ 개구리 올챙이 적 생각 못한다 青蛙忘記蝌蚪時（成功之後就忘本）
- ☐ 고래 싸움에 새우 등 터진다 池魚之殃
- ☐ 믿는 도끼에 발등 찍힌다 背信棄義（被信任的人背叛）
- ☐ 세 살 버릇 여든까지 간다 江山易改，本性難移
- ☐ 소 잃고 외양간 고친다 亡羊補牢
- ☐ 시작이 반이다 萬事起頭難（好的開始是成功的一半）
- ☐ 원숭이도 나무에서 떨어질 때가 있다 人有失手，馬有亂蹄
- ☐ 젊어서 고생은 사서도 한다 年輕不怕吃苦
- ☐ 천 리 길도 한 걸음부터 千里之行，始於足下
- ☐ 호랑이도 제 말하면 온다 説曹操，曹操到
- ☐ 귀가 얇다 耳根子軟
- ☐ 눈이 높다 眼光高
- ☐ 발이 넓다 交友廣闊
- ☐ 입이 가볍다 嘴巴不牢
- ☐ 입이 무겁다 言語謹慎
- ☐ 입이 짧다 挑食、飯量小

2. 알맞은 것을 골라 다음 대화를 완성해 보세요.
選出適合的選項並完成對話。

-다더니 -고 해서 -기 마련이다 -다 보니(까)

1) A 내일 뭘 할 거예요?
   B ______________________ 도서관에 가려고요.

2) A 한국어 실력이 많이 늘었네요.
   B 정말요? ______________________ 실력이 좋아졌나 봐요.

3) A 오늘 점심으로 켈리가 김밥을 사 줬어.
   B 그래? 장학금을 받아서 ______________________ 겨우 김밥을 사 줬구나.

4) A 나는 죽지 않고 계속 살았으면 좋겠어.
   B 하하하, 말도 안 돼. 사람은 누구나 ______________________.

3. 한국어로 할 수 있는 것에 √ 하세요.
你可以用韓文做哪些事情，請打 √ 。

- ☐ 속상한 일을 설명할 수 있다.
- ☐ 성격을 묘사하는 글을 읽고 다른 사람의 성격을 묘사할 수 있다.
- ☐ 속담을 인용하여 위로하는 대화를 듣고 말할 수 있다.
- ☐ 속담을 인용한 기사를 읽고 기사를 쓸 수 있다.

標準答案

2. 1) 시험 준비도 해야 하고 해서 2) 한국 사람과 이야기를 많이 하다 보니까
3) 한턱내겠다더니 4) 언젠가는 죽기 마련이야

6 공연과 축제

表演與慶典

잘 듣고 이야기해 보세요. 52
仔細聽並說說看。

1. 두 사람이 본 공연은 무엇입니까?
   這兩人所看的表演是什麼呢？
2. 공연을 본 소감이 어땠습니까?
   他們看完表演後的感想如何呢？

학습목표 學習目標

어 휘 字彙練習	• 감상 鑑賞 • 평가 評價 • -거리
문법과 표현 1 文法與表現 1	• A/V-기는(요) • A/V-든(지) A/V-든(지), N(이)든(지) N(이)든(지)
말하기 會話	• 공연 참가 권유하기 建議參加表演
문법과 표현 2 文法與表現 2	• N(이)야말로 • 여간 A-(으)ㄴ 것이 아니다, 여간 V-는 것이 아니다, 여간 A/V-지 않다
읽고 말하기 閱讀與會話	• 축제 소개하는 글 읽기 閱讀介紹慶典的文章 • 축제 소개하기 介紹慶典
듣고 말하기 聽力與會話	• 축제 소개 뉴스 듣기 聽聽介紹慶典的新聞 • 공연 감상 듣기 聽聽觀看表演後的感想 • 공연 소개하고 평가하기 介紹表演並給予評價
읽고 쓰기 閱讀與寫作	• 공연 감상문 읽기 閱讀觀看表演的心得 • 공연 감상문 쓰기 寫一篇觀看表演的心得
과 제 課堂活動	• 아리랑 개사하기 改寫阿里郎的歌詞
문화 산책 文化漫步	• 한국의 아리랑 韓國的阿里郎
발 음 發音	• '-기는요'의 억양 「-기는요」的聲調

어휘 字彙練習

1. 감상에 대한 표현입니다. 맞는 표현을 골라 보세요.
下方是有關感想的語彙，試著挑選出正確的答案。

대단하다　감동적이다　지루하다　신이 나다　가슴이 찡하다

1) 음악이 아주 즐거워서 손뼉을 쳤어요. 신이 나다
2) 강의가 재미없어서 졸았어요. ________
3) 노래가 너무 슬퍼서 눈물이 날 것 같았어요. ________
4) 뮤지컬 무대가 정말 크고 놀라울 정도로 멋있었어요. ________
5) 공연이 정말 마음에 들어서 잊을 수가 없어요. ________

- 지금까지 읽은 책 중에서 가장 감동적인 책은 무엇입니까?
- 좋아하는 사람과 영화를 보고 있는데 영화가 너무 지루하면 어떻게 합니까?
- 여러분은 어떨 때 신이 납니까?

2. 감상한 작품을 평가하는 표현입니다. 맞는 표현을 골라 보세요.
下方是評論觀賞作品的語彙，試著挑選出正確的答案。

수준이 높다　기대만 못하다　이해가 안 되다　설명이 필요 없다

1) 이 그림이 세계적으로 유명한 화가가 그린 그림이라고요? 저는 화가가 뭘 표현하려는 건지 잘 모르겠는데요. 이해가 안 되다

2) 사람들이 하도 감동적인 영화라고 해서 어제 봤어요. 그런데 너무 기대를 해서 그런지 저는 별로였어요. ________

3) 바로 이 노래가 요즘 젊은 사람들에게 가장 인기가 많다는 그 노래지요? 직접 들어 보니 왜 좋아하는지 말 안 해도 알겠네요. ________

4) 저는 한국 문화에 관심이 있는 친구들에게 이 소설을 추천하고 싶어요. 읽기가 쉽지는 않겠지만 내용이 깊이가 있고 문학적으로도 뛰어난 작품이에요. ________

- 맛있다는 소문을 듣고 찾아갔는데 기대만 못해서 실망한 적이 있습니까?
- 사람들이 왜 좋아하는지 이해가 안 되는 것이 있습니까?
- 여러분 나라 사람 중에서 설명이 필요 없을 정도로 유명한 사람이 있습니까?

3. 그림을 보고 친구와 이야기해 보세요.

看圖和朋友練習說說看。

-거리

볼거리　　이야깃거리　　웃음거리　　걱정거리　　관심거리

'-거리'로 만든 어휘는 [-꺼리]로 발음됩니다.

예) 볼거리 [볼꺼리]

1)

2)

3)

4)

5)

- 재미있는 볼거리가 많은 장소를 추천해 보세요.
- 사람들 앞에서 웃음거리가 된 적이 있습니까?
- 요즘의 관심거리에 대해서 이야기해 보세요.

문법과 표현 1　文法與表現1

文法解說 p. 228-229

1. A/V- 기는(요) 哪裡會…、哪有…

53

A　유진 씨는 교포니까 한국어 공부가 별로 안 어렵겠어요.

B　안 어렵기는요. 문법이 어려워서 매일 2 시간씩 공부해야 해요.

A　친구한테 들었는데 노래를 잘한다면서?

B　잘하기는. 그냥 못 부른다는 소리는 안 들을 정도야.

연습　친구들과 서로 칭찬하고 대답해 보세요.

練習　試著和朋友相互稱讚並回應。

교포 僑胞

2. A/V-든(지) A/V-든(지), N(이)든(지) N(이)든(지) 不管…、不論…

54

A 일기 예보를 보니까 내일 비가 온다는데 경기가 취소되지 않을까요?
B 비가 오든지 눈이 오든지 경기 일정은 바뀌지 않을 거예요.

A 어떤 노래를 불러야 하는 거예요?
B 한국 노래면 발라드든지 댄스곡이든지 상관없대요.

연습 다음 상황에 대해 이야기해 보세요.
練習 試著就下方情形來練習說說看。

데이트를 하기로 했습니다.

1) 장소
2) 시간
3) 식당
4) 할 일

우리 내일 어디에서 만날까요?

지연 씨와 함께 가면 공원이든지 커피숍이든지 다 좋아요.

회사 취직 인터뷰를 합니다.

1) 자신 있는 일
2) 원하는 월급
3) 근무지
4) ?

김지연 씨는 어떤 일에 자신이 있습니까?

저는 사람들과 이야기하는 일이라면 상담이든지 판매든지 다 자신이 있습니다.

발라드 抒情歌 댄스곡 舞曲 판매 販賣 근무지 工作地點

會話翻譯 p. 243

말하기 會話

55

히 엔 소식 들었어요? 이번에 학교 축제에서 외국인 장기 자랑을 한대요.

줄리앙 그래요? 재미있겠는데요.

히 엔 줄리앙 씨도 한번 참가해 보면 어때요? 노래 실력이 대단하다면서요?

줄리앙 대단하기는요. 그냥 못 부른다는 소리는 안 들을 정도예요.

히 엔 잘한다고 소문이 났던데요, 뭐. 관심이 있으면 한번 나가 보세요.

줄리앙 글쎄요. 괜히 웃음거리가 될까 봐서요.

히 엔 외국에서 이런 대회에 나가 보는 것도 좋은 추억이잖아요. 무대에서 사람들 한테 박수를 받으면 정말 신이 날 거 같지 않아요?

줄리앙 한번 생각해 볼게요. 그런데 어떤 노래를 불러야 하는 거예요?

히 엔 발라드든지 댄스곡이든지 상관없대요.

줄리앙 그래요? 그럼 한번 나가 볼까요?

연습1 대화를 만들어 보세요.
練習 1 試著練習對話。

1) 춤을 잘 추다

친구들과 즐기다

외국에서 여러 가지 경험을 해 보면 좋다

힙합이든지 탭 댄스든지 상관없다

2) 마술을 잘하다

간단한 마술 몇 가지만 할 수 있다

실수해도 재미있다

동물 마술이든지 카드 마술이든지 상관없다

장기 자랑 才藝大賽 힙합 嘻哈 탭 댄스 踢踏舞 마술 魔術

연습2 친구에게 대회 참가를 권해 보세요.
練習 2 試著勸説朋友參加活動。

외국인 말하기 대회가 있다는데 참가해 보면 어때요? 말하기 실력이 좋다면서요?

실력이 좋기는요.

저도 나갈 건데 같이 나가요.

그럴까요? 그런데 언제 한대요?

1)

제13회
외국인 말하기 대회

- 일시 : 10월 9일, 수요일
- 장소 : 서울대학교 언어교육원
- 참가 자격 : 한국어를 공부하는 외국인 누구나
- 주제 : 신나는 이야기, 슬픈 이야기, 감동적인 이야기 등

2)

제10회
세계 민속 공연 대회

- 일시 : 1월 1일, 일요일
- 장소 : 서울대학교 강당
- 참가 자격 : 한국에 사는 외국인 누구나
- 공연 종목 : 춤, 노래, 악기 등

문법과 표현 2 文法與表現2

文法解說 p. 229-230

1. N(이)야말로 才是…

- 부모님이야말로 내가 가장 존경하는 분이다.
- 한글이야말로 세계 최고의 문자이다.
- 아리랑이야말로 한국을 대표하는 노래이다.

연습 다음에 대해서 어떻게 생각하는지 친구들의 의견을 모아 보세요.
練習 對於下方的問題，朋友們的看法如何？試著彙整一下朋友的意見。

1) 어디가 세계 최고의 관광지라고 생각합니까?

파리야말로 세계 최고의 관광지입니다. 파리에 가면…….

2) 무엇이 가장 훌륭한 예술품이라고 생각합니까?

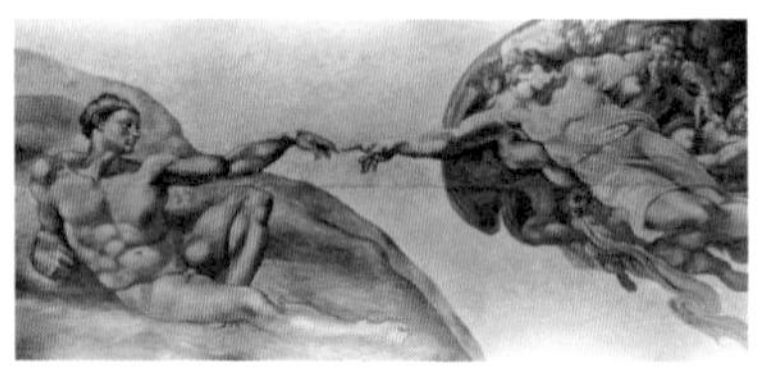

3) 여러분 나라 음식 중에서 외국인들에게 가장 인기가 많은 것은 무엇이라고 생각합니까?

존경하다 尊敬　문자 文字　대표하다 代表　예술품 藝術品

2. 여간 A-(으)ㄴ 것이 아니다, 여간 V-는 것이 아니다, 여간 A/V- 지 않다 真不是一般地…、真不是普通地…

57

- 우리 반 학생들은 여간 똑똑한 것이 아니다.
- 오랜만에 친구를 다시 만나서 여간 기쁘지 않았다.
- 내 동생은 여간 공부를 열심히 하는 것이 아니다.

연습 다음 인물이나 상황의 특징에 대해서 써 보세요.
練習 試著書寫下方人物或情況的特點。

1) 한국에서 생활하는 것은 여간 신경 쓸 일이 많은 것이 아니다.

2) 다른 사람을 도와주는 일은

3) 배낭여행을 가는 것은

4) 눈 오는 날 길을 걷는 것은

신경 쓰다 花費心思

읽고 말하기 閱讀與會話

이번 달 볼만한 축제 本月值得一看的慶典

하이서울 페스티벌

거리가 움직이는 무대가 되고
도시가 한 편의 작품이 된다!

가 서울 시민들의 가장 큰 축제인 하이서울페스티벌이 서울 시내 곳곳에서 일주일 동안 진행됩니다. 어른이든지 어린이든지, 한국 사람이든지 외국 사람이든지 누구나 참여하고 감상할 수 있는 신나는 잔치입니다. 특히 어느 때보다 화려하게 열릴 불꽃놀이야말로 이번 축제에서 가장 멋진 볼거리가 될 것입니다.

국악 축제 연주자와 관객이 하나가 되는 공간

나 한국을 대표하는 사물놀이 연주팀과 국립국악단, 그리고 세계적인 비보이들이 한자리에 모였습니다. 이번 공연이야말로 전통문화와 현대 문화가 함께 어우러지는 축제가 될 것입니다. 이렇게 수준 높은 공연을 한꺼번에 만나는 것은 여간 어려운 일이 아닙니다. 이번 기회를 놓치지 마십시오.

연습1 읽은 내용을 확인해 보세요.
練習 1 測試看看是否已經了解讀過的內容。

1) 가 에서 하이서울페스티벌에는 누가 참여할 수 있습니까?

2) 가 에서 이번 축제에서 가장 멋진 볼거리는 무엇입니까?

3) 나 에서 국악 축제에는 어떤 단체들이 공연을 합니까?

4) 나 에서 이런 공연이 자주 있습니까?

하이서울페스티벌 Hi Seoul 嘉年華 곳곳 到處 진행되다 被進行 감상하다 欣賞 잔치 宴會 화려하다 華麗 불꽃놀이 煙火 사물놀이 四物表演、打擊樂表演 연주팀 演奏隊伍 국립국악단 國立國樂團 비보이 B-boy（街舞男孩） 한자리 同一地點 어우러지다 和諧相容 기회를 놓치다 錯過機會

연습2 친구와 이야기해 보세요.
練習 2　和朋友練習説説看。

1) 여러분 나라의 축제에 대해 이야기해 보세요.

한국의 '보령 머드 축제'

태국의 '쏭크란'

중국의 '하얼빈 빙등제'

스페인의 '토마토 축제'

브라질의 '삼바 축제'

2) 친구들에게 여러분 나라의 축제를 소개해 보세요.

우리 나라의 대표적인 축제는 ______________________입니다.
이 축제는 ______________________________________
____
______________________________________ 잔치입니다.
____
__________________________. 이 축제를 꼭 보러 오세요.

보령 保寧（位於忠清道的城市）　머드 축제 美容泥漿節　쏭크란 潑水節　하얼빈 哈爾濱　빙등제 冰燈節　삼바 森巴（舞）

듣고 말하기 聽力與會話

준비 머드 축제에 가 본 적이 있습니까?
暖身 你有去過「美容泥漿節」嗎？

듣기1 다음은 축제를 소개하는 뉴스입니다. 잘 듣고 질문에 답하세요. 58
聽力 1 以下是介紹慶典的新聞，仔細聽並回答問題。

1) 머드 축제에 참가할 수 있는 사람은 누구입니까?

2) 보령 머드 축제에서 할 수 있는 것을 모두 고르세요.

① 콘서트를 볼 수 있다.
② 머드 씨름을 할 수 있다.
③ 무료 음식을 먹을 수 있다.

준비 한국 전통 공연을 본 적 있습니까? 어떤 공연을 봤습니까?
暖身 你有看過韓國的傳統表演嗎？你看過什麼樣的表演呢？

듣기2 다음은 공연을 보고 감상을 말하는 대화입니다. 잘 듣고 질문에 답하세요. 59
聽力 2 以下是看完表演後分享心得的對話，仔細聽並回答問題。

1) 여자가 본 공연은 어느 것입니까? 모두 고르세요.

①

부채춤

②

강강술래

③
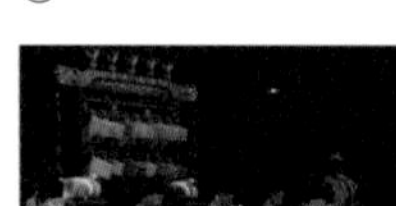
궁중 음악

2) 인터넷에 올린 공연 감상입니다. 어떤 공연인지 써 보세요.

전체 감상평 : ★★★★★ 한국의 전통을 이해하려는 외국인에게 추천!

________ : ★★★★★ 수준이 높아서 이해하기 힘들었어요.

________ : ★★★★★ 화려한 옷과 우아한 동작이 인상적

________ : ★★★★★ 한국 사람의 정서를 이해할 수 있는 최고의 음악!

________ : ★★★★★ 관객과 하나 되어 춤추는 신나고 흥겨운 무대

충남 忠清南道 대천 大川（地名） 해수욕장 海水浴場 펼쳐지다 舉行、展開 국내외 國內外 관광객 觀光客 몰려들다 湧進、湧入 미끄럼틀 滑梯 유튜브 Youtube 체험 프로그램 體驗活動 요트 帆船 반응 反應 궁중 음악 宮廷音樂 부채춤 扇子舞 인상적이다 印象深刻 우아하다 優雅 춤동작 舞蹈動作、舞姿 판소리 傳統說唱表演 정서 情緒 강강술래 傳統圓圈舞

3) 다시 듣고 대화에서 사용한 표현을 찾아서 표시해 보세요.

소개할 때	평가할 때
☐ ~었는데	☐ ~이야말로
☐ ~이라는	☐ 최고의
☐ 말로만 듣던	☐ ~을 만해요
☐ 첫 번째 / 그다음 / 마지막	☐ 여간 ~는 게 아니에요

말하기 공연을 소개하고 평가하는 대화를 해 보세요.

會話 試著練習介紹表演並進行評價的對話。

외국인을 위한 국악 공연을 봤다면서요? 어땠어요? 지루하지 않았어요?

지루하기는요. 정말 최고의 공연이었어요.

뭘 봤는데요?

첫 번째 본 공연은 심청전이라는 판소리 공연이었는데 아주 감동적이었어요.

외국인을 위한 국악 공연

1. 판소리 '심청가'
2. 부채춤
3. 사물놀이

K-팝 콘서트

1. 수지 '사랑하는 그대' (발라드)
2. 싸이 '바람' (댄스곡)
3. 정화 '아름다워' (록 음악)

부산 국제 영화제

1. 공중전화 (한국, 공포 영화)
2. 화려한 잔치 (중국, 액션 영화)
3. 빨간 구두 (영국, 멜로 영화)

K-팝 K-POP 공포 영화 恐怖電影 멜로 영화 愛情電影

읽고 쓰기 閱讀與寫作

번中 文章翻譯 p. 243

준비 어떤 음악을 좋아합니까?
暖身 你喜歡什麼類型的音樂呢？

☐ 재즈 ☐ 클래식 ☐ 발라드 ☐ 록 ☐ 기타

읽기 다음 공연 감상문을 읽고 질문에 답하세요.
閱讀 閱讀以下觀賞表演後的心得並回答問題。

얼마 전에 재즈 콘서트를 보러 갔다 왔다. 전부터 재즈에 관심이 많아서 한국에서의 재즈는 어떨지 기대가 많이 되었다. 콘서트가 시작되기를 기다리면서 공연이 기대만 못할까 봐 은근히 걱정됐다. 하지만 공연이 진행될수록 수준 높은 재즈곡들을 들을 수 있어서 정말 기쁘고 신이 났다.

드디어 그 날 공연의 마지막 곡 순서가 되었다. 가수가 천천히 무대를 걸어오면서 노래를 부르기 시작했다.

아리랑 아리랑 아라리요
아리랑 고개로 넘어간다
나를 버리고 가시는 임은
십 리도 못 가서 발병 난다

왠지 모르게 가슴이 찡해지고 아름다우면서도 슬픈 느낌이 드는 곡이었다. 다른 사람들이 조용히 노래를 따라 부르는 모습이 여간 감동적이지 않았다.

공연이 끝나고 집에 돌아와서도 마지막 곡이 계속 생각이 나서 그 곡에 대해 찾아보았다. 그 곡은 아리랑이라는 곡인데 한국 사람이면 누구나 알고 있는 전통 민요라는 것을 알게 되었다. 국내에서든지 해외에서든지 한국 사람들이 하나라는 것을 느끼게 해 주는 노래라고 했다. 아리랑은 지역마다 종류가 다른데 가장 대표적인 아리랑으로는 '경기 아리랑', '밀양 아리랑', '진도 아리랑', '정선 아리랑'이 있으며 그중에 내가 들었던 아리랑은 가장 널리 알려진 '경기 아리랑'이었다.

전통 민요를 재즈로 바꾸어 부른 공연 방식이 신선하고 새로웠다. 아리랑이 유네스코 인류무형 유산으로 정해졌다는 기사를 읽고 콘서트의 마지막 곡으로 아리랑을 왜 선택했는지 이해할 수 있었다. 아리랑이야말로 한국을 대표하는 민요라는 생각이 들었다.

재즈 爵士樂 은근히 暗自地 넘어가다 越過 임 心上人 리 里 (1 里 =0.393km) 발병 腳痛 왠지 모르게 不曉得為何 민요 民謠 지역 地區 경기 京畿 밀양 密陽 진도 珍島 정선 旌善 널리 廣泛地 방식 方式 신선하다 新鮮 새롭다 新穎 유네스코 聯合國教科文組織 인류 무형 유산 人類無形文化遺產

1) 무엇을 소개하는 글입니까?

① 감동적인 공연　② 한국 전통 공연　③ 듣고 싶은 재즈곡

2) 아리랑에 대한 설명으로 맞는 것을 고르세요.

① 아리랑의 종류는 모두 4가지만 있다.

② 유네스코 인류 무형 유산으로 정해졌다.

③ 한국 사람이든지 외국 사람이든지 누구나 알고 있는 전통 민요다.

3) 대표적인 아리랑의 종류는 무엇이 있습니까?

_______ 아리랑, _______ 아리랑, _______ 아리랑, _______ 아리랑

4) 다음 단어를 사용해서 읽은 글을 다시 말해 보세요.

기대만 못하다	수준이 높다	신나다	아리랑
가슴이 찡하다	감동적이다	전통 민요	대표적이다

쓰기 감동적이었던 공연을 소개하는 글을 써 보세요.

寫作　試著寫篇文章介紹令你感動的表演。

_______________________________ 보았다.

____

_______________ 여간 _______________ 지 않았다.

____

____

____

_______________ 야말로 _______________

_______________________________________.

아리랑의 가사를 바꿔 쓰고 친구들과 공연을 해 보세요.

試著改寫「阿里郎」的歌詞，並和朋友一起來表演。

'경기 아리랑'을 듣고 느낌을 이야기해 보세요.
試著聆聽「京畿阿里郎」，並述説你的感受。

친구와 함께 경기 아리랑의 가사를 바꿔서 써 보세요.
試著和朋友一起改寫京畿阿里郎的歌詞。

아리랑 아리랑 아라리요
아리랑 고개로 넘어 간다
나를 버리고 가시는 임은
십 리도 못 가서 발병 난다

장학금 장학금 받았는데
한턱도 안 내고 넘어간다
한턱 안 내고 가시는 임은
십 리도 못가서 거지 된다

팀 별로 돌아가면서 새로 만든 아리랑을 친구들 앞에서 불러 보세요.
每一組輪流在眾人面前演唱你們重新改編的「阿里郎」。

가사 歌詞　거지 乞丐

文化 Q&A p. 249

문화 산책 文化漫步

준비 경기 아리랑 외에 어떤 아리랑을 들어 봤습니까?
暖身 除了「京畿阿里郎」之外，你還聽過哪些「阿里郎」呢？

알아보기 認識韓國

지역별 아리랑
各地區的「阿里郎」

경기 아리랑

아리랑 아리랑 아라리요
아리랑 고개로 넘어간다
나를 버리고 가시는 임은
십 리도 못가서 발병 난다

정선 아리랑

눈이 올라나 비가 올라나
억수장마 질라나
만수산 검은 구름이
막 모여든다
아리랑 아리랑 아라리요
아리랑 고개로 나를 넘겨 주소

진도 아리랑

아리 아리랑 쓰리 쓰리랑
아라리가 났네
아리랑 응 응 응 아라리가 났네
문경 새재는 웬 고갠가
구부야 구부 구부가 눈물이로구나

밀양 아리랑

날 좀 보소 날 좀 보소 날 좀 보소
동지섣달 꽃 보듯이 날 좀 보소
아리 아리랑 쓰리 쓰리랑
아라리가 났네
아리랑 고개로 날 넘겨 주소

정선
경기
밀양
진도

생각 나누기 여러분 나라의 유명한 민요에 대해 소개해 보세요.
文化分享 試著介紹你們國家有名的民謠。

억수 장마 連綿大雨　만수산 萬壽山　문경 새재 聞慶鳥嶺（景點名稱）　동지섣달 冬月臘月（指農曆 11、12 月）

발음 發音

준비 들어 보세요. (60)
暖身 先聽聽看！

1) A 노래 실력이 대단하다면서요?
   B 대단하기는요. 그냥 못 부른다는 소리는 안 들어요.

2) A 어제 모임 재미있었어요?
   B 재미있기는요. 정말 지루했어요.

규칙 '-기는요'로 끝나는 문장은 끝을 약간 내렸다가 올립니다.
規則 以「-기는요」結尾的句子，句尾聲調應略微下降後上揚。

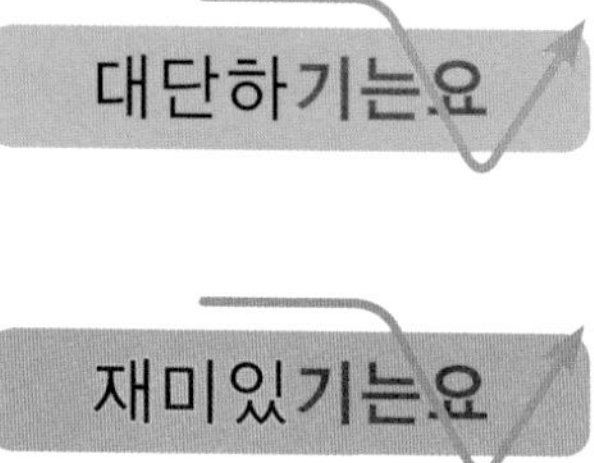

재미있기는요

연습 잘 듣고 따라 해 보세요. (61)
練習 仔細聽並跟著唸唸看。

1) A 그 식당이 음식을 그렇게 잘한다면서요?
   B 잘하기는요. 생각보다 별로던데요.

2) A 어제 부동산에서 소개 받은 집 괜찮았어요?
   B 괜찮기는요. 다른 집을 알아 봐야 할 것 같아요.

3) A 목소리가 참 예쁘네요.
   B 예쁘기는요. 전 히엔 씨 목소리가 더 예쁜 것 같아요.

4) A 케이크를 잘 만드시네요.
   B 잘 만들기는요. 그냥 인터넷을 보고 따라 만든 거예요.

자기 평가 自我評量

1. 다음은 주제 어휘입니다. 뜻을 확인해 보세요.
下方為本課的重點語彙，確認一下這些字的解釋吧。

- ☐ 가슴이 찡하다 內心一酸
- ☐ 감동적이다 令人感動
- ☐ 걱정거리 擔心的事
- ☐ 관심거리 關心焦點
- ☐ 기대만 못하다 不符期待
- ☐ 대단하다 壯觀、了不起
- ☐ 볼거리 可看的
- ☐ 설명이 필요 없다 無須說明
- ☐ 수준이 높다 水準很高
- ☐ 신이 나다 開心
- ☐ 웃음거리 笑柄
- ☐ 이야깃거리 話題
- ☐ 이해가 안 되다 無法理解
- ☐ 지루하다 無聊

2. 알맞은 것을 골라 대화를 완성해 보세요.
選出適合的選項並完成對話。

-기는(요) -든(지) -든(지) (이)야말로 여간 -(으)ㄴ/는 것이 아니다

1) A 김진호 선수는 외국에서 생활하고 계신데요, 외국 생활은 어떻습니까?
   B 우리나라 날씨하고 너무 달라서 ____________________.

2) A 주말에 시간이 괜찮으시면 같이 차나 한잔 하고 싶은데 언제가 좋아요?
   B 저는 ____________________ 다 괜찮아요.

3) A 진짜 꽃이라고 해도 믿겠어요. 정말 그림을 잘 그리시네요.
   B ____________________. 아직 더 연습해야 해요.

4) A 우리 반에서 누가 가장 성실하다고 생각해요?
   B ____________________ 우리 반에서 가장 성실한 사람이지요.

3. 한국어로 할 수 있는 것에 ✓ 하세요.
你可以用韓文做哪些事情，請打 ✓ 。

- ☐ 다른 사람에게 공연 참가를 권유할 수 있다.
- ☐ 축제를 소개하는 글을 읽고 축제를 소개할 수 있다.
- ☐ 공연 감상을 듣고 공연을 평가할 수 있다.
- ☐ 공연 감상문을 읽고 쓸 수 있다.

標準答案

2. 1) 여간 힘든 것이 아닙니다 2) 토요일이든지 일요일이든지 3) 잘 그리기는요 4) 마이클 씨야말로

7 옳고 그름
正確與錯誤

잘 듣고 이야기해 보세요. 62
仔細聽並說說看。

1. 남자와 여자는 무엇에 대해 이야기하고 있습니까?
   男生與女生正在聊些什麼呢？
2. 남자와 여자의 생각은 어떻게 다릅니까?
   男生與女生的想法有何不同呢？

학 습 목 표 學習目標

어 휘 字彙練習	• 의견 意見 • 행동 行動 • -질
문법과 표현 1 文法與表現 1	• A/V-더라도 • A-다고 보다, V-ㄴ/는다고 보다
말하기 會話	• 드라마에 대한 자신의 관점 주장하기 對電視劇的內容提出自我觀點
문법과 표현 2 文法與表現 2	• V-(으)ㄴ 채(로) • A-(으)ㄴ지 A-(으)ㄴ지, V-는지 V-는지
읽고 말하기 閱讀與會話	• 공공장소에서의 행동에 대한 블로그 글 읽기 閱讀談論公共場合應有行徑的部落格文章 • 공공장소에서의 행동에 대한 의견 주장하기 提出公共場合應有行徑的意見
듣고 말하기 聽力與會話	• 아파트 소음에 대한 관리 사무소 공지 방송 듣기 聽聽管理委員會針對公寓噪音的公告廣播 • 아파트 소음에 대한 의견 듣기 聽聽有關公寓噪音的意見 • 예를 들어 의견 주장하기 舉例並提出自我意見
읽고 쓰기 閱讀與寫作	• 영화관에 대한 건의문 읽기 閱讀有關電影院的建議 • 건의문 쓰기 寫篇建議文章
과 제 課堂活動	• 정해진 주제에 대해 의견 말하기 就既有主題陳述意見
문화 산책 文化漫步	• 신문고 申聞鼓
발 음 發音	• 유음화 '논란' 流音化「논란」

어 휘 字彙練習

1. 상황에 대한 의견을 말하는 표현입니다. 맞는 표현을 골라 보세요.
下方是針對各狀況述說自身意見的語彙，試著挑選出正確的答案。

말도 안 되다	현실성이 없다	앞뒤가 안 맞다	논란이 되다	문제가 안 되다

1) 버스에 애완견을 데리고 타면? — 된다! / 안 된다! — 논란이 되다
2) 50살에 가족을 두고 유학을 떠나는 엄마, 괜찮을까? — 그럼요! — ______
3) 우리 집 고양이는 노래를 부를 줄 알아요. — 네? — ______
4) 택시 요금은 비싸니까 버스 타지 말고 택시 타는 게 좋겠어요. — 네? — ______
5) 지금부터 수영을 배우면 내년에 올림픽에 나갈 수 있을까? — 글쎄요. — ______

- 현실성이 없는 소원이 이루어지기를 바란 적이 있습니까?
- 요즘 사회에서 논란이 되고 있는 문제는 무엇입니까?
- 부모님은 반대하시지만 여러분은 문제가 안 된다고 생각하는 일이 있습니까?

2. 다른 사람의 행동에 대한 표현입니다. 맞는 표현을 골라 보세요.
下方是描述他人行動的語彙，試著挑選出正確的答案。

배려를 하다	양해를 구하다	방해가 되다	불편을 주다	양심이 없다

앞 사람에게 불편을 주는 행동이에요.

- 어떤 일을 할 때 미리 양해를 구해야 한다고 생각합니까?
- 교실에서 친구들에게 방해가 되는 행동은 무엇이 있을까요?
- 어떤 사람을 보면 양심이 없다고 생각합니까?

3. 그림을 보고 친구와 말해 보세요.
看圖和朋友練習說說看。

-질

젓가락질	망치질	도둑질	손가락질	딸꾹질

- 젓가락질을 몇 살부터 할 수 있었습니까? 누구한테 배웠습니까?
- 어떤 일을 하면 사람들의 손가락질을 받습니까?
- 딸꾹질이 날 때는 어떻게 해야 멈출까요?

1) 

2) 

3) 

4) 

5) 

문법과 표현 1 文法與表現1

文法解說 p. 231-232

1. A/V-더라도 就算…，也…、儘管…，也…

63

A 이번에 맡은 일이 힘들어서 그만두고 싶어요.
B 힘들더라도 포기하지 말고 끝까지 해 보세요.

A 상대 팀이 지난 대회에서 우승한 팀이에요.
B 괜찮아요. 이번에 지더라도 한 번 더 기회가 있잖아요.

연습 다음 상황에 대해 이야기해 보세요.
練習 試著述說下方情況。

항상 지각하는 친구에게

과소비하는 친구에게

엄마가 결혼하는 딸에게

월급을 적게 주는 사장님에게

외국으로 유학 가는 친구에게

2. A-다고 보다, V-ㄴ/는다고 보다 我覺得…、我認為…

64

A 저 사람이 정말 배가 많이 고팠나 봐요. 빵을 훔치다니.
B 아무리 배가 고프더라도 도둑질을 하면 안 된다고 봐요.

A 20살이나 나이 차이가 나는데 어떻게 결혼을 해요?
B 저는 두 사람이 사랑하면 나이 차이는 중요하지 않다고 봐요.

연습 다음 질문에 대해 자기 생각을 이야기해 보세요.
練習 試著就下方問題述說自我想法。

어린 아이들에게 외국어를 가르치는 것에 대해 어떻게 생각하세요?

저는 어린 아이들에게 외국어를 가르치는 것이 필요하다고 봐요. 왜냐하면 어릴 때 외국어를 배우면 더 쉽게 배울 수 있기 때문이에요.

남자와 여자가 친구가 될 수 있다고 생각하세요?

중·고등학생들이 교복을 입는 것에 대해 어떻게 생각하세요?

육체노동과 정신노동 중에서 어떤 것이 더 힘들다고 생각하세요?

훔치다 偷　육체노동 體力勞動　정신노동 腦力勞動

말하기 會話

會話翻譯 p. 244

65

지 연 어제 드라마 봤어요? 내용이 너무 이상하지 않았어요?

마리코 못 봤는데요. 무슨 내용이었어요?

지 연 어떤 남자가 20살이나 나이가 많은 여자와 결혼하는 이야기였어요.

마리코 그래요? 두 사람이 정말 사랑했나 봐요.

지 연 그렇긴 하지만 아무리 사랑하더라도 결혼까지 하는 건 말도 안 돼요.

마리코 진심으로 사랑하면 그럴 수도 있지요.

지 연 지금은 잘 모르겠지만 나중에 세대 차이도 점점 느끼게 될 텐데요. 마리코 씨 같으면 그렇게 할 수 있겠어요?

마리코 글쎄요. 이해는 되지만 저도 그럴 용기까지는 없는데요.

지 연 그것 보세요. 마리코 씨도 그렇게 못하잖아요. 그래서 저는 그 드라마 내용이 너무 현실성이 없다고 봐요.

연습1 대화를 만들어 보세요.
練習 1 試著練習對話。

1) 성공을 위해 사랑하지 않는 여자와 결혼하다

그 남자가 정말 성공하고 싶다

성공이 제일 중요하다

성격이 안 맞아서 문제가 생기다

2) 사랑하는 여자와 결혼하기 위해 반대하는 부모님과 관계를 끊다

그 남자가 그 여자를 정말 사랑하다

정말로 사랑하다

시간이 지나면 후회하다

진심 真心 세대 차이 世代差異、代溝 용기 勇氣 관계를 끊다 斷絕關係

연습2 드라마 내용에 대한 관점을 주장해 보세요.
練習 2　試著針對電視劇內容，提出你的觀點。

어제 드라마 내용이 이상하지 않았어요?

못 봤는데 무슨 내용이었어요?

사랑하는 남자가 알고 보니까 어릴 때 헤어진 오빠였다는 이야기였어요.

말도 안 돼요. 어떻게 그런 일이 있어요?

1) 사랑하는 남자가 알고 보니까 어릴 때 헤어진 오빠였다. 그것을 알면서도 결혼하려고 한다.

말도 안 돼.
현실성이 없어.

2) 요리 대회에서 1등하기 위해 경쟁자가 사용할 재료를 몰래 숨겼다. 재료가 없었는데도 경쟁자는 1등을 했다.

앞뒤가 안 맞아.
이해할 수 없어.

문법과 표현 2 文法與表現2

文法解說 p. 232-233

1. V-(으)ㄴ 채(로) 以…狀態

66

- 전화가 끊어질까 봐 신발을 신은 채로 집으로 뛰어 들어갔다.
- 어제는 너무 피곤해서 옷도 갈아입지 않은 채 잠이 들었다.
- 지하철 안에서 문에 기댄 채로 음식을 먹고 있는 사람들을 자주 볼 수 있다.

연습 여러분이 실수해서 당황했던 경험을 말해 보세요.
練習 試著述說你因為犯錯而感到不知所措的經驗。

기대다 倚靠

2. A-(으)ㄴ지 A-(으)ㄴ지, V-는지 V-는지 是否…

67

- 부모님께 전화하면 몸이 아픈지 안 아픈지 계속 물어보신다.
- 히엔 씨가 빨간색을 좋아하는지 노란색을 좋아하는지 잘 모르겠어요.
- 여기에서 시청역이 가까운지 광화문역이 가까운지 확인해 보세요.

연습 다음 상황에서 어떤 질문을 할지 물어보세요.
練習 試著詢問你的朋友，在下方情況之下，他會問些什麼樣的問題。

질문	친구 이름	
소개팅을 한다면?		
한국 대통령을 만난다면?		
유명한 연예인을 인터뷰한다면?		
미래를 볼 수 있는 사람을 만난다면?		
______________________?		

미래 未來

읽고 말하기 閱讀與會話

ID : 하늘바다

얼마 전에 지하철에서 음식을 먹는 사람을 보았습니다. 복잡한 지하철에서 문에 기댄 채로 김밥을 먹고 있는 그 사람을 보고 기분이 별로 안 좋았습니다. 사람들이 함께 이용하는 공공장소에서 다른 사람을 배려하지 않고 냄새가 나는 음식을 먹는 것이 이해가 안 됐습니다. 지하철에서 음식을 먹는 것이 옳은 일인지 그른 일인지 잘 모르겠습니다. 여러분은 어떻게 생각하십니까?

ㄴ RE : [ID : 풍선]  출근할 때 지하철에서 음식을 먹는 사람은 양심이 없다고 봅니다. 아무리 배가 고프더라도 다른 사람을 배려해야 하지 않을까요? 30분만 일찍 일어나서 집에서 먹고 나오면 될 텐데 왜 그러는 걸까요?

ㄴ RE : [ID : 개구리]  저도 아침을 못 먹고 나올 때는 역에서 파는 빵이나 떡을 사서 지하철 안에서 해결합니다. 냄새가 안 나는 음식을 먹는 정도는 방해가 안 되니까 괜찮다고 봅니다.

완료　인터넷　100%

연습1 읽은 내용을 확인해 보세요.
練習 1 測試看看是否已經了解讀過的內容。

1) 하늘바다는 지하철에서 음식을 먹는 사람을 보면서 어떤 생각을 했습니까?

____

2) 지하철에서 음식을 먹는 것에 대해 어떤 의견을 가지고 있습니까?

•풍선 : ______________________________

•개구리 : ______________________________

공공장소 公共場所　냄새가 나다 散發味道　옳다 正確的　그르다 錯誤的

연습2 친구와 이야기해 보세요.
練習 2 和朋友練習説説看。

1) 다음 상황에 대한 여러분의 생각을 이야기해 보세요.

지하철 안에서 음식을 먹는 것

아파트 베란다에서 담배를 피우는 것

비행기나 기차의 좌석을 뒤로 많이 젖히는 것

2) 위의 상황 중 하나를 골라 다음과 같이 의견을 말해 보세요.

_______________ 사람들을 볼 수 있습니다.

____

_______________ 것이 이해가 안 됩니다.

____

____

_______________다고 봅니다.

좌석 座位 젖히다 往後傾

듣고 말하기 聽力與會話

준비 이웃 사람들과 생기는 문제에는 어떤 것이 있습니까?
暖身 你和鄰居之間所產生的問題有哪些呢？

듣기1 다음은 아파트의 안내 방송입니다. 잘 듣고 질문에 답하세요. 68
聽力 1 以下是公寓的公告廣播，仔細聽並回答問題。

1) 아파트에 최근 어떤 문제가 있었습니까?

2) 들은 내용과 다른 것을 고르세요.

① 아이들이 심하게 뛰지 않도록 해야 한다.
② 서로를 배려하고 불편을 주지 않아야 한다.
③ 손님이 오면 관리 사무소에 미리 양해를 구해야 한다.

준비 아파트에서 해도 되는 것과 하면 안 되는 것은 무엇이라고 생각합니까?
暖身 你覺得公寓裡頭有哪些事情可以做，又有哪些事情不能做呢？

듣기2 다음은 아파트 소음에 대한 토론입니다. 잘 듣고 질문에 답하세요. 69
聽力 2 以下是有關公寓噪音的討論，仔細聽並回答問題。

1) 토론자 1의 의견을 정리해 보세요

의견 아파트에서 악기 연주를 금지해야 한다.

이유 ______________________________기 때문이다.

2) 토론자 2의 의견을 정리해 보세요.

의견 아파트에서 악기 연주를 완전히 금지해서는 안 된다.

이유 ______________________________기 때문이다.

3) 토론자 1이 금지되어야 할 것으로 예를 든 것은 무엇입니까?

______________, ______________, 악기 연주하기

4) 토론자 2가 이해가 되지 않는다고 하는 것은 무엇입니까?

____

주민 居民 관리 사무소 管理辦公室 이웃집 鄰居家 들려오다 (聲音) 傳來 소음 噪音 불편을 겪다 感到不便 항의 抗議 악기 樂器 진행하다 進行 대표 代表 금지하다 禁止 한밤중 三更半夜 따라서 於是、因此 의견 意見 개인 個人

5) 다시 듣고 대화에서 사용한 표현을 찾아서 표시해 보세요.

의견을 제시할 때	예를 들어 설명할 때
☐ 제가 생각하기에는 [보기에는]	☐ 예를 들면 [예를 들어서]
☐ 제 생각에는	☐ 저의 경우에는
☐ 저는 ~는다고 봅니다	☐ 구체적으로 말하면
☐ 저는 ~는다고 생각합니다	

말하기 자신의 의견을 제시하고 알맞은 이유를 예를 들어 설명해 보세요.

會話 提出自我意見，並舉出合適的例證進行說明。

저는 학교에 다녀야 한다고 생각합니다. 왜냐하면 학교에서는 공부뿐만 아니라 사회생활 방법도 배울 수 있기 때문입니다. 저의 경우에……

학교에 다녀야 할까?

의견	학교에 다녀야 한다.	학교에 안 다녀도 된다.
이유		
예를 들기		

데이트 비용은 누가 내야 할까?

의견	한 사람이 내야 한다.	나눠서 내야 한다.
이유		
예를 들기		

경우 情況 사회생활 社會生活 비용 費用

번中 文章翻譯 p. 244

준비 극장에서 영화를 볼 때 다른 사람의 행동 때문에 불편한 적이 있습니까?
暖身 你是否曾在電影院欣賞電影時，因別人的行為而感到不便呢？

읽기 다음 건의문을 읽고 질문에 답하세요.
閱讀 閱讀以下建議，並回答問題。

음식 없는 영화관을 만들어 주세요

영화관 관계자께

저는 영화를 공부하고 있는 학생입니다. 요즘 사람들 사이에서 영화관에 음식을 가지고 들어갈 수 있게 한 것에 대해 옳은지 그른지 논란이 되고 있습니다. 저는 모든 음식물 반입을 금지하는 '깨끗한 상영관'을 만들어 주실 것을 건의하고 싶습니다.

얼마 전에 정말 보고 싶은 영화가 개봉되어 잔뜩 기대를 하고 영화관에 들어갔습니다. 그러나 여기저기에서 들려오는 음식 먹는 소리 때문에 영화에 집중할 수 없었습니다. 어떤 사람들은 소리가 나지 않는 음식은 괜찮다고 합니다. 하지만 소리뿐만 아니라 음식에서 나는 냄새도 방해가 됩니다. 저는 십 분 동안 코를 막은 채로 영화를 보았습니다.

배가 고파서 밥을 먹으면서 영화를 보고 싶다면 집에서 보면 됩니다. 적지 않은 돈을 내고 영화관에 오는 것은 큰 화면과 훌륭한 음향 시설을 통해 생생하게 영화를 즐기고 싶어서입니다. 팝콘 먹는 소리와 오징어 냄새를 참으면서 영화를 보려고 오는 것은 아닙니다. 또 먹다 남은 음식물 쓰레기와 팝콘 때문에 극장 안이 더러워지는 것도 문제라고 생각합니다.

그러나 당장 팝콘 없는 영화관을 만드는 것은 현실성이 없다고 봅니다. 그러니까 우선 영화관의 여러 상영관 중에서 하나를 '깨끗한 상영관'으로 지정해서 관객들이 선택할 수 있도록 해 주십시오. 많은 관객들이 그곳을 선택한다면 조금씩 그런 상영관 수를 늘려갈 수 있을 것이라고 봅니다. 앞으로 좋은 영화를 편안하게 볼 수 있는 영화관이 되기를 기대합니다.

음식물 食物　반입 攜帶進入　상영관 放映廳　건의하다 建議　개봉되다 上映　잔뜩 滿滿地　집중하다 集中、專心
코를 막다 摀住鼻子　음향 시설 音響設備　생생하다 生動的　당장 當場、立即　우선 首先　지정하다 指定
늘려가다 增加

1) 글쓴이는 무엇을 건의하고 있습니까?

2) 영화관에 음식을 가지고 가면 안 된다고 하는 이유는 무엇입니까?

① 음식 먹는 소리와 냄새 때문에 ______________________________.

② 음식 쓰레기 때문에 ______________________________.

3) 이 사람이 제안하는 '깨끗한 상영관'을 만드는 방법은 무엇입니까?

4) 다음 단어를 사용해서 읽은 글을 다시 말해 보세요.

영화관 음식물 반입 금지 소리 냄새
깨끗한 상영관 관객 선택하다

쓰기 고치고 싶은 일이나 반대하고 싶은 일에 대해 건의하는 글을 써 보세요.
寫作 針對你想反對或欲改善的事情，寫下你的建議。

저는 ______________________________입니다.

____

______________________________에 대해 건의를 드립니다.

____

____

____

____

______________________________기 바랍니다.

과제 課堂活動

다음 주제에 대해 자기의 의견을 말해 보세요.
試著針對下方主題，述說自己的意見。

다음 주제 중에서 이야기하고 싶은 것을 고르세요.
從下方選項中挑選出你想述說的主題。

가 사랑하는 강아지가 죽었어요. 공원에 묻어 주고 싶은데 괜찮을까요?

나 신호등이 빨간 불이고 도로에는 차가 없어요. 급한 일이 있는데 그냥 건너도 될까요?

다 결혼을 할 때 사랑하는 사람과 경제적 여유가 있는 사람 중에서 누구를 선택해야 할까요?

라 병원에서 제 어머니께서 3개월 정도밖에 살 수 없다고 했어요. 어머니께 말씀드려야 할까요?

같은 주제를 선택한 친구들끼리 모여서 그 주제에 대해 의견을 모아 보세요.
選擇相同主題的人試著就該主題彙整彼此意見。

자기 팀의 의견을 정리해서 발표해 보세요.
整理所屬團隊的意見後進行報告。

묻다 埋 도로 道路 경제적 經濟的

文化 Q&A p. 249

문화 산책 文化漫步

준비 무엇에 대한 광고일까요?
暖身 這是關於什麼的廣告呢？

알아 보기
認識韓國

신문고는 조선 시대에 임금님이 백성들의 문제를 직접 해결해 주기 위해 대궐 밖에 달아 놓았던 북입니다. 조선 초기에 신문고를 설치했는데 북을 친 사람의 억울한 사연을 임금님이 직접 듣고 해결해 주었습니다. 모든 백성들의 문제를 해결할 수는 없었지만 신문고를 통해 많은 사람들이 자신의 억울함을 임금님에게 이야기할 수 있었습니다.

지금은 '국민 신문고', '환경 신문고'와 같이 국민들의 문제를 해결해 주기 위해 만들어 놓은 정부의 민원 창구의 이름으로 많이 쓰이고 있습니다.

생각 나누기 여러분 나라에서는 국민들이 정부에 어떤 방법으로 자신들의 의견을 알립니까?
文化分享 在你們國家，人民是用什麼方式來向政府訴說自己的意見呢？

신문고 申聞鼓 임금님 皇上 백성 百姓 대궐 宮闕 달아 놓다 掛於 북 鼓 초기 初期 설치하다 設置
사연 事情原委 민원 창구 民怨窗口

발음 發音

준비 들어 보세요.
暖身 先聽聽看！

1) 아파트에서 애완견을 키우는 것이 논란이 되고 있습니다.

2) 건강을 위해 저녁마다 줄넘기를 해요.

규칙 'ㄴ'은 앞이나 뒤에 'ㄹ'이 오면 [ㄹ]로 발음됩니다.
規則 「ㄴ」前或後若接「ㄹ」的話，則「ㄴ」應改發為「ㄹ」音。

1)

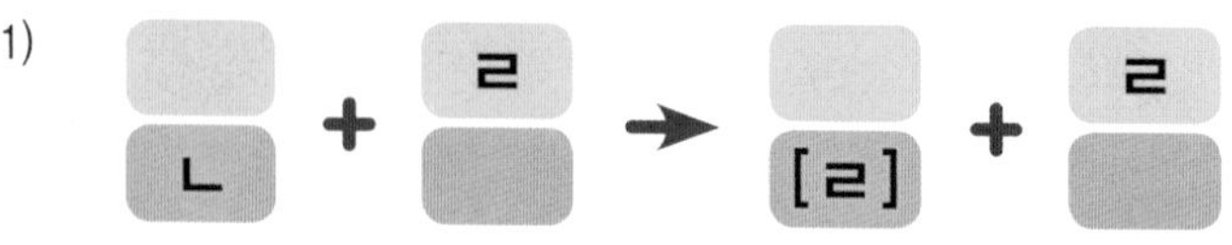

예) 논란 [놀란]
줄넘기 [줄럼끼]

2)

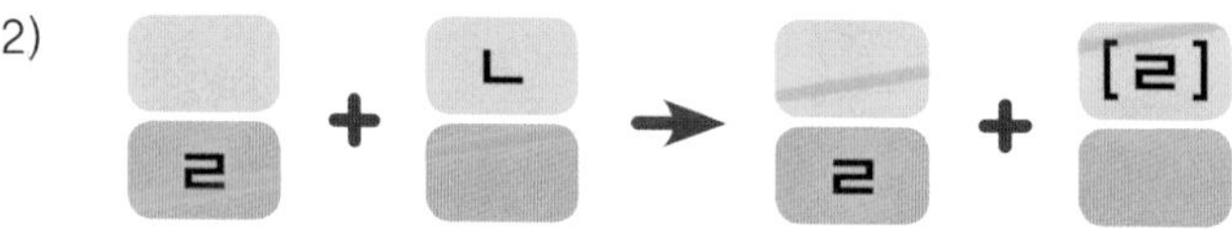

예) 전라도 [절라도]
실내 [실래]

연습 잘 듣고 따라 해 보세요.
練習 仔細聽並跟著唸唸看。

1) 전라도 사투리는 서울말과 많이 다르네요.

2) 풋살은 실내에서도 할 수 있는 경기입니다.

3) 라면을 끓는 물에 넣으세요.

4) 여기에서 담배를 피우시면 곤란합니다.

자기 평가 自我評量

1. 다음은 주제 어휘입니다. 뜻을 확인해 보세요.
下方為本課的重點語彙，確認一下這些字的解釋吧。

- ☐ 논란이 되다 引起爭論
- ☐ 도둑질 竊盜行為
- ☐ 딸꾹질 打嗝
- ☐ 말도 안 되다 荒謬、不合理
- ☐ 망치질 敲槌子
- ☐ 문제가 안 되다 不成問題
- ☐ 방해가 되다 造成妨礙
- ☐ 배려를 하다 關懷照顧
- ☐ 불편을 주다 造成不便
- ☐ 손가락질 指責
- ☐ 앞뒤가 안 맞다 前後邏輯不通
- ☐ 양심이 없다 沒有良心
- ☐ 양해를 구하다 請求諒解
- ☐ 젓가락질 動筷子
- ☐ 현실성이 없다 不切實際

2. 알맞은 것을 골라 대화를 완성해 보세요.
選出適合的選項並完成對話。

-는다고 보다 　 -더라도 　 -(으)ㄴ 채(로) 　 -(으)ㄴ/는지 -(으)ㄴ/는지

1) A 우리 회사에 대해서 궁금한 것이 있으면 편하게 질문하세요.
   B ________________ 알고 싶습니다.

2) A 여자만 집안일을 하는 것에 대해서 어떻게 생각하세요?
   B 저는 ________________.

3) A 여행갈 때 도둑이 들까 봐 걱정이에요.
   B ________________ 가면 집에 사람이 있다고 생각하고 도둑이 안 들어올 거예요.

4) A 남자 친구가 준 선물이 정말 마음에 안 들어요.
   B ________________ 좋아하는 척 하세요. 남자 친구의 정성이 있잖아요.

3. 한국어로 할 수 있는 것에 √ 하세요.
你可以用韓文做哪些事情，請打 √ 。

- ☐ 드라마 내용에 대한 자신의 관점을 주장할 수 있다.
- ☐ 공공장소에서의 행동에 대한 글을 읽고 의견을 말할 수 있다.
- ☐ 아파트 소음에 대한 의견을 듣고 자신의 의견을 주장할 수 있다.
- ☐ 영화관에 대한 건의문을 읽고 쓸 수 있다.

標準答案
2. 1) 한 달에 한 번 휴가를 써도 되는지 안 되는지 2) 남자도 같이 해야 한다고 봐요
3) 불을 켜 놓은 채로 4) 마음에 안 들더라도

8 흥미로운 세상

有趣的世界

잘 듣고 이야기해 보세요. 72

仔細聽並說說看。

1. 어느 나라의 집입니까?
   這是哪個國家的住屋呢？
2. 왜 집을 높이 지었습니까?
   為何住屋要懸空建造呢？

학습목표 學習目標

어휘 字彙練習	• 문화 文化 • 특징 特徵 • -별
문법과 표현 1 文法與表現 1	• V-아다(가)/어다(가) • A-다는 N, V-ㄴ/는다는 N
말하기 會話	• 시장 정보 설명하기 說明市場資訊
문법과 표현 2 文法與表現 2	• N 을/를 비롯해서 [비롯한] • A/V-(으)며
읽고 말하기 閱讀與會話	• 놀이 설명하는 글 읽기 閱讀說明遊戲的文章 • 고향의 놀이 설명하기 說明家鄉的遊戲
듣고 말하기 聽力與會話	• 한국 사투리에 관한 발표 듣기 聽聽有關韓國方言的報告 • 발표 후 질의응답 듣기 聽聽報告之後的問答 • 설명 듣고 질의응답하기 聽聽說明並進行問答
읽고 쓰기 閱讀與寫作	• 소수 민족의 특징에 대한 설명문 읽기 閱讀有關少數民族特徵的介紹 • 소수 민족의 특징 소개하는 설명문 쓰기 寫一篇文章介紹少數民族的特徵
과제 課堂活動	• 발표문 작성하기 撰寫報告
문화 산책 文化漫步	• 제주도의 정낭 濟州島的木柱門
발음 發音	• 유기음화 '비롯해서' 有氣音化「비롯해서」

어휘 字彙練習

1. 문화를 설명하는 표현입니다. 바꿔 쓸 수 있는 표현을 골라 보세요.
下方是介紹文化時會用到的語彙，試著挑選出可替換運用的答案。

대표적이다	공통점이 있다	차이가 있다	전통을 지키다	영향을 받다

1) 사람들이 즐겨 입는 옷의 색깔은 날씨에 따라 달라질 수 있다고 한다.
2) 한국 사람들은 설날이 되면 어른들께 세배를 드리는 오랜 풍습을 지금까지 이어오고 있다.
3) 한국과 일본, 중국은 모두 젓가락을 사용하는 나라지만 젓가락의 모양은 나라마다 약간씩 다르다.
4) 비빔밥은 한국에 온 외국인들은 누구나 먹어볼 정도로 유명하고 많이 알려진 한국 전통 음식이다.
5) 아리랑의 멜로디는 지역마다 다르지만 그 가사에는 비슷한 내용이 있다.

- 여러분이 알고 있는 다른 나라의 대표적인 인물에 대해 말해 보세요.
- 여러분 나라와 한국은 버스를 이용하는 방법에 어떤 차이가 있습니까?
- 여러분은 누구의 말에 영향을 많이 받습니까?

2. 문화의 특징을 설명하는 표현입니다. 맞는 표현을 골라 보세요.
下方是說明文化特徵的語彙，試著挑選出正確的答案。

독특하다	흥미롭다	단순하다	평범하다	흔하다

1) 이건 처음 먹어보는 음식인데 뭐라고 설명할 수 없을 정도로 특별한 맛이네요. 독특하다
2) '김'이라는 성은 한국에서 어디를 가더라도 쉽게 볼 수 있는 성이지요. ________
3) 이 책에서 소개하고 있는 문화는 정말 재미있어서 더 알고 싶어요. ________
4) 그 아이의 얼굴은 특별히 예쁘거나 못 생기지도 않았고 특별히 기억에 남지도 않는 보통 얼굴이에요. ________
5) 이 카메라는 사용하기 어렵지 않아요. 복잡한 기능은 다 빼고 사진을 찍는 기능만 있거든요. ________

- 자신의 물건 중에 디자인이 독특한 것이 있습니까?
- 평범한 사람이 되고 싶습니까? 아니면 특별한 사람이 되고 싶습니까?
- 여러분 나라에서는 어떤 이름이 흔합니까?

3. 무엇을 기준으로 나뉘어 있는지 이야기해 보세요.

試著述說下方圖表是以什麼為基準來進行分類。

-별

직업별 분야별 지역별 나이별 나라별

1)

총류	000	기술과학	500
철학	100	예술	600
종교	200	언어	700
사회과학	300	문학	800
순수과학	400	역사	900

2)

시간이 나면 뭘 하세요?

10대	컴퓨터
20대	음악 감상
30대	운동
40대	여행

'-별'로 만든 어휘는 다음과 같이 사용합니다.

직업별로 다르다.
직업별로 차이가 있다.

3)

〈하루 중 근무 시간〉

① 회사원 : 9시~18시
② 환경미화원 : 새벽 4시 ~17시
③ 소방관 : 하루 24시간, 하루 휴식

4)

〈김치의 특징〉

북부 지방 : 양념이 별로 없고 시원하다
중부 지방: 약간 맵고 깔끔하다
남부 지방: 양념이 많이 들어가서 맵고 짜다

5)

- 여러분 나라에는 직업별로 월급에 차이가 많습니까?
- 여러분 나라에는 지역별로 날씨에 차이가 있습니까?
- 나이별로 제한되는 것은 무엇이 있습니까?

문법과 표현 1　文法與表現1

 文法解說 p. 234

1. V- 아다(가)/ 어다(가) 先⋯，再⋯

A　지연 씨는 김치를 집에서 담가 드세요?

B　아니요, 전에는 담가 먹었는데 요즘은 사다가 먹어요.

A　한복이 참 예쁘네요. 어디에서 샀어요?

B　산 게 아니에요. 친구에게서 빌려다 입은 거예요.

연습　다음 상황에 대해 조언해 보세요.

練習　試著就下方情況給予建議。

1) 이 소설책을 읽고 싶은데 책이 다 팔렸어요.

　　그러면 친구에게 빌려다 읽으세요.

2) 친구들과 같이 저녁 만들어 먹기로 했는데 어떤 음식을 가져가면 좋을까요?

3) 선생님이 마이클 씨 전화번호를 알려 달라고 하셨는데 저도 모르겠어요.

4) 커피를 마시고 싶은데 일이 많아서 사러 갈 시간이 없네요.

2. A- 다는 N, V- ㄴ/는다는 N 稱為…的…、說是…的…

74

A 지수 씨가 요즘 모임에 계속 안 나오네요.

B 저도 직접 연락은 못 했는데 유학 준비를 한다는 소문을 들었어요.

A 남대문시장에는 왜 가려고 해요?

B 거기 가면 싸고 좋은 물건이 많다는 말을 들어서요.

연습 다음과 같이 믿을 수 없는 기사나 소문에 대해 친구들과 이야기해 보세요.

練習 跟著下方範例，試著和朋友述說令人難以置信的報導或傳聞。

會話翻譯 p. 244

75

샤오밍 이 찻잔 디자인이 독특한데요. 어디에서 샀어요?

줄리앙 아, 이거요? 지난번 영국에 갔을 때 카부츠 세일에서 샀어요.

샤오밍 카부츠 세일요? 그게 뭐예요?

줄리앙 자기가 쓰던 물건 중에서 필요 없는 물건을 가져다가 다른 사람에게 파는 시장이에요.

샤오밍 아, 벼룩시장하고 비슷한 곳이군요. 그런데 왜 카부츠 세일이라고 불러요?

줄리앙 카부츠는 '자동차 트렁크'라는 뜻인데 트렁크에 물건을 놓고 팔기 때문에 그런 이름이 생겼대요.

샤오밍 그렇군요. 그 시장이 매일 열려요?

줄리앙 아니요, 보통 주말에 열리는데 장소가 정해져 있대요.

연습1 대화를 만들어 보세요.
練習 1 試著練習對話。

1) 〈말레이시아 '파사 말람'〉

두리안 케이크가 맛있다

음식도 팔고 옷도 파는 말레이시아 전통 시장

야시장이라는 뜻인데 밤에 열린다

일주일에 한 번 저녁부터 밤늦게까지

2) 〈태국 '차투착'〉

향초의 향이 좋다

다양한 물건을 파는 시장이다

48년이라는 뜻인데 왕이 자신의 48살 생일을 기념하여 그 이름을 붙여 줬다

토요일과 일요일 낮에

찻잔 茶杯 디자인 設計 카부츠 Carboots (英國的跳蚤市場) 벼룩시장 跳蚤市場 트렁크 後車廂
파사 말람 Pasar Malam (馬來西亞夜市) 두리안 榴槤 야시장 夜市 차투착 Chatuchak (泰國傳統市場)
향초 香燭 향 香氣

연습2 여러분 나라의 시장에 대해 설명해 보세요.

練習 2　試著介紹你們國家的市場。

우리 나라에는 수상 시장이 있어요.

수상 시장요? 수상 시장이 뭐예요?

수상 시장은 물 위에서 배에 물건을 싣고 다니면서 파는 시장이에요.

거기는 뭐가 유명해요?

시장 이름	
특징	
파는 물건	
열리는 시간	
열리는 장소	

역사가 오래 되다

없는 물건이 없다

값을 깎을 수 있다

특별한 물건을 살 수 있다

수상 시장 水上市場

문법과 표현 2 文法與表現2

文法解說 p. 235-236

1. N 을 / 를 비롯해서 [비롯한] 以…為首、包括…在內

76

- 세계에는 아시아, 유럽을 비롯해서 모두 6 대륙이 있다.
- 이번 회의에는 한국을 비롯한 10 개국 대표들이 참석했다.
- 설날에 한국 사람들은 윷놀이를 비롯해서 다양한 민속놀이를 한다.

연습 다음 축제에 대해 말해 보세요.
練習 試著述說下方的慶典。

이 축제에는 중국을 비롯한 아시아 여러 나라들이 참가한대요.

아시아 음식 축제

서울에서 열리는 아시아 음식 축제에 오십시오!
나라별로 대표적인 음식을 모두 먹어 볼 수 있습니다.
이번 행사에는 아시아 4개국이 참가합니다.

- 한국 : 불고기, 비빔밥 등
- 중국 : 딤섬, 북경 오리 등
- 일본 : 초밥, 우동 등
- 태국 : 팟타이, 똠얌꿍 등

날짜 : 10월 15일~10월 20일
장소 : 서울 한강시민공원

한국 전통문화 축제

한국 전통문화에 관심이 많으십니까?
그렇다면 한국 전통문화 체험 행사에 오십시오.
이번 행사에서는 전통 음악과 전통 춤 공연을 볼 수 있을 뿐만 아니라 배울 수도 있습니다.

〈공연〉
- 음악 공연 : 판소리, 사물놀이, 민요
- 춤 공연 : 부채춤, 탈춤, 장구춤

〈체험 행사〉
- 도자기 만들기, 한지 부채 만들기, 한복 입기

날짜 : 1월 1일~1월 10일
장소 : 민속촌

대륙 大陸　다양하다 多樣的　민속놀이 民俗遊戲　한강시민공원 漢江市民公園　행사 活動　탈춤 假面舞
장구춤 長鼓舞　민속촌 民俗村

2. A/V-(으)며 而且…

- 이 도서관에는 디자인 관련 책이 많으며 세계 여러 나라의 잡지도 많이 있다.
- 배가 아프고 소화가 안 되며 속이 거북할 때 손을 따면 효과가 있다.
- 이 민족은 아이들이 어머니의 성을 따르며 재산도 딸이 물려받는다.

연습 수수께끼를 만들어서 친구들에게 질문해 보세요.
練習 試著想一個謎語來詢問朋友。

이 동물은 목이 길고 몸에 무늬가 있으며 풀을 먹고 삽니다. 이 동물은 무엇일까요?

이 친구는 노래를 잘하고 무엇이든지 잘 먹으며 친구가 많습니다. 이 친구는 누구일까요?

______________은/는 ______________고

______________________________며

______________________________다.

관련 相關 재산 財產 물려받다 繼承

읽고 말하기 閱讀與會話

실뜨기는 아시아를 비롯한 세계 여러 나라 아이들이 즐겨하는 대표적인 놀이입니다. 나라별로 이름이나 방법은 조금씩 차이가 있지만 실 하나만 있으면 어디에서나 쉽게 할 수 있다는 공통점이 있습니다. 보기에는 단순하고 평범해 보이지만 손을 많이 사용할 수 있어서 두뇌 발달에 효과가 있으며 두 사람이 같이 하기 때문에 서로 친해지는 데에도 좋습니다. 한국에서 주로 하는 실뜨기 방법은 다음과 같습니다.

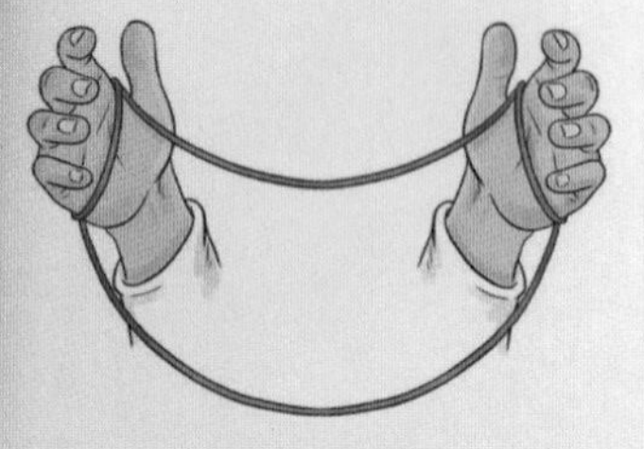

① 손가락에 실을 걸고 네 손가락으로 한 번 감습니다.

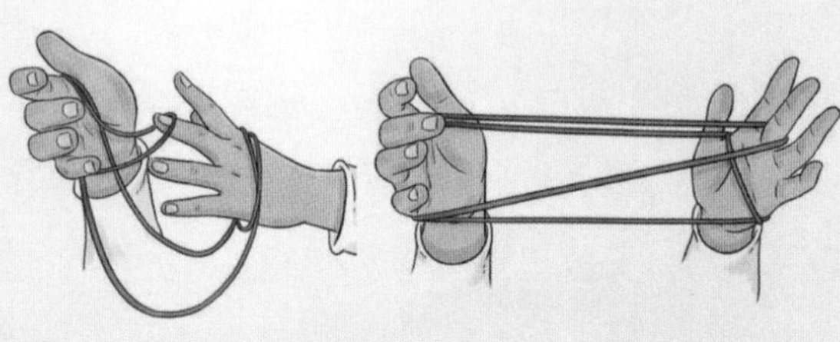

② 오른손으로 왼손의 실을 걸어서 당깁니다.

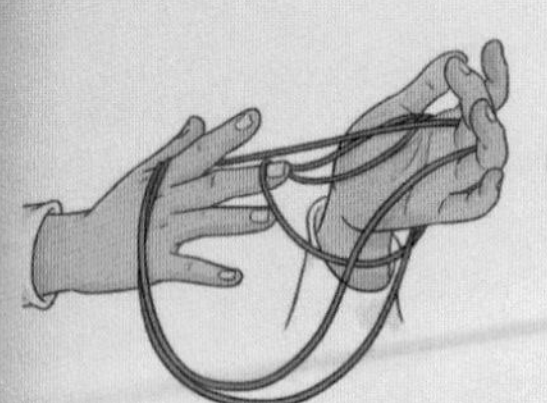

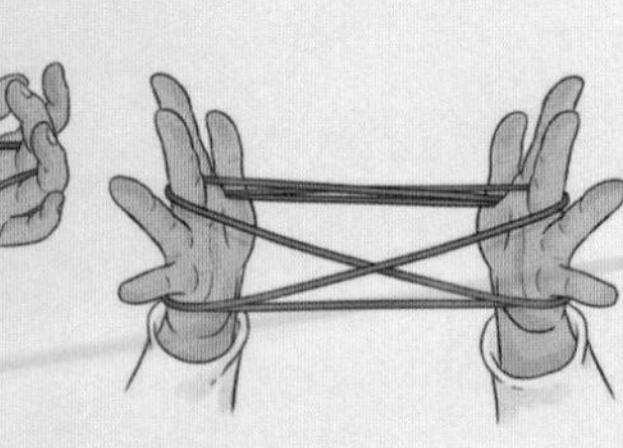

③ 왼손으로 오른손의 실을 걸어서 당깁니다.

④ 두 사람이 놀이를 합니다.

연습1 읽은 내용을 확인해 보세요.
練習 1 測試看看是否已經了解讀過的內容。

1) 실뜨기는 어느 나라 아이들이 하는 놀이입니까?

______________________________.

2) 실뜨기의 좋은 점은 무엇입니까?

______________________________.

______________________________.

실뜨기 穿繩遊戲 즐겨하다 喜歡做 실 線 두뇌 발달 頭腦發展 효과가 있다 有效果 감다 纏繞 걸다 鉤住 당기다 拉

연습2 친구와 이야기해 보세요.
練習 2 和朋友練習說說看。

1) 여러분 나라의 놀이에 대해 이야기해 보세요.

줄넘기

숨바꼭질

구슬치기

이름	인원	준비물	술래	방법

2) 친구들에게 여러분 나라의 놀이를 설명해 보세요.

______________은/는 ________________________________는 놀이입니다.

____

____

놀이 방법은 ____

____

____이/가 이깁니다.

줄넘기 跳繩 숨바꼭질 捉迷藏 구슬치기 打彈珠 준비물 準備物品 술래 （捉迷藏的）捉人者

듣고 말하기 聽力與會話

준비 한국인의 억양이나 말투에 대해 독특하다고 생각한 적이 있습니까?
暖身 你是否曾覺得韓國人的聲調或語氣很特別呢？

듣기1 다음은 한국의 사투리에 관한 발표입니다. 잘 듣고 들은 내용을 정리하세요. 78
聽力 1 以下是有關於韓國方言的報告，仔細聽並回答問題。

1)
제목: ______________
발표자 : 마쓰모토 게이고

2)
사투리에 관심을 갖게 된 이유
- 친구들 ______________ 로 억양, 말투, 사용하는 단어 등에 차이가 있다는 것을 알게 되었다.

3)
경상도 사투리의 특징
- 억양이 ______________ 짧고 분명하게 말한다.
- 무뚝뚝하다는 말을 자주 듣는다.

4)
전라도 사투리의 특징
- 감탄사를 많이 사용하고 표현이 ______________ 한 편이다.
- 정겨운 느낌이 든다.

5)
충청도 사투리의 특징
- 느리게 말해서 ______________ 들리며 편안한 느낌이다.
- 자기 생각을 ______________ ________ 말하지 않는다.

준비 위 발표를 듣고 이해가 안 되거나 질문하고 싶은 것이 있습니까?
暖身 聽完上方的報告後，你是否有不太理解或想要詢問的問題呢？

듣기2 다음은 발표에 대한 질문과 응답입니다. 잘 듣고 그 내용을 써 보세요. 79
聽力 2 以下是有關報告的問答內容，仔細聽並寫下聽到的內容。

1) 질문 사투리가 지역별로 다른 원인은 무엇입니까?
응답 ______________________서 말이 그 영향을 받기 때문이다.

2) 질문 억양, 말투, 사용하는 단어 등이 다르다고 말씀하셨는데 구체적인 예를 들어 설명해 주세요.
응답 "빨리 오세요."를 ____________에서는 "퍼뜩 오이소.", ____________에서는 "빨랑 오랑게요.", ______________에서는 "어서 와유." 라고 합니다.

3) 질문 충청도에서는 직접적으로 말하지 않는다고 하셨는데 이것은 무슨 뜻입니까?
응답 자기 생각을 직접적으로 말하지 않고 ________________________는 뜻입니다.

사투리 方言 관심을 갖다 對…有興趣 출신 出身 억양 聲調、語調 말투 口氣、語氣 경상도 慶尚道 전라도 全羅道 충청도 忠清道 무뚝뚝하다 態度木訥、生硬 감탄사 感嘆詞 정겹다 多情、深情 끌다 拉、拖 점잖다 文雅、端莊 보존하다 保存 원인 原因 돌려 말하다 兜圈子、打啞謎 자기 주장을 내세우다 提出自我主張 반복하다 反覆、重複

4) 다시 듣고 대화에서 사용한 표현을 찾아서 표시해 보세요.

질문할 때

- [ ] ~는다고 말씀하셨는데
- [ ] 저는 잘 이해가 안 되는데 다시 한 번 설명해 주시기 바랍니다
- [ ] 그 원인이 무엇인지 궁금합니다
- [ ] 구체적인 예를 들어 설명해 주십시오

답변할 때

- [ ] 이미 말씀드린 대로
- [ ] 구체적으로 예를 들어 보면
- [ ] ~는다는 뜻입니다
- [ ] ~는 것으로 알고 있습니다

말하기 여러분 나라의 사투리에 대해 질의응답 하는 대화를 해 보세요.
會話 針對你們國家的方言來練習詢答的對話。

1) 여러분 나라의 사투리를 정리하여 친구에게 설명해 보세요.

나라	지역별 사투리	특징
한국	경상도 사투리	억양이 강하며 짧고 분명하게 말한다.
	전라도 사투리	표현이 풍부하여 정겨운 느낌이 든다.
	충청도 사투리	말을 끌면서 느리게 말하여 점잖게 들린다.

2) 설명을 들은 후 서로 질문과 응답을 해 보세요.

지역별로 말투가 다르다고 하셨는데 그 원인이 무엇인지 궁금합니다.

사투리가 지역별로 차이가 있는 것은 자연환경의 영향이 큰 것으로 알고 있습니다.

지역별로 사투리가 어떻게 다른지 구체적으로 예를 들어서 설명해 주십시오.

예를 들어서 "빨리 오세요."를 경상도 사람들은 "퍼뜩 오이소."라고 합니다.

읽고 쓰기 閱讀與寫作

번中 文章翻譯 p. 245

준비 여러분 나라에는 어떤 민족들이 살고 있습니까?
暖身 你們國家居住著什麼樣的民族呢？

읽기 다음 글을 읽고 물음에 답하세요.
閱讀 閱讀以下文章並回答問題。

아버지가 없는 모소족

현대인들은 대부분 부모가 중심이 되어 자식과 함께 가정을 이루며 살아간다. 그런데 현대인과는 다른 방식으로 살아가는 사람들이 있다. 중국의 모소족이 그 대표적인 예이다. 중국에는 인구의 대부분을 구성하는 한족과 함께 좡족을 비롯한 다수의 소수 민족이 살고 있는데 모소족은 그중 하나이다.

중국 남서부 로고호 주변에 사는 모소족은 집안의 가장이 여자이다. 가족은 할머니를 중심으로 구성되며 집안에 아버지는 존재하지 않는다. 할머니, 어머니, 이모, 그리고 손녀들이 모여 살고 집안의 남자는 할아버지나 아버지가 아니라 외삼촌이나 외손자이다. 아이들은 어머니의 성을 따르며 집안의 모든 재산도 딸이 물려받는다.

남녀가 만나 가정을 구성하지 않기 때문에 결혼도 이혼도 없다. 여자는 16세가 되면 성인식을 하고 마음에 드는 남자를 만나면 사랑을 나눌 수 있지만 함께 살지는 않는다. 남자들은 가족에 대한 경제적인 책임이나 자식을 키울 의무가 없다. 여자들은 할머니를 중심으로 농사일과 집안일을 하며 아이들을 키우고 교육시킨다. 외삼촌들은 산에서 야크를 치거나 말을 타고 돌아다니면서 물건을 가져다가 팔고 생활에 필요한 물건을 사다가 가족에게 준다.

이처럼 모소족은 오랜 세월 동안 자신들만의 전통을 지켜 왔다. 그러나 최근 현대 사회의 영향을 받아 그들의 가족 형태도 점점 변해가고 있다.

모소족 摩梭族　현대인 現代人　가정을 이루다 成立家庭　구성하다 構成　한족 漢族　좡족 壯族　다수 多數
소수민족 少數民族　남서부 西南部　로고호 瀘沽湖　주변 周邊　집안 家裡　가장 家長、戶長　존재하다 存在
이모 姨母　손녀 孫女　외삼촌 舅舅　외손자 外孫　성인식 成年禮　키우다 扶養　의무 義務　야크를 치다 放牧犛牛
세월 歲月　형태 形態

1) 현대인과 모소족의 삶의 방식이 다른 점은 무엇입니까?

- 현대인 : ________________
- 모소족 : ________________

2) 모소족의 특징에 대해 이야기해 보세요.

모소족

사는 곳 : ________________

가족 구성원 : ________________

아이의 성과 재산 : ________________

결혼 제도 : ________________

여자가 주로 하는 일 : ________________

남자가 주로 하는 일 : ________________

3) 다음 단어를 사용해서 읽은 글을 다시 말해 보세요.

현대인 가정을 이루다 모소족 가장 양육하다
책임 의무 전통을 지키다 영향을 받다

쓰기 여러분 나라 민족의 특징이나 독특한 문화를 가진 소수 민족의 특징을 글로 써 보세요.

寫作 試著寫篇文章來介紹你們國家的民族特徵，或介紹擁有獨特文化的少數民族。

우리 나라에는 ________비롯한 ________ 살고 있다. 그 중에서

________________다는 점이 특별하다.

____

________________.

____

________________.

이러한 전통은 ________________

________________.

과제 課堂活動

자기 나라의 흥미로운 문화에 대해 조사해서 발표해 보세요.

試著調查並報告你們國家有趣的文化。

여러분 나라의 흥미로운 문화를 생각해 보고 친구들에게 소개하고 싶은 주제를 정해 보세요.

試著想想你們國家有趣的文化，並訂定想要介紹給朋友的主題。

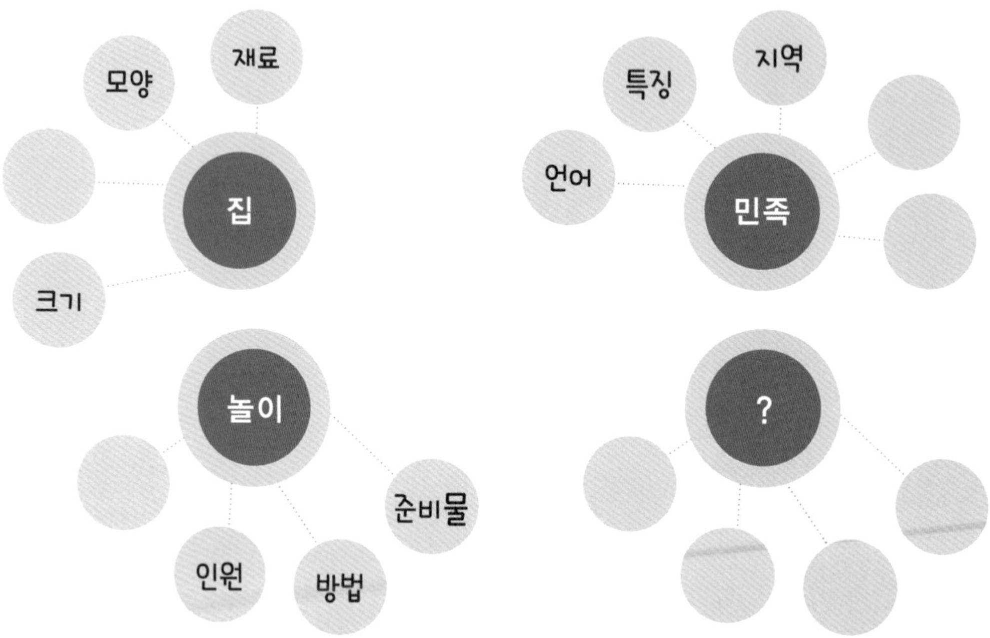

주제에 대해 간단히 소개하고 친구들이 알고 싶어 하는 내용을 정리하세요.

針對該主題來進行簡單的介紹，並整理朋友們想要知道的內容。

주제	친구들이 궁금해 하는 부분
태국 과일 시장	● 어떤 과일을 팔아요? ● 언제부터 시작됐어요? ● 한국 시장과 뭐가 달라요?
	● ● ● ●

조사한 내용으로 발표문을 작성하고 발표해 보세요.

試著以調查的內容來撰寫報告並發表。

文化 Q&A p. 249

문화 산책 文化漫步

준비 다음 집은 한국의 어느 지역에서 볼 수 있을까요?
暖身 我們可以在韓國的哪一個地區看到下方的住屋呢？

알아보기
認識韓國

제주도의 전통 집에는 대문이 없습니다. 대문 대신에 '정낭'이라는 문이 있는데 여기에 세 개의 막대기가 걸려 있습니다. 세 개가 모두 걸려 있으면 '며칠 있다가 돌아옵니다.', 두 개가 걸려 있으면 '오늘 안에 돌아옵니다.', 한 개가 걸려 있으면 '금방 옵니다.', 모두 내려져 있으면 '주인이 집에 있으니 들어오세요.'라는 뜻입니다.

생각나누기 여러분 나라에 있는 독특한 집을 소개해 보세요.
文化分享 試著介紹你們國家獨特的住屋。

대문 大門　정낭 木柱門　막대기 棍棒

발음 發音

준비 들어 보세요.
暖身 先聽聽看！

1) 세계에는 아시아, 유럽을 비롯해서 모두 6대륙이 있다.

2) 사람들은 누구나 자기와 비슷한 사람과 어울리기 마련이다.

규칙 받침 'ㅅ' 은 '-하다' 앞에서 [ㄷ]으로 바뀐 후 'ㅎ' 과 하나로 합쳐져서 [ㅌ]로 발음됩니다.
規則 終聲「ㅅ」若接在「-하다」之前，則應先將其變為「ㄷ」音後，再與「ㅎ」結合發成「ㅌ」音。

연습 잘 듣고 따라 해 보세요.
練習 仔細聽並跟著唸唸看。

1) A 이번 글쓰기 대회에 참석 못하는 학생이 많아요?
   B 네, 줄리앙을 비롯해서 오후 수업이 있는 학생 3명은 참석 못한대요.

2) A 조용하고 깨끗한 방으로 드리면 되지요?
   B 네, 날씨가 추우니까 따뜻한 방이면 더 좋겠어요.

3) A 형은 성격이 별로 급하지 않은가 봐요.
   B 네, 아버지랑 비슷해서 좀 느긋한 편이에요.

4) A 날씨가 따뜻해서 좋은데 드라이브 갈까요?
   B 글쎄요, 아직 운전을 잘 못해서 멀리 가기는 힘들어요.

자기 평가 自我評量

1. 다음은 주제 어휘입니다. 뜻을 확인해 보세요.
下方為本課的重點語彙，確認一下這些字的解釋吧。

- ☐ 공통점이 있다 有共同點
- ☐ 나라별 以國家分類
- ☐ 나이별 以年紀分類
- ☐ 단순하다 簡單、單純
- ☐ 대표적이다 具代表性
- ☐ 독특하다 獨特
- ☐ 분야별 以領域分類
- ☐ 영향을 받다 受到影響
- ☐ 전통을 지키다 維護傳統
- ☐ 지역별 以地區分類
- ☐ 직업별 以職業分類
- ☐ 차이가 있다 具有差異
- ☐ 평범하다 平凡
- ☐ 흔하다 常見
- ☐ 흥미롭다 有趣

2. 알맞은 것을 골라 대화를 완성해 보세요.
選出適合的選項並完成對話。

-아다(가)/어다(가)　　-다는　　-을/를 비롯해서　　-(으)며

1) A 대표적인 한국 음식에는 어떤 것이 있습니까?
   B 비빔밥 ______________ 불고기, 김치 등 다양한 음식이 있습니다.

2) A 냉장고에 달걀이 없네요. 저녁에 꼭 필요한데…….
   B 걱정 마세요. 이따가 퇴근할 때 ______________ 줄게요.

3) A 신문에 재미있는 기사가 있어요?
   B 네, ______________ 이/가 있네요.

4) A 이번에 새로 나온 컴퓨터의 특징이 무엇입니까?
   B 이 컴퓨터는 ______________ 속도가 매우 빠릅니다.

3. 한국어로 할 수 있는 것에 √ 하세요.
你可以用韓文做哪些事情，請打 √ 。

- ☐ 시장의 정보를 설명할 수 있다.
- ☐ 놀이 방법을 설명할 수 있다.
- ☐ 발표를 듣고 질문을 할 수 있다.
- ☐ 민족의 특징에 대한 설명문을 읽고 쓸 수 있다.

標準答案

2. 1) 을 비롯해서　2) 가게에서 사다가　3) 하늘을 나는 자동차를 만들었다는 기사　4) 사용하기 편리하며

한국의 대중문화
韓國的大眾文化

잘 듣고 이야기해 보세요. 82

仔細聽並說說看。

1. 이곳은 어디입니까?
   這裡是什麼地方呢？
2. 이곳의 분위기는 어떻습니까?
   這裡的氣氛如何呢？

학습목표 學習目標

어휘 字彙練習	• 기분 心情 • 작품 설명 作品說明 • -히
문법과 표현 1 文法與表現 1	• A/V-거든 • A/V-았더라면 / 었더라면
말하기 會話	• 경험 자랑하기 炫耀自我經驗
문법과 표현 2 文法與表現 2	• A/V-(으)ㅁ • A-(으)ㄴ 듯하다, V-는 듯하다
읽고 말하기 閱讀與會話	• 인물 정보 읽기 閱讀人物資訊 • 좋아하는 연예인 소개하기 介紹你喜歡的演藝人員
듣고 말하기 聽力與會話	• 드라마 듣기 聽聽電視劇 • 인터뷰 듣기 聽聽採訪內容 • 인터뷰하기 進行採訪
읽고 쓰기 閱讀與寫作	• 텔레비전 프로그램 안내 읽기 閱讀電視節目的介紹 • 텔레비전 프로그램 소개하는 글 쓰기 寫一篇文章介紹電視節目
과제 課堂活動	• 좋아하는 유명인의 작품 소개하기 介紹你喜歡的知名人士的作品
문화 산책 文化漫步	• 케이 팝 (K-POP) K-POP
발음 發音	• '-거든'의 억양 「–거든」的聲調

어 휘 字彙練習

1. 기분을 나타내는 표현입니다. 다음 사람들의 기분을 이야기해 보세요.
下方是表現心情的語彙，試著述說下方人們的心情。

꿈만 같다	믿기지 않다	숨이 멎는 줄 알았다
심장이 터질 것 같다	실감이 안 나다	얼떨떨하다

저 가수를 보다니 믿기지 않아요.

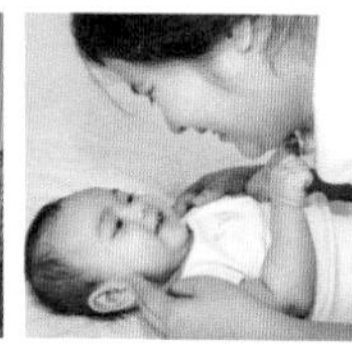

- 너무 기뻐서 꿈만 같았던 일을 이야기해 보세요.
- 깜짝 놀라서 숨이 멎는 줄 알았던 경험이 있습니까?
- 언제 심장이 터질 것 같았습니까?

2. 연예인이나 작품을 설명하는 표현입니다. 그림을 보고 순서에 맞게 말해 보세요.
下方是介紹藝人或作品的語彙，看圖並依序來述說。

인기가 있다	좋은 반응을 얻다	주목을 받다
작품에 출연하다	역할을 맡다	

유미영 씨는 '월드컵'이라는 작품에 출현했어요.

유미영

- 요즘 좋은 반응을 얻고 있는 영화는 무엇입니까?
- 좋아하는 연예인이 어떤 작품에 출연했습니까?
- 여러분이 배우라면 어떤 역할을 맡고 싶습니까?

3. 그림을 보고 친구와 이야기해 보세요.

看圖和朋友說說看。

-히

급히　당연히　솔직히　우연히　은근히　흔히

그 친구를 어디에서 만났어요?

길 가다가 우연히 만났어요.

1)

사자가 뭘 먹고 싶어 할까요?

2)

어디에서 떡볶이를 먹을 수 있어요?

3)

김 선생님 어디 가셨어요?

4)

오늘 날씨가 따뜻한가요?

5)

저 가수 노래 어때요?

6)

- 어떤 일을 급히 하다가 큰 실수를 한 적이 있습니까?
- 다른 사람에게 자기 생각을 솔직히 말하는 편입니까?
- 연인들이 흔히 하는 거짓말은 무엇일까요?

문법과 표현 1 文法與表現1

文法解說 p. 236-237

1. A/V- 거든 如果…的話、若是…

A 무슨 일이 있거든 먼저 엄마한테 연락해야 한다. 알겠지?
B 네, 그럴게요. 걱정하지 마세요.

83

A 콘서트 소식을 듣거든 저한테도 알려 주세요.
B 네, 소식을 듣자마자 바로 알려 드릴게요.

연습 다음 상황에 대해 친구들에게 부탁이나 당부를 해 보세요.
練習 試著就下方情況來拜託或囑咐朋友事情。

- 이번 방학에 인도로 여행을 갈 거예요.
- 내일 선생님과 만나기로 약속했어요.
- 복권에 1등으로 당첨되는 꿈을 꿨어요.
- 돈을 모아서 내년에 자동차를 살 거예요.
- 저는 나중에 꼭 우리 나라의 대통령이 될 거예요.

2. A/V- 았더라면 / 었더라면 如果之前…的話，就…

A 조금만 더 늦었더라면 비행기를 놓칠 뻔했어.

B 그래, 지금 도착해서 다행이야.

A 우리가 10 분만 일찍 도착했더라면 지금 시작하는 영화를 볼 수 있었는데…….

B 할 수 없지, 뭐. 다음 영화표를 사자.

연습 다음 상황을 보고 가정하는 말하기를 해 보세요.

練習 試著參照下方情形來練習假設句子。

내가 어제 밤에 커피를 안 마셨더라면

잠을 더 잘 수 있었을 텐데…….

아마 숙제를 다하지 못했을 거예요.

어제 일기 예보를 봤더라면

아침에 지하철을 탔더라면

키가 10cm 더 컸더라면

그때 그 사람과 헤어지지 않았더라면

번역 會話翻譯 p. 245

85

히 엔 저 어제 이준 봤어요.

마리코 네? 가수 이준을요? 어디에서요?

히 엔 어제 K-POP 콘서트에 갔다 왔거든요.

마리코 와, 거기 갔군요. 직접 보니까 어때요? 방송으로 보는 것보다 훨씬 멋있어요?

히 엔 그럼요. 정말 꿈만 같았어요. 공연 끝나고 나서 사인도 받았는데요.

마리코 직접 만난 거예요?

히 엔 네, 같이 사진도 찍었어요.

마리코 나도 갔더라면 좋았을 텐데……. 공연은 어땠어요?

히 엔 정말 최고였어요! 관객들이 모두 일어나서 다 같이 노래를 따라 불렀어요.

마리코 부러워요. 다음에 그런 기회가 생기거든 꼭 저한테도 알려 주세요.

연습1 대화를 만들어 보세요.
練習 1 試著練習對話。

1) 〈배우 강보라의 영화 시사회〉

실제로 보면 화면으로 보는 것보다 멋있다

영화 끝나고 나서 악수도 하다

정말 감동적이다

영화가 끝나자 관객들이 모두 기립 박수를 치다

2) 〈소설가 김인수의 팬 미팅〉

작가와 함께 이야기하니까 더 감동적이다

팬 미팅 중에 작가에게 기념품도 받다

분위기가 진지하다

새 소설의 내용에 대해서 작가와 열띤 토론을 벌이다

 시사회 試映會 실제로 實際上 기립 박수 起立鼓掌 팬 미팅 粉絲見面會 진지하다 真摯 열띠다 熱烈、激動 벌이다 展開

연습2 경험한 일을 자랑하는 말하기를 해 보세요.
練習 2　試著炫耀你所經歷之事。

저는 연예인을 만나 본 적이 있어요.

정말이에요? 어디에서 봤어요?

길 가다가 우연히 봤어요.

직접 보니까 어땠어요?

1) 좋아하는 연예인을 만났습니다.

2) 번지 점프를 했습니다.

문법과 표현 2 文法與表現2

文法解說 p. 237-238

1. A/V-(으)ㅁ 名詞句

86

- 이곳은 안개가 자주 끼기 때문에 교통사고가 자주 발생함.
- 시험 기간에는 관계자 외에는 이 사무실에 들어오지 못함.
- 대학 졸업 후 50여 개국을 여행하면서 작품 활동 중임.

연습 친구의 공부 습관에 대해 인터뷰한 후 이야기한 내용을 메모해 보세요.
練習 採訪完朋友的讀書習慣後，將談論的內容記錄下來。

하루에 몇 시간 정도 공부합니까?

공부는 어디에서 합니까?

?

이름 :

- 공부 시간 : ______________________
- 공부 장소 : ______________________
- 특별한 습관 : ______________________
- 단어 외우는 비결 : ______________________
- ______________________
- ______________________

안개가 끼다 起霧 발생하다 發生 관계자 相關人員 비결 祕訣

2. A-(으)ㄴ 듯하다, V-는 듯하다 似乎…、好像…

- 마리코 씨는 요즘 회사 일 때문에 스트레스가 많은 듯하다.
- 어머니가 주무시는 듯해서 조용히 준비를 하고 학교에 갔다.
- 이 작가는 내년에 새로운 작품을 가지고 귀국할 듯하다.

연습 다음 그림을 보고 이런 행동을 하고 있는 이유에 대해서 추측해 보세요.

練習 看圖並推測看看人們為何會有這樣的行動。

이 여자는 배가 많이 아픈 듯합니다.

이 여자는 애인과 헤어진 듯합니다.

1) 

2) 

3) 

4) 

5) 

6) 

읽고 말하기 閱讀與會話

㉮ 인물 정보

강지헌 가수, 영화배우

나이	27세
신체	185cm, 74kg
데뷔	2008년 1집 앨범 [첫사랑]
취미	영화 감상, 신발 수집
별명	강아지
성격	솔직하고 적극적임.
이상형	착하고 애교 많은 여자
좌우명	항상 노력하자.
매력 포인트	큰 소리로 시원하게 웃음.
향후 계획	올해 말에 입대할 듯함.

㉯ 인물 정보

박유은 시나리오 작가

나이 59세

부잣집 막내딸로 태어나 귀하게 자랐지만 고2때 아버지 사업이 실패해서 고등학교 졸업 후 바로 사회생활을 시작함. 그 후 5년간 번역, 장사 등 여러 가지 일을 하면서 야간 대학교를 졸업함. 대학 졸업 후 50여 개국을 여행하면서 작품 활동을 함. 현재 이탈리아 여행 중이며 내년에 새로운 작품을 가지고 귀국할 듯함.

연습1 읽은 내용을 확인해 보세요.
練習 1 測試看看是否已經了解讀過的內容。

1) ㉮에서 이 사람의 성격은 어떻습니까?

2) ㉮에서 이 사람은 앞으로 어떤 계획을 가지고 있습니까?

3) ㉯에서 이 사람이 고등학교 졸업 후 사회생활을 시작한 이유는 무엇입니까?

4) ㉯에서 이 사람은 앞으로 어떤 계획을 가지고 있습니까?

솔직하다 率直、坦白 애교가 많다 愛撒嬌 향후 之後、往後 입대하다 入伍當兵 시나리오 劇本 막내딸 么女
귀하다 珍貴 번역 翻譯 장사 生意、買賣 야간 대학교 夜間大學

연습2 친구와 이야기해 보세요.
練習 2　和朋友練習說說看。

1) 여러분이 좋아하는 연예인이나 작가에 대해 이야기해 보세요.

이름		
직업		
작품		
성격		
좋아하는 이유		
?		

2) 친구들에게 여러분이 좋아하는 연예인이나 작가에 대해 설명해 보세요.

제가 좋아하는 ________________은/는 ______________________입니다.
그 사람은 ____
____
____
제가 그 사람을 좋아하는 이유는 ____________________________________
____ 때문입니다.

듣고 말하기 聽力與會話

준비 요즘 재미있게 보는 드라마가 있습니까? 어떤 내용입니까?
暖身 你最近在看什麼有趣的電視劇呢？又是什麼樣的內容呢？

듣기1 다음은 드라마의 일부분입니다. 잘 듣고 질문에 답하세요. 88
聽力 1 以下是電視劇的部分內容，仔細聽並回答問題。

1) 인물에 맞는 내용을 찾아보세요.

준영 (준수의 동생)	준수 (준영의 형)	서윤 (준영의 친구)	혜수 (준수의 약혼녀)
•	•	•	•
•	•	•	•
혜수를 좋아해서 준수를 죽였다고 오해받고 있음.	서윤과 등산을 갔다가 사고로 죽음.	준수와 결혼을 약속한 사이임.	서윤이 자기 형을 죽였다고 생각하여 복수하기로 마음먹음.

준비 인터뷰를 하고 싶은 배우가 있습니까? 어떤 내용을 질문하고 싶습니까?
暖身 你有想要採訪的演員嗎？你想問些什麼樣的問題呢？

듣기2 다음은 서윤 역할을 맡은 연기자와의 인터뷰입니다. 잘 듣고 질문에 답하세요. 89
聽力 2 我們採訪了扮演「書潤」一角的演員，內容如下，仔細聽並回答問題。

1) 들은 내용을 정리해 보세요.

주목 받는 연기자 '하지욱'

요즘 인기를 얻고 있는 드라마는? '형제'

드라마에서 맡고 있는 역할은? '서윤' 역을 맡음.

데뷔하게 된 동기는? ____________

실제 성격은? ____________

앞으로 하고 싶은 역할은? ____________

어쩔 수 없다 束手無策、沒辦法 놓치다 錯過 애를 쓰다 花費心思 절대로 絕對（不） 험하다 險峻 눈치를 채다 看出來 말리다 攔阻 오해 誤會 화해하다 和解 질투심 嫉妒之心 밝혀내다 揭發 실감하다 實際感受到 데뷔하다 初次登台 동기 動機 그리 不太… 추천하다 推薦 역 角色 멜로드라마 愛情電視劇 주인공 主角 복수하다 復仇

2) 다시 듣고 대화에서 사용한 표현을 찾아서 표시해 보세요.

인터뷰에서 질문할 때	인터뷰에서 대답할 때
☐ ~은가요/나요?	☐ ~는다는 생각을 합니다
☐ ~는다면서요?	☐ ~는 편입니다
☐ ~게 된 동기가 있습니까?	☐ ~게 되었습니다
☐ ~에 대해 말씀해 주시기 바랍니다	☐ ~어 보고 싶습니다

말하기 다음 기사를 보고 인터뷰를 해 보세요.
會話　試著參照下方內容來進行採訪。

요즘 좋은 반응을 얻고 있는데 인기를 실감하고 계신가요?

아직 얼떨떨해서 꿈만 같다는 생각을 합니다.

데뷔하게 된 특별한 동기가 있습니까?

동아리 활동을 하다가 시작하게 되었습니다.

떠오르는 신인 가수 '비지에'

대표 곡은?
'꿈을 꾸다'

장점은?
댄스 실력이 뛰어남.

데뷔하게 된 동기는?
대학 동아리에서 시작함.

요즘 팬들의 반응에 대한 소감은?
기대 이상의 관심으로 행복할 뿐임.

앞으로의 계획은?
팬들과의 만남을 위해 전국 공연 예정임.

인기 절정의 배우 '채민'

대표적인 출연작은?
영화 '달빛 인형'

장점은?
감정 표현이 뛰어남.

데뷔하게 된 동기는?
뮤직 비디오 출연으로 연예 활동을 시작함.

앞으로의 계획은?
다양한 연예 활동을 하고 싶음.
TV 드라마, 예능 프로그램, 라디오 진행 등.

대표 곡 代表歌曲　절정 高峰、絕頂　출연작 演出作品　예능 프로그램 綜藝節目

읽고 쓰기 閱讀與寫作

준비 다음 텔레비전 편성표에서 관심 있는 프로그램을 찾아보세요.
暖身 試著在下方的電視節目表上找出你感興趣的節目。

◁	KBC	EBN	SBO	MBS	▷
7시	어린이 만화 〈달려라〉	최고의 요리	고향 자랑	세계로 여행	
8시	도전 퀴즈	직업 탐구	8시 뉴스	MBS 뉴스	
9시	KBC 뉴스	50분 토론	주말 드라마 〈널 못 만났더라면〉	금주의 인기 가요	
10시	드라마 〈형제〉	다큐멘터리 〈한국의 역사〉	오늘의 스포츠	TV영화관	

읽기 다음 텔레비전 안내를 읽고 물음에 답하세요.
閱讀 閱讀下方電視節目的介紹並回答問題。

주말 드라마 〈널 못 만났더라면〉 (SBO 오후 9시)

오주희 작가의 소설 '가족'을 드라마로 만든 주말 드라마.

주변에서 흔히 볼 수 있는 평범한 가족의 일상을 보여 줘 시청자들에게 좋은 반응을 얻고 있다. 80대 노부부와 그 아들 사 형제, 그리고 손자 손녀들까지 3대가 한 시대에 살아가면서 일어나는 가족 문제가 드라마의 중심이다. 가족 간에 일어나는 사소한 갈등을 해결하는 과정 속에서 진정한 가족의 의미를 알게 해 준다.

최근 주목 받고 있는 배우 하지욱과 영화에서 좋은 반응을 얻고 있는 배우 채민이 출연하여 관심을 끌고 있다. 또한 모든 배우들의 연기가 뛰어나 드라마의 수준을 높였다는 평가를 받고 있다.

도전 퀴즈 (KBC 오후 8시)

다양한 퀴즈 문제를 풀어 최후의 일등에게 5천만 원의 상금을 주는 프로그램. 등록금을 준비하려는 대학생, 가족과 여행을 계획하고 있는 주부, 부모님에게 효도 여행을 보내 드리고 싶다는 직장인 등 여섯 명의 참가자들이 나와 승부를 펼친다.

대부분의 출연자들은 좋은 추억을 만들고 싶어서 출연하게 되었다고 말하지만 은근히 강한 승부욕을 보여 흥미진진하게 진행된다.

출연자들이 놓친 문제는 전화로 시청자들에게 기회를 줘 많은 상품을 주고 있으니 전화로 참여해도 좋을 듯하다.

일상 日常　노부부 老夫婦　대 世代　사소하다 區區、些微　갈등 衝突、糾紛　상금 獎金　효도 孝道
승부를 펼치다 一決勝負　출연자 參加者、演出人員

1) 각각 어떤 프로그램입니까?

- 〈널 못 만났더다면〉 : ____________________
- 〈도전 퀴즈〉 : ____________________

2) 프로그램의 내용에 대해 이야기해 보세요.

〈널 못 만났더라면〉

① 드라마의 원작은 무엇입니까?
② 시청자들에게 좋은 반응을 얻고 있는 이유는 무엇입니까?
③ 드라마에 나오는 인물을 소개해 주세요.
④ 어떤 평가를 받고 있습니까? 그 이유는 무엇입니까?

〈도전 퀴즈〉

① 우승자에게 어떤 혜택이 있습니까?
② 참가자들이 출연하는 목적은 무엇입니까?
③ 프로그램이 흥미진진한 이유는 무엇입니까?
④ 시청자들이 참여할 수 있는 방법은 무엇입니까?

3) 다음 단어를 사용해서 읽은 글을 요약해 보세요.

주말 드라마　일상　좋은 반응을 얻다　뛰어나다　평가를 받다
퀴즈 프로그램　상금　출연자　승부욕　흥미진진하다　참여하다

쓰기 여러분 나라의 텔레비전 프로그램을 소개하는 글을 써 보세요.
寫作 試著寫篇文章來介紹你們國家的電視節目。

____________________는

내용이다.

출연자는 ____________________

____

____

____

____________________다는 평가를 받고 있다.

원작 原著　혜택 優惠、好處

과제 課堂活動

자기가 좋아하는 유명인의 작품을 소개해 보세요.

試著介紹你喜歡的名人作品。

자기가 소개하고 싶은 유명인을 정하고 간단한 인물 정보를 찾아보세요.

決定你想要介紹的名人，並簡單搜尋一下人物資訊。

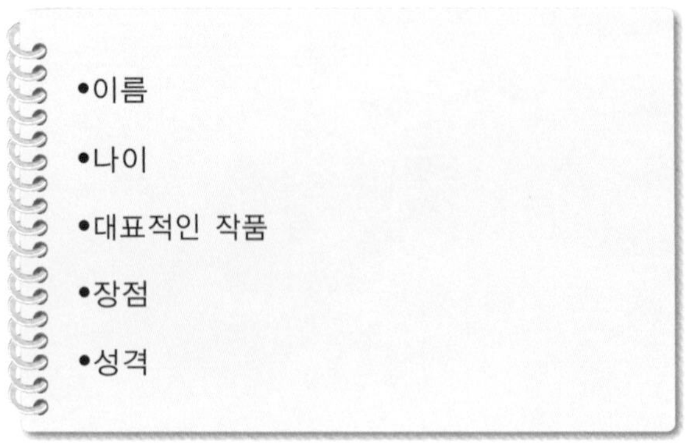

선택한 인물의 대표적인 작품 하나를 골라 특징을 자세히 정리해 보세요.

選出一樣你所選人物的代表作品，並仔細整理出作品特徵。

〈올드 보이〉

- 2003년 박찬욱 감독이 만들고 최민식이 주연함.
- '복수'를 주제로 하는 세 개의 영화들 중 두 번째 작품임.
- 굉장히 어두운 영화이지만 곳곳에 감독의 유머가 들어있음.
- 처음부터 끝까지 이어지는 음악을 통해 관객을 영화 속으로 끌어들인다는 점 때문에 좋아함.

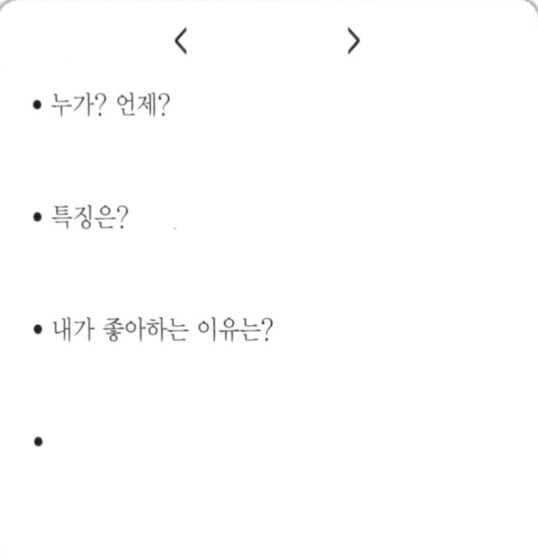

정리한 내용으로 친구들에게 자신이 좋아하는 유명인의 작품을 소개해 보세요.

以你所整理的內容，試著來向朋友們介紹你喜歡的名人作品。

문화 산책 文化漫步

文化 Q&A p. 250

준비 여러분 고향에서 요즘 인기 있는 케이 팝(K-POP) 가수가 있습니까?
暖身 你的故鄉最近有受到歡迎的 K-POP 歌手嗎？

알아보기 사람들이 케이 팝(K-POP)가수를 좋아하는 이유는 무엇이라고 생각합니까?
認識韓國 你認為人們喜歡 K-POP 歌手的原因是什麼呢？

외모

가창력

춤 실력

경쾌한 리듬과 멜로디

생각나누기 여러분 나라에 세계적으로 유명한 가수나 음악이 있으면 소개해 주세요.
文化分享 試著介紹你們國家聞名世界的歌手或音樂。

가창력 歌唱能力 경쾌하다 輕快 리듬 節奏

발음 發音

준비 들어 보세요. 90
暖身 先聽聽看！

1) 다음에 콘서트 소식을 듣거든 꼭 저한테 알려 주세요.

2) 난 오늘 모임에 못 가. 아버지 생신이거든.

3) 어제 백화점에 갔거든. 그런데 거기에서 유 선생님을 만났어.

규칙 '-거든'은 뜻에 따라 억양이 달라집니다.
規則 「-거든」依據解釋的不同，聲調也不一樣。

1) 조건을 말할 때에는 ↗ 억양으로 말합니다.

콘서트 소식을 듣**거든** 저한테 알려 주세요.

2) 이유를 말할 때에는 ↗ 억양으로 말합니다.

오늘 못 가. 아버지 생신이**거든**.

3) 자기가 하고 싶은 말의 배경을 말할 때에는 ↗ 억양으로 말합니다.

백화점에 갔**거든**. 그런데 세일 기간이더라.

연습 잘 듣고 따라 해 보세요. 91
練習 仔細聽並跟著唸唸看。

1) A 무슨 일이 생기거든 꼭 연락하세요.
B 네, 고마워요.

2) A 민수 씨를 만나거든 안부를 전해 주세요.
B 네, 그럴게요.

3) A 왜 라면에 우유를 넣어요?
B 이렇게 먹으면 얼굴이 안 붓거든요.

4) A 오랜만에 동창을 만났거든. 그런데 많이 달라져서 놀랐어.
B 그래?

자기 평가 自我評量

1. 다음은 주제 어휘입니다. 뜻을 확인해 보세요.
下方為本課的重點語彙，確認一下這些字的解釋吧。

☐	급히	急忙地	☐	역할을 맡다	擔任角色
☐	꿈만 같다	好像作夢一樣	☐	우연히	偶然地
☐	당연히	當然地	☐	은근히	暗自地
☐	믿기지 않다	難以置信	☐	인기가 있다	受歡迎
☐	솔직히	直率坦白地	☐	작품에 출연하다	參加演出
☐	숨이 멎는 줄 알았다	以為呼吸停止了	☐	좋은 반응을 얻다	獲得不錯的反應
☐	심장이 터질 것 같다	心臟好像要爆裂了	☐	주목을 받다	受到矚目
☐	실감이 안 나다	無真實感	☐	흔히	經常地
☐	얼떨떨하다	糊里糊塗			

2. 알맞은 것을 골라 대화를 완성해 보세요.
選出適合的選項並完成對話。

-거든　　-았더라면/었더라면　　-(으)ㅁ　　-(으)ㄴ/는 듯하다

1) A 나중에 세계적인 가수가 되고 싶어요.
   B 그래요? ______________________ 콘서트에 저를 꼭 좀 초대해 주세요.

2) A 그 작가의 새 소설이 언제 나온대요?
   B 잘 모르지만 올해 안에는 ______________________.

3) A 이번 여행은 정말 재미있었어요. 구경거리도 아주 많았고요.
   B 안타깝네요. ______________________ 좋았을 텐데요.

3. 한국어로 할 수 있는 것에 √ 하세요.
你可以用韓文做哪些事情，請打√。

☐ 경험을 자랑하여 말할 수 있다.
☐ 좋아하는 연예인을 소개할 수 있다.
☐ 인터뷰를 듣고 직접 인터뷰를 할 수 있다.
☐ 텔레비전 프로그램을 소개하는 글을 읽고 소개하는 글을 쓸 수 있다.

標準答案
2. 1) 가수가 되거든　2) 나올 듯합니다　3) 같이 갔더라면

부록 附錄

활동지 活動學習單

문법 해설 文法解説

번역 翻譯

문화 해설 文化Q&A

듣기 지문 聽力原文

과제 도움말 課堂活動説明

모범 답안 標準答案

어휘 색인 單字索引

활동지 活動學習單

第1課 課堂活動 職業卡

의사 doctor	간호사 nurse	통역사 interpreter	건축 설계사 architect
운동선수 athlete	연구원 researcher	자동차 기술자 mechanic	사회학자 sociologist
약사 pharmacist	미용사 hairdresser	소설가 novelist	유치원 교사 kindergarten teacher
초중고 교사 school teacher	경찰관 police officer	항공기 승무원 flight attendant	도서관 사서 librarian
소방관 firefighter	종교 지도자 religious leader	과학자 scientist	군인 soldier
컴퓨터 프로그래머 computer programmer	회계사 accountant	배우 actor	방송 기자 journalist
외교관 diplomat	사진 작가 photographer	출판물 편집자 editor	여행 상품 개발자 tour planner
방송 연출가 program director	항공기 조종사 pilot	패션 디자이너 fashion designer	영양사 nutritionist
아나운서 announcer	상담가 counselor	은행원 bank clerk	농부 farmer
사무직 공무원 public officer	정치가 politician	심리학자 psychologist	컴퓨터 보안 전문가 computer security professional
변호사 lawyer	비서 secretary	광고 기획자 advertisement planner	영화감독 film director
만화가 cartoonist	선장 captain	증권 분석가 security analyst	경영인 CEO

第1課 課堂活動 職業類型分析表

현실적 유형 (Realistic type)

- 몸으로 하는 활동을 좋아함.
- 손재주가 좋음.
- 운동에 소질이 많지만 사교적 능력 부족.

운동선수, 항공기 조종사, 군인, 기술자 등

탐구적 유형 (Investigative type)

- 깊이 생각하고 연구하는 것을 좋아함.
- 새로운 것을 발견하는 일에 관심 많음.
- 일상적인 일에 관심이 부족함.

학자, 의사, 연구원, 심리학자, 사회학자 등

사회적 유형 (Social type)

- 다른 사람의 문제를 들어주는 것을 좋아함.
- 성격이 부드럽고 친절함.
- 다른 사람과 어울려 지내는 것을 좋아함.

간호사, 상담가, 교사, 사회 복지사 등

예술적 유형 (Artistic type)

- 창의적인 일을 좋아함.
- 변화와 다양성을 좋아함.
- 독립적이고 자유로운 활동을 좋아함.
- 반복적인 일을 싫어함.

미술가, 음악가, 무용가, 디자이너 등

관습적 유형 (Conventional type)

- 자료 정리하는 일을 좋아함.
- 창의적인 일을 싫어함.
- 정확하고 책임감이 강하고 안정을 추구함.

은행원, 도서관 사서, 회사 경리, 사무직 공무원 등

진취적 유형 (Enterprising type)

- 설득력이 있어서 다른 사람을 이끄는 것을 좋아함.
- 다른 사람 앞에서 말하는 것을 좋아하고 칭찬받는 것을 좋아함.
- 성공에 관심 많음.

호텔 관리자, 경영인, 정치가 등

어제 밖에서 친구를 기다리느라
비를 많이 맞았어요.

자전거를 타다가 넘어졌어요.

비행기를 15시간 동안
타고 왔어요.

아침에 너무 배가 고파서
김밥 두 줄을 급하게 먹었어요.

주말에 대청소를 했어요.
네 시간 동안 청소하고
빨래하고 설거지를 했어요.

자다가 이 층 침대에서
떨어졌어요.

하루 종일 소파에 누워서
텔레비전을 봤어요.

여자 친구와 같이 백화점에서
세 시간 동안 쇼핑했어요.

키우던 강아지가 죽어서
밤새도록 울었어요.

새로 산 신발을 신고
오랫동안 걸었어요.

어제 매운 음식을
많이 먹었어요.

우리 집 히터가 고장이 나서 잘 때
너무 추웠어요.

정말 열심히 일했는데 과장님이
제대로 못했다고 화를 냈어요.

다섯 시간이 넘도록
컴퓨터 작업을 했어요.

속이 거북하다	속이 쓰리다
목이 따끔거리다	목이 뻣뻣하다
눈이 붓다	눈이 침침하다
코가 막히다	가슴이 답답하다

피부가 가렵다

손이 저리다

발목을 삐다

멍이 들다

목이 붓다

소화가 안 되다

머리가 어지럽다

숨이 막히다

토할 것 같다

입맛이 없다

눈이 빨개지다

기운이 없다

호랑이도 제 말하면 온다	개구리 올챙이 적 생각 못한다
소 잃고 외양간 고친다	원숭이도 나무에서 떨어질 때가 있다
고래 싸움에 새우 등 터진다	세 살 버릇 여든까지 간다
시작이 반이다	믿는 도끼에 발등 찍힌다

젊어서 고생은 사서도 한다

천 리 길도 한걸음부터

입이 짧다

입이 무겁다

귀가 얇다

발이 넓다

입이 가볍다

눈이 높다

문법 해설 文法解說

第 1 課

1. A-다면서요?, V-ㄴ/는다면서(요)? 不是說…嗎？、不是聽說…嗎？

이미 알고 있거나 들은 사실을 다시 한 번 확인하여 물어볼 때 쓴다.
針對已經知道或聽到的事實，向對方再次詢問確認。

例 일본은 한국보다 물가가 비싸**다면서요**? 不是聽說日本的物價比韓國來得貴嗎？
주말에 제주도에 **간다면서요**? 不是聽說你週末要去濟州島？
게이코 씨는 한국에 처음 오셨**다면서요**? 不是聽說惠子妳是第一次來到韓國？
외국 여행이 처음**이라면서요**? 不是聽說這是你第一次出國旅行？

2. V-다 보면 持續…的話，就…

어떤 행동을 지속하거나 반복해서 하면 뒤에 이어질 상황이 올 수 있음을 표현할 때 쓴다.
表示持續或反覆進行某種行為的話，接著後面的情況就會發生。

동사와 결합한다.
與動詞結合使用。

例 계속 한국어를 공부하**다 보면** 잘하게 될 거예요. 不斷學習韓文的話，就會說得很好的。
그렇게 답이 없는 문제를 계속 고민하**다 보면** 건강도 안 좋아질 거예요.
如果持續為這種沒有答案的問題而煩惱的話，健康也會跟著變差的。
처음에는 별로인 사람도 계속 만나**다 보면** 좋아질 수 있어요.
就連剛開始覺得不怎麼樣的人，若經常與他見面的話，印象也會變好的。
외국에서 오래 살**다 보면** 자기 나라 말이 가끔 생각이 안 날 수도 있다.
在國外住久了，有時候連自己的母語也會想不起來。

'-다 보면'의 뒤에 오는 문장은 '-(으)ㄹ 수 있다'나 '-(으)ㄹ 것이다'와 같은 추측 표현을 쓴다.
「-다 보면」後面接「-(으)ㄹ 수 있다」或「-(으)ㄹ 것이다」等表示推測之意的句子。

例 지금은 회사 사정이 안 좋지만 모든 직원들이 열심히 노력하다 보면 꼭 다시 좋아**질 수 있어요**.
現在公司的狀況雖然不好，但如果全體職員好好努力的話，一定會再好起來的。
한국 음식이 처음에는 매워도 자꾸 먹다 보면 익숙해**질 거예요**.
韓國食物剛開始吃的時候儘管會覺得辣，但經常吃的話也會變習慣的。

'V-다 보면'과 'V-아/어 보면'(2권 3과)의 비교

「V-다 보면」與「V-아 / 어 보면」（2A 第 3 課）的比較。

V-다 보면	V-아/어 보면
• 어떤 행동을 반복할 때 사용한다. 表示反覆進行某種行動。 例 그 사람을 만나**다 보면** 좋아하게 될 거야. 你經常跟那個人見面的話，就會喜歡上他的。 (=그 사람을 지금은 좋아하지 않지만 계속 만나면 좋아하게 될 것이다.) 雖然現在不喜歡那個人，但是繼續見面下去的話，就會喜歡上他。	• 어떤 행동을 처음 하거나 한 번 할 때 사용한다. 表示第一次或做一次性的某種行動。 例 그 사람을 만**나 보면** 좋아하게 될 거야. 試著跟那個人見個面，你會喜歡上他的。 (=아직 만나지 않았는데 한 번 만나면 좋아하게 될 것이다.) 雖然還沒見過面，但見過一次之後，就會喜歡上他。

3. N은/는 A-다는 것이다[점이다], N은/는 V-ㄴ/는다는 것이다[점이다]

…說是…、…就是…

주제의 의미나 내용을 자세히 설명할 때 쓴다.

用以仔細說明主題的意義或內容。

例 친구들이 말하는 나의 장점은 말을 잘**한다는 점이다**. 朋友們說我的優點就是很會說話。

지금 가장 큰 문제점은 이 일을 맡을 사람이 없**다는 점이다**.

現在最大的問題就是沒有負責這件事情的人。

동아리 활동에서 힘든 점은 시간을 너무 많이 써야 **한다는 점이다**.

社團活動最辛苦的地方就是必須花費很多時間。

한국어의 특징은 존댓말이 발달했**다는 점이다**. 韓語的特徵就是敬語非常發達。

문장 안에 포함된 문장의 주어에는 조사 '이/가'가 결합한다.

句子中的「嵌入子句」主語應與助詞「이 / 가」結合使用。

例 선생님**이** 강조하여 말씀하신 것은 시간 관리가 중요하다는 것이었다. (○)

老師要強調說的是時間管理是很重要的。

선생님**은** 강조하여 말씀하신 것은 시간 관리가 중요하다는 것이었다. (X)

대학교가 고등학교와 다른 점은 학생들**이** 교복을 입지 않는다는 점이다. (○)

大學與高中的不同之處在於學生不用穿著校服。

대학교가 고등학교와 다른 점은 학생들**은** 교복을 입지 않는다는 점이다. (X)

4. V-는 대로, N대로 按照…

어떤 모양이나 상태와 똑같이 한다는 것을 나타낼 때 사용한다.
表示完全按照某種模樣或狀態去做。

'-는 대로'는 동사와 결합하고 '대로'는 명사와 결합한다.
「-는 대로」與動詞結合使用，而「대로」與名詞結合使用。

例 이 새는 사람이 말하는 **대로** 똑같이 따라 할 수 있어요.
這隻鳥可以完全重述人們所講的話。
선생님이 칠판에 쓰시는 **대로** 공책에 썼어요. 我依老師寫在黑板的內容照抄了一次。
두 사람의 대화를 듣고 들은 **대로** 써 보세요. 請依所聽到的內容，寫下兩人的對話。
일을 마음**대로** 하지 말고 하기 전에 꼭 사장님에게 물어보세요.
不要隨自己的意思來做事，在執行之前，請務必問一下老闆。
미리 계획한 일이 계획**대로** 되지 않아서 속상해요.
計畫之事並未如預期的來進行，真令人傷心。

과거 시제는 '-(으)ㄴ 대로'의 형태로 사용한다. 앞의 행동이 뒤의 행동보다 먼저 끝난 경우에만 과거 시제를 사용한다.
過去式應以「-(으)ㄴ 대로」來表現，過去式僅用於前面動作比後面動作先結束的情況。

例 어제 말한 **대로** 준비해 주세요. (과거 시제) 請按照昨天所說的來準備。(過去式)
지금 말하는 **대로** 준비해 주세요. (현재 시제) 請按照現在所說的來準備。(現在式)

'-(으)ㄹ 대로'로는 쓰이지 않는다.
不與「-(으)ㄹ 대로」結合使用。

例 길을 잘 모르니까 다른 사람들이 **갈 대로** 가야겠다. (X)
길을 잘 모르니까 다른 사람들이 **가는 대로** 가야겠다. (○)
因為我不太知道路，看來只得依照別人的行走路線來前進了。

간접 화법의 명령형인 '-(으)라고 하다'와 결합하여 '-(으)라는 대로'의 형태로도 사용한다.
若與命令句間接語法「-(으)라고 하다」結合使用，則變成「-(으)라는 대로」的形態。

例 다른 사람이 하라는 **대로** 하지 마세요. 不要按照別人所叫你做的去做。

1. 어찌나[얼마나] A-(으)ㄴ지, 어찌나[얼마나] V-는지
你都不曉得有多麼⋯

일이나 상태의 정도가 심해서 뒤의 결과가 올 때 사용한다.
表示事情或狀態的程度之深，因而導致後面的結果。

例 날씨가 **어찌나** 추운**지** 오 분도 서 있을 수가 없다.
你都不曉得天氣有多麼地冷，連五分鐘都站不住。
머리가 **어찌나** 아픈**지** 아무 일도 못 할 정도예요.
你都不曉得頭有多痛，痛到什麼事情都無法做。
집에 모기가 **어찌나** 많은**지** 밤에 한잠도 못 잤어요.
你都不曉得家裡蚊子有多麼地多，晚上連覺都無法睡。
그 학생은 한국말을 **어찌나** 잘하**는지** 한국 사람인 줄 알았어요.
你都不曉得那位學生韓語說得有多好，好到讓人以為他是韓國人。
길이 **어찌나** 막히**는지** 보통 십 분이면 올 수 있는데 한 시간이나 걸렸어요.
你都不曉得路有多塞，通常十分鐘就可以到，結果花了一小時之久。
어제 저녁을 **어찌나** 많이 먹었**는지** 아침까지 배가 불러요.
你都不曉得昨天晚餐吃得有多麼多，飽到早上。

2. A/V-(으)ㄹ 정도로, A/V-(으)ㄹ 정도이다 …的程度

일이나 상태의 성질이나 수준을 비유적으로 강조하여 설명할 때 사용한다.
以比喻的方式強調事情或狀態的性質或程度。

例 손이 **얼 정도로** 날씨가 추워요. 天氣冷到手都快結冰了。
둘이 먹다가 하나가 죽어도 모를 **정도로** 맛있어요.
好吃到兩人一起吃飯，其中一人死了都不曉得。
앞으로 걸어갈 수 없**을 정도로** 바람이 심하게 불어요. 風強到無法繼續往前行進。
신문에서 정치면을 매일 읽**을 정도로** 정치에 관심이 많아요.
他對政治感興趣到每天都閱讀報紙的政治版。

'-(으)ㄹ 정도이다' 의 형태로도 사용한다.
亦可用「-(으)ㄹ 정도이다」的型態來表現。

例 요새는 뉴스 보기가 무서**울 정도로** 끔찍한 사건이 많이 일어나요.
= 요새는 끔찍한 사건이 많이 일어나서 뉴스 보기가 무서**울 정도예요**.
最近慘不忍睹的事件一直發生，令人都不太敢看新聞。

3. V-다가는 再…下去，會…

어떤 행동을 지속하거나 반복해서 하면 안 좋은 상황이 생길 수 있음을 나타낼 때 사용한다.

持續反覆執行某種行動的話，可能就會發生不好的情況。

동사와 결합한다.

與動詞結合使用。

例 매일 밤늦게까지 컴퓨터로 일을 하**다가는** 눈이 나빠질 거예요.

每天使用電腦工作到如此晚，再這樣下去眼睛會變壞。

두 사람이 매일 저렇게 싸우**다가는** 헤어지게 될 거야.

兩個人每天再這樣吵下去，遲早會分手。

바쁘다고 그렇게 밥을 안 먹**다가는** 쓰러질 수도 있어요.

再這樣因為忙而不吃飯，有可能搞壞身體。

'-다가는'의 후행절에는 '-(으)ㄹ 수 있다'나 '-(으)ㄹ 것이다'와 같은 추측 표현이 온다.

「-다가는」的後行句接像「-(으)ㄹ 수 있다」或「-(으)ㄹ 것이다」一樣的推測語句。

'-다가는'과 '-다 보면'(1과)의 비교

「-다가는」與「-다 보면」（第 1 課）的比較。

-다가는	-다 보면
• 후행절에 안 좋은 상황이 이어질 때만 사용한다. 後行句接不好的情況。 例 매일 그 약을 먹**다가는** 큰 문제가 생길 수 있어요. 再這樣每天吃這個藥下去，會出大問題的。	• 후행절에 좋은 상황이나 안 좋은 상황이 모두 이어질 수 있다. 後行句不論好壞情況都可以使用。 例 매일 그 약을 먹**다 보면** 건강해질 거예요. 每天吃這個藥的話，就會變健康。 매일 그 약을 먹**다 보면** 큰 문제가 생길 수 있어요. 每天吃這個藥的話，可能會出大問題。

4. A/V-(으)ㄹ 뿐만 아니라, N뿐만 아니라 不僅…

앞의 정보와 함께 다른 정보를 추가할 때 사용한다.

除了前面資訊之外，再追加其他訊息。

例 요즘 대학생들은 전공 공부를 **할 뿐만 아니라** 여러 가지 사회 경험도 쌓고 있다.

最近的大學生不僅要學習自我的專業，還要累積各種社會經驗。

인터넷을 사용해서 신문을 읽**을 뿐만 아니라** 쇼핑도 할 수 있다.

使用網路不僅可以閱讀新聞，還可以購物。

요즘은 날씨가 추**울 뿐만 아니라** 건조해서 감기에 걸리기 쉬워요.

最近天氣不僅很冷，還很乾燥，相當容易感冒。

이 음식은 모양이 예**쁠 뿐만 아니라** 건강에도 좋다.

這個食物不僅形狀漂亮，對健康也很好。

제 친구는 강아지**뿐만 아니라** 고양이도 키워요. 我的朋友不僅養小狗，還養小貓。

나는 한국어**뿐만 아니라** 영어도 공부하고 있다. 我不僅學習韓文，還學習英文。

선행절에 긍정적인 내용이 오면 후행절에도 긍정적인 내용이 와야 하고, 선행절에 부정적인 내용이 오면 후행절에도 부정적인 내용이 와야 한다.

先行句若為肯定的內容，後行句也應接肯定的內容；前行句若為否定的內容，則後行句也應接否定的內容。

例 우리나라는 경치가 아름다**울 뿐만 아니라** 사람들도 친절해요.

我們國家不僅風景漂亮，人也非常親切。

그 사람은 성격이 안 좋**을 뿐만 아니라** 책임감도 없어요.

那個人不僅個性差，也沒有責任感。

第 3 課

1. V-(으)나 마나 做不做都一樣

부정의 뜻이 있는 '말다'를 붙여 써서 행동을 하거나 안 하거나 결과에 영향을 미치지 않음을 나타낸다.

與帶有否定意涵的「말다」結合使用，表示做不做某種行動，對結果都不會造成影響。

동사와 결합한다.

與動詞結合使用。

例 옷이 너무 얇아서 입**으나 마나**겠어요. 這件衣服太薄，有穿跟沒穿一樣。

배가 고파서 김밥 한 줄은 먹**으나 마나**일 텐데.

肚子那麼餓，吃一條壽司應該有吃跟沒吃一樣。

남의 것을 보고 베끼는 숙제는 하**나 마나**입니다.

抄襲別人內容而完成的作業，有做跟沒做一樣。

벌써 방을 이렇게 엉망으로 만들었니? 청소하**나 마나**구나.

這麼快就把房間弄得這麼亂啊？有打掃跟沒打掃一樣啊。

그 친구는 고집이 세서 네가 충고하**나 마나** 듣지 않을 거야.
那位朋友很固執，勸不勸他都一樣，他是不會聽的。
이 수학 문제는 너무 어려워서 설명하**나 마나** 그 아이는 이해 못할 거야.
這數學題太難了，說不說明都一樣，那孩子是不會懂的。

➕ 시도의 뜻인 '-아/어 보다'와 결합하여 '-아/어 보나 마나'로도 자주 쓴다. 어떤 일을 시도해 봐도 결과가 달라지지 않을 거라고 예측할 때 사용한다.
常與表示嘗試的「-아 / 어 보다」結合使用，形成「-아 / 어 보나 마나」的型態。用以預測某件事情就算嘗試去做，結果也不會有所改變。

例 이 경기는 **해 보나 마나** 우리 팀이 이길 게 틀림없어.
不管舉不舉辦這場比賽，我們隊取得勝利都是毋庸置疑的。
물**어 보나 마나** 좋은 대답은 못 들을 거예요. 問不問都一樣，你是聽不到好的回答的。
우리 어머니가 얼마나 음식을 잘하시는데. 먹**어 보나 마나** 입에 딱 맞을 거야.
你都不曉得我媽有多會做菜，試不試吃都一樣，一定會合胃口的。
벌써 가게 문 닫았을 걸. **가 보나 마나**야. 商店門應該已經關了，去不去都一樣。

2. V-는 바람에 因為…

앞의 행위가 뒤 상황의 부정적인 원인이나 이유가 됨을 나타낼 때 사용한다.
前面行為是造成後面否定情況的原因或理由。

동사와 결합한다.
與動詞結合使用。

例 바람이 너무 많이 **부는 바람에** 빨래가 다 날아갔어요.
因為風太大，洗好的衣服都飛走了。
예상보다 친구들이 많이 오**는 바람에** 음식이 모자라게 되었어요.
朋友來得比預期的還多，害得食物不夠。
옆 사람이 책을 소리 내어 읽**는 바람에** 잠을 잘 수가 없었어요.
旁邊的人讀書讀出聲音來，害我都無法睡覺。
저녁이 맛있어서 너무 많이 먹**는 바람에** 배탈이 났어요.
晚餐太好吃了，一下子吃太多，害我拉肚子。

➕ 과거의 일에 대해서도 '-는 바람에'로만 쓰인다.
表示過去已發生之事時，仍使用「-는 바람에」。

例 버스를 잘못 **탄 바람에** 학교에 늦었습니다. (X)
버스를 잘못 타**는 바람에** 학교에 늦었습니다. (○) 因為搭錯公車，害我上學遲到。

3. N(이)라는 N 叫做…的…、稱為…的…

듣는 사람이 모르는 대상의 명칭을 소개할 때 쓴다.

用來介紹聽者所不知道的事物名稱。

例 지난번에 '집으로'**라는** 영화를 보았습니다. 上次我看了部叫做「有你真好」的電影。

저는 어릴 때 정읍**이라는** 곳에서 살았습니다. 我小時候住在一個叫做「井邑」的地方。

이것은 신선로**라는** 한국의 전통 음식입니다. 這是叫做「神仙爐」的韓國傳統料理。

선행하는 N에는 말하고자 하는 구체적인 명사를 쓰고 후행하는 N에는 그 명사의 상위어를 써야 한다.

前面名詞應為話者欲具體陳述的事物，而後面名詞則應為前面事物的「上位詞」，亦即概念上更為廣義的詞語。

例 이것은 수박**이라는** 과일입니다. (○) 這是叫做西瓜的水果。

이것은 수박**이라는** 선물입니다. (X) 這是叫做西瓜的禮物。

4. N에 비해(서) 與…相比、就…來說

대상을 비교하거나 비교하는 기준을 제시할 때 쓴다.

用來比較或做為比較的基準。

例 유진은 히엔**에 비해** 한국어를 잘한다. 宥珍韓語說得比小賢好。

그는 나이**에 비해서** 키가 크다. 就年紀來說，他長得很高。

비교하는 방법에 따라 두 가지 의미로 구분될 수 있다.

依據比較的方法，可以區分成兩種意涵。

① 두 가지 대상을 비교할 때는 '보다'로 바꾸어 쓸 수 있다.

當就兩件事情來進行比較時，可以與「보다」替換使用。

例 한국 사람은 일본 사람**에 비해** 술을 많이 마셔요.

= 한국 사람은 일본 사람**보다** 술을 많이 마셔요. 韓國人喝酒喝得比日本人多。

② 비교 기준을 두고 한 대상을 설명할 때는 '보다'로 바꾸어 쓸 수 없다.

做為比較基準來說明特定事物時，不可與「보다」替換使用。

例 저는 키**에 비해** 몸무게가 많이 나가요. (○) 就身高來說，我體重太重了。

저는 키**보다** 몸무게가 많이 나가요. (X) 我的體重比身高重。

第 4 課

1. A/V-기는커녕, N은/는커녕 別說…了，就連…都…

앞의 상황은 당연히 불가능하고 그보다 쉬운 뒤의 상황조차 이루기 어려움을 나타낼 때 사용한다.

表示遑論前面狀況不可能實現，後面比它更為簡單的事情也難以完成。

例 이 월급으로는 돈을 모으**기는커녕** 생활비로 쓰기에도 모자라요.
這樣的月薪別說儲蓄了，就是當作生活費也不夠。
그 책이 재미있**기는커녕** 무슨 내용인지도 모르겠던데요.
那本書別說有趣了，就連內容是什麼也不清楚。
택시**는커녕** 버스 타고 다닐 돈도 없어요. 別說計程車了，就連搭公車的錢也沒有。
아침에 밥**은커녕** 물도 못 마시고 나왔어요.
早上別說吃飯了，就連水也都沒喝就出門了。
철수는 집에서는**커녕** 학교에서도 이야기를 잘 안 해요.
別說在家裡了，哲秀在學校也不太說話。

부정적인 상황에 쓰이기 때문에 후행절에 긍정적인 내용이 올 수 없다.

此句型因為是用於否定的情況，所以後行句不得出現肯定的內容。

例 냉장고에 주스**는커녕** 물도 없어요. (○) 冰箱裡面別說果汁了，就連水也沒有。
냉장고에 주스**는커녕** 물이 있어요. (X) 冰箱裡面別說果汁了，還有水。
밖이 추워서 나가기**는커녕** 문도 못 열어요. (○)
外面很冷，別說出門了，就連門也不敢開。
밖이 추워서 나가기**는커녕** 문을 열어요. (X) 外面很冷，別說出門了，門也打開。

2. A/V-(으)ㄹ 게 뻔하다 很明顯會是…

어떤 근거에 의해 부정적인 행동이나 결과를 확신할 때 사용한다.

基於某項依據，而確信會有某種否定的行動或結果。

例 시험 준비를 안 해서 이번에도 시험 점수가 나**쁠 게 뻔해요**.
因為都沒有準備考試，這次考試的分數明顯會很差。
식당에 손님이 없는 것을 보니 맛이 없**을 게 뻔해**.
看這家餐廳都沒有客人，很明顯味道不好。
장마철이니까 내일도 비가 **올 게 뻔해요**. 現在是梅雨季，很明顯明天也會下雨。
저렇게 컴퓨터 게임만 하다가는 눈이 나빠**질 게 뻔해**.
像那樣只顧著打電腦遊戲，眼睛很明顯會變壞。

유진 씨는 요즘 다이어트를 하니까 피자를 안 먹**을 게 뻔해요**.
宥珍最近在減肥，很明顯她不會吃披薩。
눈이 부은 것을 보니 어젯밤에 많이 울었**을 게 뻔해**.
看她眼睛腫這麼大，很明顯昨天晚上哭得很慘。
두 사람이 말을 안 하는 걸 보니 또 싸웠**을 게 뻔해요**.
看他們兩個人都不說話，很明顯又吵架了。

3. A-(으)ㄴ 반면(에), V-는 반면(에) 與此相反⋯、反之⋯、但是⋯.

앞에 오는 상황과 뒤에 오는 상황이 상반되는 사실임을 나타낼 때 쓴다.
用以表現前面狀況與後面狀況的事實互為相反、對立。

例 나는 아침마다 바빠서 서두르**는 반면에** 동생은 천천히 준비한다.
我每天早上都很急忙出門，但弟弟卻總是慢慢準備。
우리 집은 학교에서 멀어 불편**한 반면** 공기는 좋다.
我們家距離學校遠，很不方便，但空氣卻很好。
우리 형은 키가 **큰 반면에** 나는 키가 작다. 我哥個子很高，但我個子卻很矮。
그 여자는 똑똑**한 반면에** 성격이 나쁘다. 那女生雖然聰明，但個性不好。

하나의 주어의 상반되는 성격에 대해 말할 수도 있고 서로 다른 주어의 차이점을 나타낼 때 사용할 수도 있다.
可針對同一主體的不同特徵來陳述，亦可用來表現不同主體的差異性。

例 그 여자는 똑똑**한 반면에** 성격이 나쁘다. 那女生雖然聰明，但個性不好。
나는 아침마다 바빠서 서두르**는 반면에** 동생은 천천히 준비한다.
我每天早上都很急忙出門，但弟弟卻總是慢慢準備。

4. A/V-(으)ㄹ 수밖에 없다 只得⋯、僅可以⋯

다른 방법이나 가능성이 없음을 나타낼 때 쓴다.
表示沒有其他的方法或可能性。

例 그렇게 자꾸 거짓말을 하면 친구들이 의심**할 수밖에 없다**.
你老是那樣說謊的話，朋友們也只得懷疑你了。
생활비가 부족하지만 공부하기 위해서 그 책을 **살 수밖에 없다**.
儘管生活費不足，但為了學習，也只得買下那本書了。
정말 맛이 없는 음식이지만 배가 고프니까 먹**을 수밖에 없다**.
雖然真的是很難吃的食物，但因為肚子很餓，也只能吃下肚。
길이 많이 막히면 좀 늦**을 수밖에 없다**. 如果塞車塞得很嚴重的話，也只能稍稍遲到了。

第 5 課

1. A/V-고 해서　又因為…、再加上…的關係

선행절의 내용이 후행절의 행동을 하는 여러 가지 이유 중 하나임을 나타낼 때 사용한다.
前行句的內容僅是後行句行動各種各樣理由的其中之一。

例 바쁜 일도 끝났고 약속도 없고 피곤하**고 해서** 주말에는 집에서 쉬려고 해요.
事情忙完了，也沒有約會，加上很累的關係，所以週末打算在家裡休息。
그 남자가 친절하**고 해서** 마음에 들었어요.
再加上那個男生很親切的關係，所以我很喜歡。
택시도 안 잡히**고 해서** 그냥 걸어 왔어요. 加上又招不到計程車，所以就乾脆走路來。
친구도 추천하**고 해서** 오랜만에 뮤지컬을 보고 왔어요.
又因為朋友推薦，所以去看了好久沒看的音樂劇。

'N도 A/V-고 해서'나 'A/V-기도 하고 해서'의 형태로도 사용한다.
亦可以「N도 A / V-고 해서」或「A / V-기도 하고 해서」的型態來使用。

例 머리**도** 아프**고 해서** 일찍 잤다. 加上頭也很痛，所以很早就睡了。
머리가 아프기**도 하고 해서** 일찍 잤다. 加上頭也很痛，所以很早就睡了。

후행절에는 평서문이 온다. 후행절에 의문문이나 청유문이 올 때는 '-고 해서' 대신 '-고 한데'나 '-고 하니까'를 쓰는 것이 자연스럽다.
此句型的後行句應接陳述句。後行句若欲接疑問句或請誘句的話，應以「-고 한데」或「-고 하니까」來取代「-고 해서」較為適宜。

例 날씨도 좋**고 한데** 공원에 산책하러 갈까요? 加上天氣也挺不錯的，要不要去公園散步呢？
오늘은 수업이 없**고 하니까** 같이 영화보러 가는 게 어때요?
加上今天也沒有課，一起去看電影如何呢。
밥도 다 먹었**고 하니까** 일을 시작해 봅시다. 加上飯也都吃完了，我們開始工作吧。

2. A-다더니, V-ㄴ/는다더니　記得某人說…

다른 사람의 말을 듣고 그 말을 회상하며 자신의 생각을 말할 때 사용한다.
回想曾聽過某人的話，並藉以陳述自我的想法。

例 아까 집**이라더니** 벌써 학교에 도착했어? 剛剛不是才說在家裡，已經到學校了啊？
오늘 흐리**겠다더니** 날씨가 아주 좋은데요! 記得說今天會是陰天，但天氣非常好啊。
김 선생님이 오늘 모임에 오**신다더니** 정말 오셨다.
記得有人說金老師會來參加今天的聚會，還真的來了。

남자 친구를 사**귄다더니** 왜 헤어졌어? 不是說交了個男朋友，為什麼分手了呢？

속담이나 관용 표현을 인용하여 자신의 생각을 설명할 때도 사용한다.
當引用俗語或慣用表現藉以陳述自我想法的時候，亦可使用此句型。

例 산 넘어 산**이라더니** 이번 일은 해도 해도 끝이 없다.
俗話說「過了一關，又是一關」，這件事不管怎麼做都做不完。
등잔 밑이 어둡**다더니** 책을 바로 책상 위에 두고 계속 찾고 있었어요.
俗話說「當局者迷，旁觀者清」，書本就放在書桌上，我卻一直在尋找。
친구 따라 강남 **간다더니** 너도 친구 말만 듣고 그 일을 했던 거야?
俗話說「人云亦云」，你也是只聽了朋友的話就做了那事嗎？

'-다고 하더니'의 형태로도 사용한다.
亦可使用「-다고 하더니」的型態。

例 오늘 2시에 약속이 있**다더니** 안 나가도 돼요? 今天說是兩點有約，不去也可以嗎？
=오늘 2시에 약속이 있**다고 하더니** 안 나가도 돼요?

3. A/V-기 마련이다 總是…、就會…

그렇게 되는 것이 일반적인 결과이고 당연한 현상임을 표현할 때 사용한다.
變成某樣子是一般性的結果，也是理所當然的現象。

例 아이들이란 시끄럽**기 마련이다**. 孩子總是吵吵鬧鬧的。
처음 회사에 들어 온 사람은 여러 가지 일에 서툴**기 마련이다**.
剛進到公司的人，對各項事情總是不熟練。
좋은 음악은 듣는 사람의 마음을 편안하게 하**기 마련이다**.
好音樂總是可以讓聽的人內心平靜。
큰 병을 앓아본 경험이 있는 사람은 건강에 신경을 많이 쓰**기 마련이다**.
生過大病的人總是會對健康多一分注意。
갑자기 운동을 심하게 하면 몸에 무리가 오**기 마련이다**.
突然運動過度的話，總是會讓身體無法負荷。

'-게 마련이다'의 형태로도 사용한다.
亦可使用「-게 마련이다」來表現。

例 말을 많이 하면 실수하**기 마련이다**.
=말을 많이 하면 실수하**게 마련이다**. 話說多了總是會出錯。

보편적이고 일반적인 현상을 표현하는 것이기 때문에 일시적인 일의 원인과 결과를 나타내는 문장에서 쓰면 어색하다.

此句型由於是用來表現普遍性與一般性的現象，所以若用來表現暫時性原因與結果的話，會顯得不自然。

例 점심에 밥을 많이 먹었으니까 소화가 안 되**기 마련이다**. (X)

因為剛剛中午吃太多飯，所以總是消化不良。

밥을 많이 먹으면 소화가 안 되**기 마련이다**. (○)

飯若吃太多，就會造成消化不良。

4. V-다 보니(까)　一直做…，結果…

어떤 행동을 지속하거나 반복해서 한 결과 후행하는 상황이 생겼을 때 사용한다.

表示話者持續反覆進行某種行為的結果，造成後行句的狀況發生。

동사와 결합한다.

與動詞結合使用。

例 밤늦게까지 컴퓨터로 일을 하**다 보니까** 눈이 나빠졌어요.

常常使用電腦工作到深夜，結果發現視力變差了。

한국에서 오래 살**다 보니까** 한국어를 잘하게 되었어요.

長期居住在韓國後，韓語變得很厲害。

밥을 잘 안 챙겨 먹**다 보니까** 건강이 안 좋아졌다.

都沒有好好定時吃飯，結果傷了健康。

재미있게 이야기하**다 보니** 시간 가는 줄 몰랐어.

聊天聊得很開心，都不曉得時間過了。

매일 지하철을 타**다 보니** 시간을 많이 절약하게 되었어요.

每天都搭地鐵後，節省了不少時間。

'-다 보니(까)'의 후행절에는 '-아지다/어지다'나 '-게 되다'와 같이 변화나 결과를 나타내는 표현이 주로 온다.

「-다 보니(까)」的後行句，主要為「-아지다 / 어지다」或「-게 되다」等表示變化或結果的表現。

例 처음에는 그 사람이 싫었는데 자주 만나**다 보니까** 그 사람을 좋아하게 되었다.

一剛開始很討厭那個人，但經常跟他見面之後，後來就變得喜歡他了。

'-다 보니(까)'와 '-다 보면'(3과)의 비교

「-다 보니(까)」與「-다 보면」（第 1 課）的比較。

-다 보니(까)	-다 보면
• 후행절에 이미 일어난 결과가 온다. 後行句為已經發生的結果。 例 한국어를 자주 사용하**다 보니까** 한국 사람처럼 이야기할 수 있게 되었어요. 經常使用韓語後，變得可以像韓國人一樣聊天。	• 후행절에 미래에 예상되는 결과가 온다. 後行句為推測未來的結果。 例 한국어를 자주 사용하**다 보면** 한국 사람처럼 이야기할 수 있을 거예요. 如果經常使用韓語的話，就可以變得像韓國人一樣聊天。

第 6 課

1. A/V-기는(요) 哪裡會…、哪有…

질문의 내용과 반대되거나 부정적인 대답을 할 때 사용한다.
用於與問題內容相反或否定的答覆。

例 히엔 씨 고향도 요즘은 춥지요? 小賢家鄉最近也很冷吧？
- 춥**기는요**. 우리 고향은 일 년 내내 더운 곳이에요.
—哪裡會冷？我的家鄉是一年到頭都很熱的地方。
어제 부동산에서 소개받은 집 괜찮았어요? 昨天房屋仲介介紹的房子還不錯吧？
- 괜찮**기는요**. 집이 너무 오래되고 낡아서 다른 집을 더 알아봐야 할 것 같아요.
—哪裡不錯？那房子既老又舊，看來我得再找找其他的房子了。
학교 앞에 새로 생긴 식당이 음식을 그렇게 잘한다면서?
學校前面新開的餐廳不是說東西做得很好吃？
- 잘하**기는**. 어제 가 봤는데 음식이 기대만 못했어.
—哪裡做得好吃了？昨天跑去吃，食物真不如預期。

질문의 시제와 상관없이 항상 현재형으로 사용한다.
不論問題的時態為何，一律以「現在式」來使用。

例 공부 많이 했지요? 你念很多書了吧？
- 많이 했**기는요**. (X)
- 많이 하**기는요**. (○) —哪裡很多了？

칭찬에 대한 겸양의 의미로 사용하기도 한다.
若用來回應他人的稱讚時，則表示一種謙遜意涵。

例 정말 한국어를 잘하시네요. 您的韓語說得真好。
- 잘하**기는요**. 아직 더 많이 공부해야 돼요. —哪會好啊？我還需要多多學習。

목소리가 참 예쁘네요. 您的聲音真好聽啊。

- 예쁘**기는요**. 전 히엔 씨가 더 예쁜 것 같아요.

—哪會好聽啊？我覺得小賢的聲音更好聽。

2. A/V-든(지) A/V-든(지), N(이)든(지) N(이)든(지)

不管…、不論…

여러 가지 중에서 어느 것을 선택해도 상관없을 때 사용한다.

表示在多種選項中，不管選擇哪一項都無所謂。

例 이 책이 꼭 필요하니까 싸**든지** 비싸**든지** 살 거예요.

這本書是必讀的，所以不管便宜或是貴我都會買。

배고프든 배가 안 고프든 식사는 거르지 마세요.

不管肚子餓或不餓，三餐一定要按時吃。

저는 일찍 자**든지** 늦게 자**든지** 항상 6시에 일어나요.

我不管是早睡或晚睡，總是在六點起床。

이 식당 음식은 불고기**든지** 비빔밥**이든지** 다 맛있어요.

這餐廳食物不管是韓式烤肉還是拌飯，都很好吃。

'V-든지 말든지'의 형태로 사용될 때는 부정적인 느낌이 있다.

當以「V-든지 말든지」的型態來使用時，具有負面、否定的語感。

例 난 사실을 말했어. 내 말을 믿**든지 말든지** 네 마음대로 해.

我已經說了實話，隨便你要不要相信。

그 사람이 오늘 모임에 오**든지 말든지** 신경 쓰지 마세요.

不用去管那個人今天會不會來參加聚會。

3. N(이)야말로 才是…

설명하는 대상을 강조하여 확인할 때 사용한다.

用來確認與強調說明的對象。

例 너**야말로** 나의 진정한 친구다. 你才是我真正的朋友。

그 친구**야말로** 우리 회사에서 없으면 안 되는 사람이다.

他才是我們公司不可或缺的人物。

귤이**야말로** 피로 회복에 가장 좋은 과일이다. 橘子才是對消除疲勞最有效的水果。

4. 여간 A-(으)ㄴ 것이 아니다, 여간 V-는 것이 아니다, 여간 A/V-지 않다 真不是一般地…、真不是普通地…

어떤 상태가 보통이 아닌 것을 강조하여 말할 때 사용한다.
用來強調說明某狀態並非僅是一般的程度。

例 그 논문 주제가 **여간** 어려운 **것이 아니다**. 那篇論文的主題真不是一般地難。
음악은 우리 삶을 **여간** 풍요롭게 하는 **것이 아니다**.
音樂讓我們的生活真不是一般地富饒。
처음 한국에 왔을 때 한국 생활이 **여간** 힘들**지 않았다**.
剛來到韓國的時候，生活真不是普通地艱困。
내 친구는 한국 사람인데도 프랑스어를 **여간** 잘하는 **것이 아니다**.
我的朋友雖然是韓國人，但他的法文說得真不是普通地好。

'아주/매우 A/V-다'와 같은 뜻이다.
等同於「아주 / 매우 A / V-다」之意。

例 우리 반 친구들은 **여간** 똑똑**한 것이 아니다**. 我們班的同學真不是普通地聰明。
= 우리 반 친구들은 **매우** 똑똑하다. 我們班的同學非常聰明。

'여간' 뒤에 항상 부정으로 쓰며 보통 공식적인 상황에서 쓰거나 글을 쓸 때 쓴다.
「여간」後面必接否定的表現，通常用於正式場合或寫文章的時候。

'여간 A/V-(으)ㄴ/는 게 아니다'의 형태로도 사용한다.
亦可以用「여간 A / V-(으)ㄴ / 는 게 아니다」的型態來表現。

例 한국 생활이 **여간** 힘든 **게 아니에요**. 韓國生活真不是普通地辛苦。
한국말을 **여간** 잘하는 **게 아니에요**. 韓語說得真不是普通地好。

'여간 A/V-(으)ㄴ N이/가 아니다'의 형태로도 사용한다.
也可以用「여간 A / V-(으)ㄴ N이 / 가 아니다」的型態來表現。

例 김 선생님은 **여간** 훌륭**한 분이 아니다**. 金老師真不是普通了不起的人物。
이 아르바이트는 학생이 하기에는 **여간** 힘든 **일이 아니다**.
這份打工就學生來說，真不是普通辛苦的工作。

第 7 課

1. A/V-더라도 就算…，也…、儘管…，也…

앞 문장의 일이 일어난다고 가정해도 뒷 문장의 상황이 바뀌지는 않는다는 것을 강하게 표현할 때 사용한다.

強烈表示就算發生先行句的狀況，後行句的情形也不會有所改變。

例 바쁘**더라도** 꼭 와 주세요. 就算忙，也務必前來。

운동을 하는 게 귀찮**더라도** 꼭 해야 합니다. 就算運動令人覺得厭煩，也一定要做。

무슨 일이 있**더라도** 그 모임에는 꼭 가도록 하겠습니다.

就算會有什麼事情，我也一定會去參加那個聚會。

결혼을 하**더라도** 회사에 계속 다닐 생각이에요. 就算結婚，我還是打算繼續工作。

누가 나를 찾**더라도** 어디에 있는지 모른다고 하세요.

就算有人找我，也拜託你說你不知道我在哪裡。

'-다(고) 하더라도'로 바꿔 쓸 수 있다.

可替換成「-다(고) 하더라도」。

例 이사를 가**더라도** 전학은 안 갈 생각입니다. 就算搬家，我也不打算轉學。

이사를 간**다고 하더라도** 전학은 안 갈 생각입니다. 就算說要搬家，我也不打算轉學。

'-더라도'와 '-아도/어도'(3권 8과)의 비교

「-더라도」與「-아도 / 어도」（3A 第 8 課）的比較。

-더라도	-아도/어도
• '-아도/어도'보다 가정의 뜻이 강하여 후행절을 현재 상황으로 쓰면 자연스럽지 않다. 比「-아도 / 어도」的假設意涵更強，後行句不適合使用「現在式」語句。 例 공부하**더라도** 잘 이해가 안 돼요. (X) 就算去念，還是不太瞭解。 공부하**더라도** 잘 이해가 안 될 거예요. (O) 就算去念，也不會瞭解的。	• 후행절은 현재나 미래의 상황에 다 쓸 수 있다. 「現在式」或「未來式」均可用於後行句。 例 공부**해도** 잘 이해가 안 돼요. (O) 即便念了還是不瞭解。 공부**해도** 잘 이해가 안 될 거예요. (O) 即便去念，還是不會瞭解的。

2. A-다고 보다, V-ㄴ/는다고 보다 我覺得…、我認為…

어떤 일에 대한 자기의 주장이나 의견을 말할 때 사용한다.

針對某事表達自身的主張或意見。

例 일이 잘 안 풀릴 때는 잠시 쉬었다가 하는 게 낫**다고 봐요**.

當工作不順的時候，稍微休息一下再做會比較好。

여자가 집안일을 다 해야 한다는 생각은 맞지 않**는다고 봐요**.

我覺得女人必須要做家事的想法是不正確的。

보통 개성이 강한 사람들이 화려한 옷을 입**는다고 봐요**.

我認為通常自我個性強烈之人會穿華麗的衣服。

사회생활에서 가장 중요한 것은 다른 사람에 대한 배려**라고 봐요**.

我覺得社會生活中最重要的就是對於別人的關懷。

월급이 많은 것보다는 보람을 느끼는 일이 더 좋은 직업**이라고 봐요**.

我認為比起薪水高，好的工作更應該讓人感受到價值。

3. V-(으)ㄴ 채(로) 以…狀態

한 동작이 끝난 상태가 지속되는 것을 강조할 때 사용한다.

用來強調某動作結束後的狀態持續進行。

例 어제 너무 바쁘고 정신이 없어서 안경을 **쓴 채** 세수할 뻔했다.

昨天忙到不可開交，差點戴著眼鏡去洗臉。

밤에 혼자 자기가 무서워서 불을 켜 놓**은 채로** 잤다.

晚上一個人睡覺太恐怖了，所以就開著燈睡。

물에 빠진 친구를 구하기 위해 옷을 입**은 채로** 물에 뛰어들었다.

為了救掉到水裡的朋友，衣服也沒脫就跳進水裡頭。

앞의 행동이 당연히 일어나야 하는 경우에는 쓰지 않는다.

不用於前面行為本來就會發生的狀況。

例 옷을 벗**은 채로** 샤워를 했어요. (X) 脫掉衣服洗澡。

옷을 입**은 채로** 샤워를 했어요. (○) 穿著衣服洗澡。

'-아/어 놓은 채로', '-아/어 둔 채로'의 형태로 자주 사용한다.

亦常以「-아 / 어 놓은 채로」與「-아 / 어 둔 채로」的型態來使用。

例 깜빡하고 문을 열**어 놓은 채로** 외출했는데 그 사이에 도둑이 들었어요.

一時忘記關門就出去，就是這個時候小偷跑了進來。

너무 정신이 없어서 자동차 위에 가방을 놓**아 둔 채로** 운전한 적이 있어요.

我曾經糊塗到包包還放在汽車上方就開車。

4. A-(으)ㄴ지 A-(으)ㄴ지, V-는지 V-는지　是否…

어떤 사실이나 방법에 대해 알고 있는지 아닌지를 물어보거나 대답할 때 사용한다.
針對是否知道某事實或方法來進行詢問或回答。

例 지금 프랑스는 날씨가 추**운지** 안 추**운지** 궁금하다.
我想知道現在法國的天氣會不會冷。
이 정도 음식을 준비하면 음식이 충분**한지** 부족**한지** 어머니께 여쭤 봐야겠어요.
我得詢問一下媽媽，看準備這些食物的量會不會不夠。
다이빙을 하기 전에 그 사람이 수영을 잘**하는지** 못**하는지** 꼭 확인해야 한다.
在潛水之前務必確認那個人是否會游泳。
뒤에서 다른 사람 욕을 하는 것이 옳은 일**인지** 그른 일**인지** 이야기해 봅시다.
我們來說說看在背後說別人的壞話是否恰當。
유미코 씨가 한국 음식을 좋아**하는지** 일본 음식을 좋아**하는지** 알아보고 저에게 말씀해 주세요. 你去瞭解一下由美子是喜歡韓國食物還是日本食物，再來告訴我。
민수 씨가 집에서 공부**하는지** 도서관에서 공부**하는지** 모르겠어요.
我不知道民秀是在家念書還是在圖書館念書。

후행절에 서로 반대되는 말이나 부정 표현이 결합되는 경우가 많다.
後行句常接與前行句互為相反或否定的表現。

例 지금 밖에 비가 오**는지** 안 오**는지** 모르겠어요. (오다 ↔ 안 오다)
我不知道現在外面是下雨還是沒下雨。（下↔不下）

'알고 싶다, 궁금하다, 모르겠다, 알아보다, 확인하다, 토론하다, 이야기하다, 물어보다' 등의 동사가 주로 연결된다.
常與「알고 싶다、궁금하다、모르겠다、알아보다、확인하다、토론하다、이야기하다、물어보다」等動詞結合使用。

과거의 상황을 표현할 때는 '-았는지/었는지 -았는지/었는지'의 형태로 사용하고, 미래의 상황이나 추측을 표현할 때는 '-(으)ㄹ지 -(으)ㄹ지'의 형태로 사용한다.
若要表現過去已經發生的情形時，使用「-았는지 / 었는지 -았는지 / 었는지」；而若要表現未來的情形或推測時，則使用「-(으)ㄹ지 -(으)ㄹ지」的句型。

例 어제 저도 모임에 안 가서 유진 씨가 모임에 **왔는지** 안 **왔는지** 모르겠어요.
因為昨天我也沒去聚會，所以不清楚宥珍有沒有去。
인터넷으로 내일 비가 **올지** 안 **올지** 확인해 보세요.
請上網確認一下明天會不會下雨。

第 8 課

1. -아다(가)/어다(가) 先…，再…

먼저 어떤 행동을 하고 난 뒤에 그 결과물을 가지고 뒤의 행동을 할 때 사용한다.
先做完某動作後，再以該動作所產生的結果，去執行後面的動作。

例 꽃을 꺾**어다가** 꽃목걸이를 만들었다. 摘花來做花項鍊。
종이로 비행기를 접**어다가** 하늘로 날려 보냈다. 用紙摺好紙飛機，拋向天空任其飛翔。
친구에게 돈을 빌**려다가** 책을 샀다. 向朋友借錢買了書。
시장에서 닭을 사**다가** 삼계탕을 해 먹었다. 在市場買了雞，然後做蔘雞湯來吃。

결과물을 가지고 장소를 이동하여 다른 행동을 하는 경우에 쓰인다.
用於將前一動作結果帶至另一場所來執行後一動作的狀況。

例 커피를 사**다가** 친구에게 주었어요. 買咖啡給朋友。
꽃을 꺾**어다가** 꽃병에 꽂았어요. 摘花插在花瓶。

'-아다(가)/어다(가) '와 '-다가'(2권 7과)는 형태는 비슷하지만 의미와 용법이 완전히 다르다.
「-아다(가) / 어다(가)」與「-다가（2A 第 7 課）」型態相似，但意義與用法完全不一樣。

2. A-다는 N, V-ㄴ/는다는 N 稱為…的…、說是…的…

들은 사실을 인용하거나 생각하는 내용을 넣어서 뒤에 오는 명사를 수식한다.
引用聽來的事實或放入所想的內容，以修飾後面的名詞。

例 제주도에 갔다 온 친구들이 제주도가 아름답**다는** 얘기를 많이 하더라고요.
去過濟州島的朋友常說濟州島風景優美的事。
엄마가 아무 대답도 안 하시면 안 **된다는** 뜻이야.
如果媽媽沒有任何答覆的話，那就代表不行。
저는 처음 강 선생님을 봤을 때 어디선가 본 것 같**다는** 생각이 들었어요.
我第一次看到姜老師的時候，就覺得好像在哪裡看過他。

주로 뒤에 '생각, 말, 이야기, 소식, 소문, 뜻' 등의 명사가 온다.
後面主要加「생각、말、이야기、소식、소문、뜻」等名詞。

3. N을/를 비롯해서[비롯한] 以…為首、包括…在內

여러 가지 가운데 대표적인 것을 예로 들어 말할 때 사용한다.
從多項事物中挑出其中之一做為代表來陳述。

例 서울은 북한산**을 비롯해서** 등산을 갈 만한 아름다운 산이 많다.
首爾包括北漢山在內，有許多值得一去的美麗山巒。
어제 시장에 가서 채소**를 비롯해서** 일주일 동안 먹을 음식을 모두 샀다.
我昨天去市場，買了包括蔬菜在內整個星期要吃的食物。
결혼식에 신랑 신부의 친구들**을 비롯한** 많은 사람들이 참석했다.
包含新郎新娘的朋友在內，許多人參加了結婚典禮。
서점에 가면 베스트셀러**를 비롯한** 다양한 종류의 책들을 볼 수 있다.
去書店的話，可以看到以暢銷書為首的各種各類書籍。

보통 대표적인 것을 예로 들어야 한다.
通常以具代表性的事物來舉例。

例 한국 음식은 불고기**를 비롯해서** 유명한 음식이 많아요.
韓國食物包含韓式烤肉在內，有很多知名的食物。

4. A/V-(으)며 而且…

두 가지 이상의 사실을 나열할 때 사용한다.
用於羅列兩項以上的事實時。

例 이 박물관은 다른 박물관에 비해 규모가 크**며** 전시품도 많은 편이다.
這個博物館算比起其他博物館來得規模大且展示品多。
우리 회사에서는 이 분야에 경험이 많**으며** 전문성을 가진 인재를 뽑고자 합니다.
我們公司想要聘用在這領域有經驗且具專業性的人才。
사람들은 누구나 행복해지고 싶어 하**며** 행복해지기 위해 많은 노력을 한다.
人們不管是誰都想變幸福，而且會為了追求幸福而做很多努力。
한국 사람들은 매운 음식을 즐겨 먹**으며** 성격이 급하다고 생각하는 사람들이 많지만 한국 사람들이 모두 그런 것은 아니다.
儘管很多人認為韓國人喜歡吃辣且個性急躁，但並非所有韓國人都是如此。

'-(으)며'와 '-고'(1권 5과)의 비교
「-(으)며」與「-고」（1A 第 5 課）的比較。

-(으)며	-고
주로 공식적인 상황이나 글에서 사용한다 主要用於正式的場合或文章中。 例 강원도는 겨울에 눈이 많이 오**며** 기온이 낮다. 江原道冬天下很多雪且氣溫很低。	• 공식적인 상황이나 글뿐만 아니라 말할 때도 사용한다. 不僅可用於正式場合或文章中，還可以用於口語中。 例 강원도는 겨울에 눈이 많이 오**고** 기온이 낮다. 江原道冬天下很多雪且氣溫很低。 강원도는 겨울에 눈이 많이 오**고** 기온이 낮아요. 江原道冬天下很多雪且氣溫很低。

第 9 課

1. A/V-거든 如果…的話、若是…

후행절의 상황에 대한 조건이나 가정을 나타낼 때 사용한다.
表示對後行句的條件或假定。

例 옷이 맞지 않**거든** 언제든지 바꾸러 오세요. 如果衣服不合適的話，隨時都可以來更換。
바쁜 일이 생기**거든** 연락을 주십시오. 如果你變忙的話，請跟我聯繫。
한국에 가**거든** 꼭 김치를 먹어 보도록 하세요. 如果你去韓國的話，請務必要試吃泡菜。

후행절에는 명령이나 권유를 나타내는 '-(으)세요, -아/어요, -(으)ㄹ까요'와 같은 표현이 쓰인다.
後行句使用「-(으)세요、-아 / 어요、-(으)ㄹ까요」等表示命令或勸誘的表現。

例 그 사람이 오**거든** 그때 출발하**세요**. 如果他來的話，屆時就請出發。
친구를 만나**거든** 제 인사를 전해 주**세요**. 如果你遇到朋友的話，請代為傳達我的問候。
먼저 집에 도착하**거든** 저녁 식사를 준비하고 있**어**. 如果你先到家的話，就先準備晚餐。

'-거든'과 '-(으)면(1권 15과)'의 비교
「-거든」與「-(으)면」（1B 第 15 課）的比較。

-거든	-(으)면
• 가정을 나타내며 당부나 부탁을 할 때 많이 사용하므로 명령형, 청유형 등과 같이 쓰인다. 表示假定，並常用來囑咐或請託某事，因此與命令句、請誘句等一起使用。 例 옷이 맞지 않**거든** 언제든지 바꾸러 오세요. (O) 如果衣服不合身的話，隨時都可以來換。 아침에 늦게 일어나**거든** 학교에 지각할 거예요. (X) 早上如果晚起的話，上學可能就會遲到。	• 가정을 나타내며 명령형, 청유형 이외에도 쓰일 수 있다. 表示假定，亦可用於命令句、請誘句以外的句型。 例 옷이 맞지 않**으면** 언제든지 바꾸러 오세요. (O) 如果衣服不合身的話，隨時都可以來換。 아침에 늦게 일어나**면** 학교에 지각할 거예요. (O) 早上如果晚起的話，上學可能就會遲到。

2. A/V-았더라면/었더라면 如果之前…的話，就…

과거의 사실과는 다른 내용의 일이나 상황을 가정해 보는 뜻을 나타낼 때 사용한다.
用以嘗試假設與過去事實內容不同之事或情況。

例 그분의 도움이 없**었더라면** 공부를 계속할 수 없었을지도 몰라.
如果沒有他的幫忙，說不定我就無法繼續唸書。
나한테 시간이 5분만 더 있**었더라면** 그 문제를 풀 수 있었는데.
如果再多給我五分鐘，我就可以解決那個問題。
어제 밖에서 오랫동안 놀지 않**았더라면** 감기에 안 걸렸을 텐데.
如果昨天沒有在外頭玩那麼久的話，我應該就不會感冒了。

후행절에는 선행절의 내용이 실현되지 않아서 아쉽거나 다행스러움을 나타내는 내용이 나온다.
後行句的內容表現出因前行句所述事情並未發生，因而感到惋惜或幸運。

例 그 사람의 말을 들**었더라면** 이런 실수를 하지 않았을 거야.
如果當初我有聽那個人的話，就不會犯下這樣的錯誤。

3. A/V-(으)ㅁ 名詞句

어떤 사실을 기록하거나 서면으로 알릴 때 사용한다.
用於記錄某項事實或以書面告知某事時。

例 오전 10시에 110호에서 회의가 있**음**. 上午十點在 110 號舉行會議。
스티븐 씨가 두 번 전화했고 다시 연락한다고 **함**.
史提芬已經打兩次電話，並告知會再聯繫。
공사 때문에 당분간 가게 영업을 하지 않**음**. 因為施工的關係，商店暫時停止營業。

4. A-(으)ㄴ 듯하다, V-는 듯하다 似乎…、好像…

어떤 사실이나 상황에 대해 추측할 때 사용한다.
用於推測某事或情況時。

例 수술을 시작한 지 5시간이 지났는데도 안 끝나는 걸 보니 수술이 어려**운 듯합니다**.
手術開始至今已經超過五個鐘頭卻還沒結束，看來手術相當困難。
그 가수를 보려고 수많은 사람들이 모인 걸 보면 그 가수의 인기가 대단**한 듯합니다**.
看這麼多人為了見那歌手而聚集於此，那位歌手應該相當受到歡迎。
문을 두드려도 아무 대답이 없는 걸 보니 친구가 깊이 자**는 듯하다**.
敲門也沒人回應，看來朋友應該是睡得很沉。
피아노 치는 걸 들으니 연습을 전혀 안 **한 듯하다**.
聽他彈鋼琴的聲音，應該是完全沒有練習。
재규 씨에게 오늘 모임에 와 달라고 했지만 아마 바빠서 못 **올 듯하다**.
雖然請了載圭來參加今天的聚會，但他應該會因為事忙而無法前來。

'-는 것 같다'(2권 4과)의 문어적인 표현이다.
此句型為「-는 것 같다」（2A 第 4 課）的書面語表現。

번역 翻譯

第 1 課

말하기 會話

宥珍 小賢，好久不見啊。

小賢 啊，宥珍，你過得好嗎？

宥珍 好啊，昨天我聽教授説了，聽説你錄取了韓國學系對吧？

小賢 對啊，我以為我會落榜，沒想到上了。

宥珍 真的恭喜你啊，之前你就説你很想要念，果然做到了。

小賢 謝謝。但是現在我很擔心我的韓語不好，會聽不太懂上課的內容。

宥珍 不用擔心啦！你在語言方面很有天分不是嗎。

小賢 是這樣嗎？時間久了應該就會適應吧？

宥珍 當然啊，像現在一樣努力的話，馬上就會適應的。

읽고 쓰기 閱讀與寫作

Q 我是主修中文的學生。現在即將面臨畢業，因為不曉得選擇什麼樣的職業比較好，所以在這裡提問。我喜歡旅行，個性活潑且善於交際，所以即便和初次見面的人也相處融洽。還有當在幫助他人時，我會感到很有意義。有沒有可以發揮個人所學又符合自我性向的職業呢？

A 我覺得像規劃旅遊行程的旅行社職員，或是直接協助旅客的導遊等職業應該都很適合你。旅遊相關職業因為是服務業的關係，對於具開朗與積極性格的人來説都相當合適。在旅遊的業務中，外語能力也是必要條件，因此現在努力充實自我專業的話，你以後就可以在不錯的旅行社工作。

還有在航空公司上班也不錯，希望你可以考慮在飛機裡服務旅客的空服員，或是在機場工作的航空公司職員，在航空公司工作的好處之一就是有很多機會可以到國外旅行。你有外語實力，又喜歡去旅行，這份工作應該很符合你的性向。

第 2 課

말하기 會話

阿旭 我最近一直感到身體很疲倦。

凱莉 會不會是感冒了啊？

阿旭 不會特別有那樣的感覺，但就是有點脖子僵硬而且軟弱無力。

凱莉 我有時候也會那樣，會不會是過勞所引起的呢？

阿旭 我最近沒做太多工作。

凱莉 這樣啊？那為什麼會這樣呢？

阿旭　就是說啊。我的身體不曉得有多疲累，累到早上爬起不來的程度。不管怎麼想都覺得我應該是罹患大病了吧。

凱莉　唉呀，你在亂說什麼呢？在我看來你是太累才會這樣的。

阿旭　凱莉，我是真的很不舒服，你怎麼老是這樣說呢？你是覺得我在裝病嗎？

凱莉　啊，對不起。我不是這個意思。

읽고 쓰기 閱讀與寫作

扭傷腳踝的時候？

人們有時候會在走路或奔跑時不小心跌倒而扭傷腳踝，心想說「應該很快就會好起來了吧？」就選擇不去治療，但症狀卻隨著時間越變越嚴重。當扭傷腳踝時該如何治療比較好呢？

骨科治療

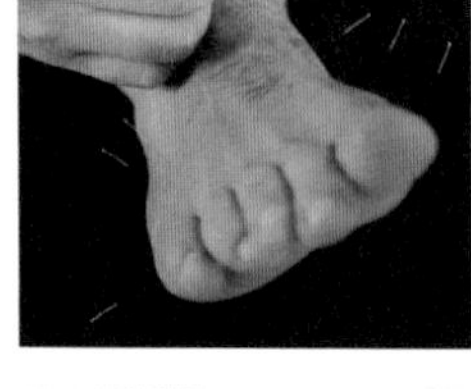

首先要確認受傷的地方是否腫脹或瘀青，再用手指按壓確認有多痛。必要時還要用 X 光檢查是否傷到骨頭，並用繃帶包紮腫脹的腳踝，以進行固定，太過於嚴重時就要上石膏了。

韓醫院治療

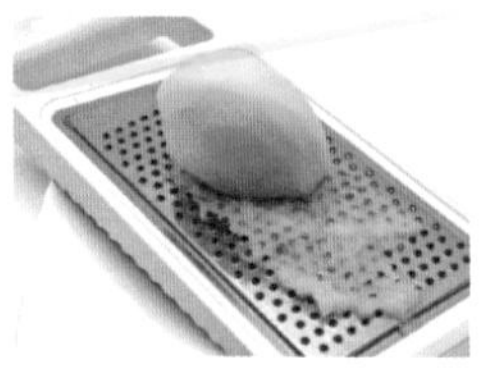

若經檢查後確定沒有骨折的話，就可採取針灸治療。剛扭傷時，採用冰敷的方式對治療腳踝腫脹也相當有幫助，太過嚴重時也會配合中藥的服用。

民俗療法治療

當扭傷腳踝導致瘀青時，可在家裡採行簡單的治療方法。將一顆馬鈴薯及一個生薑磨碎後，加入麵粉攪拌成麵團，將其塗抹於瘀青之處，瘀青很快就會消失。

第 3 課

말하기 會話

宥珍　不是說昨天有足球比賽嗎？結果如何呢？

阿里　很可惜我們隊輸了。

宥珍　怎麼會呢？先前不是自信滿滿地說連比都不用比也知道首爾大會贏。

阿里　本來上半場我們隊還以 2：1 領先。

宥珍　剛開始表現不錯喔。

阿里　但是下半場韓國大學攻下兩球，我們就以一球之差輸了。

宥珍　唉呀，輸得真可惜。

阿里　對啊，本來可以贏的，我們隊有一位選手因為犯規遭到退場，結果就輸了。

宥珍　啊，所以才變這樣啊。

읽고 쓰기 閱讀與寫作

你知道 Futsal（室內五人制足球）嗎？

Futsal 是類似足球的競技，名稱是由西班文的足球「Futbol」與法文的室內「Salle」所組成的，也就是「室內踢的足球」之意。

足球比賽需要 11 位選手，但 Futsal 只要 5 位選手就可以進行。不僅在選手人數上有差異，就連競技場與球的尺寸也比足球要來得小。還有一個不同點就是足球比賽不能在室內舉行，但 Futsal 卻可以。比賽時間也不相同，足球比賽上半場與下半場各 45 分鐘，Futsal 比賽則是各 20 分鐘。

Futsal 的比賽方法與足球相似，都是用腳將球踢進對方球門，踢進球數多的隊伍獲得比賽勝利。比賽時選手僅能用腳踢球，如果用手的話則視為犯規，犯規的話就必須把球讓給對方。如果比賽結束時仍未分出勝負的話，就會進行延長加賽。

Futsal 優於足球的地方是可以輕易在任何地方來舉行，因為選手人數少，比賽場地也不需要太大，朋友相聚的時候也可以輕易來進行。另外還有一項優點就是由於比賽場地不大，進行節奏快，因此大家可以享受一場興味盎然的競技比賽。

第 4 課

말하기　會話

凱莉　不是聽説你今天要和史提芬去看電影嗎？真羨慕。

宥珍　哪有什麼好羨慕的，不吵架就謝天謝地了。

凱莉　怎麼了嗎？

宥珍　我們因為彼此喜好不同經常吵架。很明顯他今天又要找我看動作片了。

凱莉　你不是不喜歡動作片嗎？

宥珍　史提芬以為他自己喜歡的東西，我也會喜歡。

凱莉　那你也跟他説來看你自己想看的電影啊。

宥珍　即使你跟他説要看別的，他就是不會察言觀色，總是不懂我的心意。

凱莉　如果你們今天見面又這樣的話，你就問他為什你們麼總是要看他想看的影片。

宥珍　我不想説，這樣子好像要追究什麼一樣。

凱莉　就是要説他才會知道啊，你一直不説他又怎麼會懂呢？

읽고 쓰기 閱讀與寫作

我們以男、女大學生為對象，做了一個有趣的實驗。這個實驗是要他們在 10 分鐘內完成包含熨燙衣物、收宅配包裹、電話鈴響時接電話並告知住家所在位置、餵孩子喝牛奶並換尿布、哄抱小孩、煮咖啡、烤土司與影印等八件事情。

實驗結果顯示要完成這些事情，女學生平均要花費 9 分 56 秒，男學生則平均要花費 13 分 52 秒。大部分的女學生都可以在十分鐘內完成任務，但卻沒有任何一位男學生可以在十分鐘內完成任務。女學生在抱孩子、接電話並告知住家位置的同時，也收下了突然送達的宅配包裹，而當在煮咖啡的同時，女學生也烤了土司並影印了資料，毫不慌張並沈著地在同一時間內做了許多事情。相較之下，男學生在一剛開始就顯得手忙腳亂，在熨燙衣物的同時，宅配包裹送達再加上電話鈴響，都讓男學生倉皇失措不知該做些什麼。不僅完成任務的時間長，又無法在同一時間執行多項任務，慌慌張張的結果當然也只能是一團亂。

從這個實驗結果來看，我們可以知道當同時被賦予多項任務時，女性能將各項事情依序整理並完成的能力要比男性來得卓越。反之，男性要同時完成數件事情的能力要比女性來得遜色。因此，當要交代女性做某事時，一次交付多項任務，並不會是太大的問題，但若要交代男性做事，與其一次交付多項任務，倒不如當他完成一件事情後再交付下一件事情，這可能會是更好的方式。

第 5 課

말하기 會話

阿旭 公司資深同仁讓我很難過。

正宇 怎麼了？發生什麼事了？

阿旭 這次我負責公司一個很重要的專案。

正宇 看來是阿旭你的能力受到肯定囉。

阿旭 不是啦，因為是需要有日語能力的事務。但又因為我還有很多不懂的地方，所以我就拜託資深同仁協助。

正宇 但是，資深同仁不願意幫忙？

阿旭 對啊，我以為他會幫忙的，但結果別說幫忙了，他還大罵我一頓，問說這麼簡單的事情為何無法獨自完成？

正宇 唉，俗話說「青蛙忘記蝌蚪時」，他忘記自己剛進公司時候的模樣了。

읽고 쓰기 閱讀與寫作

在首爾購屋－天上摘星

明年要結婚的金大漢，兩個月來為了購屋四處奔波，最後還是決定每月付租金來租房子。因為在首爾要用自己的積蓄來買房的話，還是只能向銀行大量貸款。這不僅是金大漢個人的問題，平凡的上班族要在首爾購屋就有如天上摘星般困難。

聚沙成塔－以 10 元硬幣來集資散播愛心

今天上午在大田某所高中禮堂有一場「以 10 元硬幣來集資」的活動。這場活動是希望透過收集平常不太使用且堆積於家中的 10 元硬幣，以此來幫助生活上有困難的鄰居。學生代表宋恩熙說出了她的感想：「10 元雖然是小錢，但是一點一滴地累積，三個月後就變成了大錢。這是一次親身體會俗話所說『聚沙成塔』的珍貴經驗。」

L 演員與 W 歌手談戀愛？－無風不起浪

最近人氣藝人 L 演員與 W 歌手的緋聞在網路上鬧得沸沸揚揚。網友們表示「無風不起浪」，並對兩人的關係發展持續留意並觀察當中。在兩人於機場一起出國的照片上傳到網路後，更引發人們的熱烈關注，然而 L 演員的經紀人表示，知名藝人總是會有這樣傳聞，L 演員與 W 歌手僅是好同事的關係而已。

第 6 課

말하기 會話

小賢 你有聽說嗎？學校這次慶典中要舉辦外國人才藝大賽。

朱利安 這樣啊？應該會很有趣喔。

小賢 朱利安你有沒有考慮要參加呢？不是聽說你的歌唱實力很了不起？

朱利安 哪裡有了不起啦，只是沒聽人說我唱得不好的程度而已。

小賢 說你唱得很好的傳聞都出來了，有興趣的話就去參加看看嘛。

朱利安 嗯，這個嘛，我是擔心會成為大家的笑柄。

小賢 在國外參加這樣的活動也是一個很好的回憶不是嗎？你不覺得在舞台上接受人們的掌聲好像真的會很開心嗎？

朱利安 我會考慮看看。但是要唱什麼樣的歌呢？

小賢 不管是情歌或是舞曲聽說都沒關係。

朱利安 這樣啊？那我要不要試著參加呢？

읽고 쓰기 閱讀與寫作

不久之前，我去看了一場爵士音樂會。我從以前就對爵士樂很有興趣，對於韓國爵士樂的水準也有很大的期待，其實在等待音樂會開始的同時，我有點擔心表演會與期待有所落差，但隨著表演的逐步呈現，我也聽到了高水準的爵士樂曲，這讓我既高興又開心。

那天表演的最後曲目終於來到，歌手緩緩走向舞台，開始唱起歌來。

阿里郎，阿里郎，阿啦哩呦

我的郎君翻過山丘，越過高嶺

你怎麼可以棄我而去

走不到十里路，你的腳就會疼痛

這是一首讓人不知為何就會感到內心一酸，儘管美好卻又傷心的曲子。而其他人默默跟著歌唱的樣子也令人感到相當感動。

表演結束後回到家中，腦中一直想著那最後的歌曲，所以我就試著查找相關資訊。這時我才知道那首叫做「阿里郎」的歌，其實是一首每個韓國人都知道的傳統民謠，聽說這也是首讓韓國人不論在國內還是海外都可以感到團結一致的歌曲。每個地區「阿里郎」的版本都不一樣，最具代表性的有「京畿阿里郎」、「密陽阿里郎」、「珍島阿里郎」與「旌善阿里郎」，其中我所聽到的「阿里郎」是最廣為人知的「京畿阿里郎」。

將傳統民謠以爵士樂來改編、歌唱的表演方式令人感到既新鮮又新穎。當我讀了「阿里郎」被聯合國教科文組織認定為「人類無形文化遺產」的報導後，我就可以理解人們為何會選擇「阿里郎」做為音樂會最後的曲目。我覺得「阿里郎」才是最能代表韓國的民謠。

第 7 課

말하기 會話

智妍 昨天你看電視劇了嗎？你不覺得內容很奇怪嗎？

麻里子 我沒看，是什麼內容呢？

智妍 是某個男性要跟年紀大他 20 歲之多的女性結婚的故事。

麻里子 這樣啊？這兩人應該是真的彼此相愛吧。

智妍 是這樣沒錯，但就算再怎麼相愛，說要結婚也太荒謬了。

麻里子 若是真心相愛，結婚也是有可能的啊。

智妍 他們現在是感受不到，但之後應該就會逐漸體會什麼是代溝了。如果是你的話，你會這麼做嗎？

麻里子 這個嘛，我是可以理解，但我沒有那樣做的勇氣。

智妍 你看吧。連麻里子你也無法那樣做嘛，所以我覺得那部電視劇的內容實在是太不切實際了。

읽고 쓰기 閱讀與寫作

營造一個沒有食物的電影院

致電影院相關人員

我是一個研讀電影的學生，最近人們對於能否攜帶食物進入電影院有一番爭論。我想建議您們應當營造一個「乾淨的放映廳」，禁止攜帶所有的食物進入。

不久之前，有一部我很想看的電影上映，於是我抱著滿心期待進到電影院內欣賞，但是從四面八方傳來的用餐聲響，導致我無法專心看電影。儘管有些人說不會發出聲響的食物就沒關係，但不僅是聲音，食物所散發出的味道也會對電影欣賞造成影響。當時我看電影就摀住了十分鐘的鼻子。

如果說因為肚子餓，所以想邊看電影邊吃東西的話，其實在家裡看就好了。我們花費為數不少的金錢進到電影院來，就是希望能透過大螢幕與優質的音響設備來享受生動的電影演出，我們並不是為了要忍受吃爆米花的聲響與魷魚的味道而前來欣賞電影的。還有一個問題，就是吃剩的食物與爆米花讓電影院內部變得很髒亂。

但我認為要立即營造一個沒有爆米花的電影院，是一個不切實際的想法。所以我想先建議您們從電影院眾多放映廳中，指定一個做為「乾淨的放映廳」，讓觀眾可以自行選擇觀看場所。如果說有很多觀眾都選擇這樣的欣賞空間，之後就可以逐漸增加這樣的放映廳數量。期待您們成為一個可以舒適欣賞好電影的電影院。

第 8 課

말하기 會話

小明 這茶杯的設計很特別喔，你在哪裡買的？

朱利安 啊，這個啊？這是我上次去英國的時候在 Carboots Sale 買的。

小明 Carboots Sale？那是什麼？

朱利安 就是把自己用過的東西，從中挑選出不需要的，再拿去賣給別人的市場。

小明 啊，就有點像是跳蚤市場的地方啊，但是為什麼叫做 Carboots Sale 呢？

朱利安 Carboots 其實是「汽車後車廂」之意，因為把東西放在後車廂販賣，所以才有這樣的名字。

小明 原來如此，那個市場是每天都有的嗎？

朱利安 不，聽說通常週末才有，但場所是固定的。

읽고 쓰기 閱讀與寫作

沒有父親的摩梭族

現代人的生活大多是以父母為中心，再加上孩子而形成一個家庭。但也有人的生活方式和多數現代人不同。中國的摩梭族即是代表性的範例。佔人口大部分的漢族與包含壯族在內的多個少數民族共同生活於中國，而摩梭族就是其中的一個民族。

居住在中國西南方瀘沽湖周邊的摩梭族，家裡的戶長是女性。家族組成則是以祖母為中心，同時家裡並不存在父親。祖母、母親、姨母還有孫女群聚在一起生活，家中的男性不是祖父或父親，而是舅舅或外孫。孩子們都跟著母親的姓氏，家中的財產亦由女兒來繼承。

因為不是藉由男女交往繼而成立家庭，所以也就沒有結婚與離婚的問題。女生滿 16 歲就會舉行成年禮，之後若遇到喜歡的男生，儘管可以享受魚水之歡，卻不會共同生活。男性亦沒有義務擔負家族經濟或養育兒女的責任。女性則以祖母為中心，負責農耕與分擔家務，同時扶養、教育子女。舅舅們則在山中放牧犛牛或騎馬奔走，拿東西去販賣，並買一些生活上的必需品給家人。

摩梭族長久以來就是這樣一直守護著自身獨特的傳統，但是最近因為受到現代社會的影響，他們的家族形態也逐漸在改變。

第 9 課

말하기 會話

小賢 我昨天看到了李準。

麻里子 什麼？歌手李準嗎？在哪裡看到的？

小賢 我昨天去參加 K-POP 演唱會。

麻里子 哇，你去了那裡啊。見到本人感覺如何呢？有比電視上看到的還帥嗎？

小賢 當然，真的好像在作夢一樣。表演結束後我還拿到簽名。

麻里子 你見到本人嗎？

小賢 對啊，還一起照了相。

麻里子 如果我也可以去的話就好了⋯。表演如何呢？

小賢 棒得沒話說！觀眾們全都起立一起跟著唱歌。

麻里子 好羨慕喔。下次如果有這樣的機會一定要告訴我喔。

읽고 쓰기 閱讀與寫作

週末電視劇〈如果沒有遇見你〉

（SBO 晚上九點）

這部電視劇是由作家吳珠熙的小說《家人》所改編的週末電視劇。

劇中呈現出我們周圍經常可以看到的平凡家庭生活故事，戲劇也獲得了觀眾不錯的反應。電視劇內容圍繞在八十幾歲的老夫婦、他們的兒子四兄弟與孫子孫女三代同堂，於同一時代中所發生的家庭故事。藉由解決家人之間所產生的些微糾紛，讓觀眾瞭解到家人的真正意義。

另外，最近相當受到矚目的演員何智旭與在電影中獲致好評的演員蔡敏也在劇中擔綱演出，讓這部戲劇受到大家的注意。而因全體演員的演技出色，戲劇也獲得了提昇整體電視劇水準的評價。

挑戰猜謎（KBC 晚上八點）

參賽者上節目來猜各種各樣的謎題，並頒給最終勝利者五仟萬韓元的獎金。六位參賽者包含想籌措註冊費的大學生、計畫與家人一同旅行的家庭主婦、想要送父母親去旅行以表孝道的上班族等，他們會在節目上一決高下。

大部分的參賽者雖然表示自己只是為了留下一個美好回憶而上節目，但其實都暗自展現出強烈的求勝意志，節目進行的過程相當有趣。

參賽者答錯的題目會用電話讓觀眾有機會猜題拿獎品，所以用電話來參與節目也是一個很好的方法。

문화 해설 文化 Q&A

第 1 課 한국의 단과 대학과 전공 韓國的學院與科系

Q 한국에서 대학교 입학이나 전공 선택은 어떻게 합니까?

在韓國要如何進入大學或選擇科系呢？

A 고등학교 3학년이 되면 원하는 학교와 전공을 찾아 자신이 그동안 준비한 내용을 바탕으로 바로 대학에 지원하기도 하고 대학 수학 능력 시험이라는 시험을 치른 후 그 성적으로 원하는 학교에 지원하기도 하는 등 여러 방법으로 대학교에 지원할 수 있습니다. 한국 고등학생들은 2학년 때 자기의 적성에 맞게 문과, 이과 그리고 예체능과를 선택하여 그 분야에 속하는 과목들을 공부하는데 대학교에 지원할 때도 그에 맞추어 전공을 선택하게 됩니다. 그 해의 대학 입학에 실패하면 일 년 더 공부하여 입학하기도 하는데 이것을 '재수'라고 합니다.

要上大學，可在高中三年級時決定自己想要就讀的學校與科系，並將自己這段期間來所準備的各項資料，直接提交該大學進行申請，或是去參加「大學修學能力試驗」的考試，以考試成績來申請自己想就讀的學校等多種方法。韓國高中生在二年級時會根據自我資質性向來選擇文科、理科或藝術體育科等，並學習該領域的課程，申請大學時也會選擇符合自我學習課程的相關科系。萬一該年度未能考取大學，就會再讀一年來準備，這叫做「재수（重考）」。

第 2 課 한의원 韓醫院

Q 침을 맞으면 어떻게 병이 치료가 됩니까?

針灸如何治療病痛呢？

A 우리 인체에는 경락이라고 하는 '기'가 흐르는 통로가 있습니다. 피가 흐르는 곳을 혈관이라고 하듯이 기가 흐르는 곳을 경락이라고 하는데 몸에 병이 생기면 이 기의 흐름에 문제가 생깁니다. 이때 침 자리에 침을 놓아서 막혀 있는 기를 소통시켜 주고 부족한 기를 보충시켜 주고, 뜨거우면 차게 해 주고 차가우면 따뜻하게 해서 병을 치료합니다. 때로는 아픈 곳에 침도 놓아 주고 때로는 아픈 곳과 상관없는 곳에 침을 놓기도 합니다.

我們人體內「氣」所運行的通道，稱為經絡。就如同血所流動之處稱為血管一樣，氣所運行的通道稱為經絡，如果身體有病痛，氣的流動就發生問題。這時將針放入穴位，就可以疏通堵塞之氣，並補充不足的氣，針灸還可以讓偏熱的身體變涼，偏寒的身體變溫，以此方式來治癒疾病。針有時候會扎於痛處，但有時候則會扎於與痛處無相關的地方。

第 3 課 씨름 摔角

Q 씨름에서 우승한 사람에게 황소를 준 이유는 무엇입니까?

為什麼要贈送黃牛給摔角比賽的優勝者？

A 씨름 경기에서 우승자에게 황소를 주는 것은 옛날부터 전해 내려오는 풍습입니다. 이것은 씨름을 하는 사람들이 대부분 농사를 짓는 농민이었다는 점과 관련이 있습니다. 한국은 예로부터 농업을 중시하는 농업국이었습니다. 그 시대에는 농사일의 대부분을 소의 힘을 빌려서 해야 했기 때문에 농촌에서 소는 가장 귀한 재산 중의 하나였습니다. 따라서 사람

들에게 황소만큼 좋은 상품은 없었을 것입니다. 씨름이 현대 경기인 스포츠가 되고 프로팀이 생기면서 황소 대신 상금을 주게 되었습니다. 그렇지만 우승자가 상금과 함께 받는 황소 모양 트로피에서 황소를 상으로 받던 풍습을 여전히 찾아볼 수 있습니다.

致贈黃牛給摔角比賽的優勝者是從以前就流傳下來的傳統，這與參加摔角比賽的人大部分是務農的農夫有關。韓國以前是相當重視農業的農業國家，那時候的農事大部分都得藉牛之力來完成，所以在農村裡牛是最貴重的財產之一，因此對人們來說，沒有像黃牛一樣棒的獎品。今日摔角已經變成現代競技運動，也發展出職業隊伍，獎賞更以獎金來取代黃牛。但是從優勝者獲得獎金與黃牛模樣的獎座來看，我們仍然可從中找到過去以黃牛做為獎賞的傳統。

第 4 課　남녀의 직업　男女的職業

Q 한국 여성들은 언제부터 학교 교육을 받기 시작했습니까?

韓國女性是從什麼時候開始接受教育的呢？

A 조선 시대에도 일부 양반 계급에서는 여성도 상당히 높은 수준의 교육을 받았지만, 극소수에 지나지 않았고 그것도 교육 기관에 가서 받은 교육이 아니라 가정을 중심으로 한 교육이었습니다. 1870년대 개항을 시작하면서 해외의 근대 문화를 접하게 되고 근대 교육이 시작되었습니다. 1886년 5월경에 감리교의 여자 선교사 스크랜턴(Scranton, M. F.)이 여학생 하나를 상대로 학교를 시작하였는데, 이것이 우리나라 최초의 근대적 여성 교육 기관인 이화학당입니다.

儘管朝鮮時代已有部分兩班階級（貴族）的女性接受相當高水準的教育，但仍僅限於極少數人，而且她們也不是到教育單位接受教育，而是以家庭為中心來進行教育。韓國自 1870 年代開放港口後，開始接觸海外的近代文化，並開啟現代化教育。1886 年 5 月左右，衛理公會的女傳教士斯克蘭頓（Scranton, M. F.）率先以一位女學生為教學對象建立學校，這就是韓國最早的現代女性教育機關「梨花學堂」。

第 5 課　속담의 주인공　俗語中的主角

Q 사람들은 속담을 왜 사용할까요?

人們為什麼會使用俗語呢？

A 속담은 사람들이 오랜 생활 경험에서 얻은 지혜를 표현하고 있습니다. 일상생활에서 만날 수 있는 쉬운 말로 보편적인 진리를 비유적으로 표현하기 때문에 길게 설명하지 않아도 짧은 한마디로 뜻을 효과적으로 전달합니다. 또한 속담을 통해 그 사회의 문화를 알 수 있습니다. 그래서 농경 사회였던 우리나라 속담에는 '소'가 자주 등장하는 것입니다. 속담을 사용하면 같은 말이라도 인상 깊게 말할 수 있고 직접 말하기 어려운 말을 돌려서 표현하는 효과를 지낼 수도 있습니다.

俗語表現出人們於長久生活經驗中所獲取的智慧，透過日常生活中所接觸的簡單話語，用比喻的方式來表現普遍性的真理，不需要長篇大論，僅用簡短的一句話就可以很有效地傳達意涵。透過俗語也可以了解該社會的文化，所以曾為農耕社會的韓國，在俗語中就經常可以看到「牛」的身影。使用俗語，讓同樣意涵的話語，也可以說得令人印象深刻，不方便直說的話，也可藉由俗語來婉轉表現。

第 6 課　한국의 아리랑　韓國的阿里郞

Q 아리랑은 어떤 노래입니까?

阿里郎是什麼樣的歌呢？

A 아리랑은 한국의 대표적인 전통 민요 중의 하나로 한국뿐만 아니라 연변이나 카자흐스탄 지역 등의 해외에까지 널리 퍼져 수많은 아리랑이 전해지고 있습니다. 강원도 지역의 정선 아리랑, 전라도 지역의 진도 아리랑, 경상도 지역의 밀양 아리랑이 대표적인 전통 아리랑이며 1930년대 경기 · 서울 지역의 경기 아리랑이 신민요로 만들어져서 더욱 널리 퍼졌습니다. 아리랑은 특별한 뜻은 없고 흥을 돋우고 노래를 부드럽게 이어가기 위해 들어간 소리이며 한 명이 노래를 부르고 이어서 많은 사람들이 따라 부르는 구조로 되어 있습니다. 노랫말도 즉흥적으로 붙이기 쉬워 사회와 역사를 반영한 수많은 아리랑이 전해지고 있습니다.

阿里郎是具韓國代表性的傳統民謠之一，不僅在韓國，甚至連中國延邊、哈薩克等海外地區，也有許多阿里郎被普遍傳唱著。江原道地區的「旌善阿里郎」、全羅道地區的「珍島阿里郎」與慶尚道地區「密陽阿里郎」皆是具有代表性的傳統阿里郎，1930 年代京畿・首爾地區的「京畿阿里郎」被創作成新民謠後，更加廣為傳唱。阿里郎三字並無特別意涵，僅是為助興並讓歌曲能柔和傳唱而添加的聲音，同時它亦形成一人先唱，許多人也跟著唱的結構。因容易添加即興歌詞，所以許多反映社會與歷史的阿里郎正被傳唱著。

第 7 課　신문고　申聞鼓

Q 지금도 신문고가 있습니까?

現在還有申聞鼓嗎？

A 신문고는 조선 말 이후에 없어졌고 지금은 존재하지 않습니다. 그렇지만 아직도 신문고라는 이름을 많이 사용하고 있습니다. '국민 신문고', '환경 신문고', '청와대 신문고'와 같이 정부의 민원 창구의 이름으로 많이 쓰이고 있습니다. 이러한 명칭은 예전에 신문고를 통해 백성들의 억울한 사연을 직접 들은 것처럼 지금도 민원 창구를 통해 국민들의 의견을 열심히 듣겠다는 의미를 담고 있습니다.

申聞鼓在朝鮮末期之後就沒有了，今日也不復存在，但申聞鼓這個名字還是常被使用。就像「國民申聞鼓」、「環境申聞鼓」、「青瓦台申聞鼓」等名稱一樣，它常被用來做為今日政府服務民眾窗口的名稱。就如同以前是透過申聞鼓來聽取老百姓委屈一樣，這樣的名稱代表著今日政府亦是透過民眾服務窗口用心聆聽國民的意見。

第 8 課　제주도의 정낭　濟州島的木柱門

Q 제주도의 집에는 왜 대문이 없었습니까?

以前濟州島的房屋為何沒有大門呢？

A 옛날부터 제주도에는 '바람, 돌, 여자'가 많다고 해서 삼다도라는 별명이 있었는데, 삼무도라는 별명도 있었습니다. 제주도에는 '대문, 거지, 도둑'이 없다는 뜻입니다. 사실 이 세 가지는 서로 연결되는 것입니다. 거지가 없으니까 도둑도 없고 도둑이 없으니까 굳이 집에 대문을 만들어 놓을 필요가 없었던 것입니다. 사람들이 서로 믿고 풍요롭게 살 수 있

었던 제주 사람들의 생활문화를 보여 주는 좋은 예라고 하겠습니다.

濟州島從以前就因為「風多」、「石頭多」、「女人多」而被稱為「三多島」，另還有「三無島」的別稱，這是指濟州島「無大門」、「無乞丐」與「無小偷」之意。其實這三者彼此之間是有關連性的，因為沒有乞丐就沒有小偷，也因為沒有小偷，所以就沒有在家中設置大門的必要。從這例子我們也可以看到濟州島人互相信任與豐饒的生活文化。

第 9 課　케이팝　K-POP

Q 케이팝(K–POP)에 대해 아세요?

你知道 K-POP 嗎？

A 케이팝(K–POP)은 한국의 대중가요를 말합니다. 2000년대 중반 이후 한국 아이돌 가수들이 세계를 무대로 활동하면서 외국에서 한국의 대중가요를 말할 때 케이팝(K–POP)이라고 부르게 되었습니다. 케이팝(K–POP)의 다양한 장르 중에서 세계 젊은이들의 관심을 불러일으킨 것은 아이돌 그룹의 음악입니다. 이런 음악의 특징은 단순하고 경쾌한 리듬과 비트, 따라 부르기 쉬운 멜로디, 흥미로운 노랫말 그리고 멋진 댄스 실력이라고 말할 수 있습니다. 또한 서구의 팝(POP)과는 또 다른 특징으로 시각적 즐거움이 크다는 점을 들 수 있습니다. 아이돌들은 대부분 5~6명, 많게는 10명이 넘는 멤버들로 구성되어 있는데 이들의 잘생긴 외모와 감각적인 패션 스타일, 화려한 댄스와 무대 장치 등에 많은 팬들이 열광하고 있습니다.

K-POP 指的是韓國的流行音樂，2000 年代中期之後，韓國的偶像歌手活躍於世界舞台上，當其他國家在談論韓國的流行音樂時，就將它稱之為 K-POP。在 K-POP 多樣的曲風中，最吸引世界年輕人注意的是偶像團體的音樂。這些音樂的特徵是擁有簡單輕快的節奏律動、容易跟唱的旋律、興味盎然的歌詞，還有令人驚艷的舞蹈實力，另外它在視覺上的豐厚享受也是與西歐流行音樂的不同之處。這些偶像團體的組成大部分是 5-6 位成員，多的話會超過 10 位，他們俊俏的外貌、感官上的流行風格、華麗的舞蹈與舞台的效果等，都令許多歌迷為之瘋狂。

듣기 지문 聽力原文

1과 듣기

잘 듣고 이야기해 보세요 02

여 무슨 고민 있어?
남 음, 전공을 정해야 하는데 뭐가 좋을지 몰라서.
여 아직까지 전공을 못 정했어? 곧 입학 원서 내야 되는 거 아냐?
남 맞아. 빨리 내야 하는데 걱정이야.
여 그동안 관심 있었던 분야 없어?
남 나는 한국 역사에 관심이 있어서 역사를 공부하면 재미있을 거 같기도 하고 나중에 취업할 일을 생각하면 경영학과를 가는 게 좋을 거 같기도 해.
여 취업도 중요하지만 자기한테 맞는 공부를 해야지. 경영학 공부가 너한테 잘 맞을 거 같아?

듣기 1 08

선생님 어서 오세요. 이쪽으로 앉으세요.
학생 네, 안녕하세요? 선생님, 저는 대학 입학을 준비하고 있는데요. 어떤 전공을 선택해야 할지 잘 몰라서 상담을 하려고 왔습니다.
선생님 아, 그렇군요. 전공을 선택하려면 먼저 자기 관심과 적성에 대해 생각해 봐야 하는데 관심이 있는 분야가 있습니까?
학생 네, 저는 예전부터 방송 일에 관심이 많았습니다.
선생님 그래요? 방송에도 여러 분야가 있는데요. 배우나 가수가 되고 싶으면 연극영화과에 가서 공부하는 게 좋고 방송 프로그램 만드는 일을 하고 싶으면 신문방송학과에 진학하는 게 좋은데 어떤 분야에 관심이 있나요?
학생 어, 연예인은 제 성격에는 잘 안 맞는 것 같아요. 카메라 앞에 서는 것은 자신이 없거든요. 연예인보다는 프로그램 만드는 일을 하고 싶어요.
선생님 그럼 신문방송학과에 가는 게 맞을 거 같은데요. 프로그램 만드는 일도 여러 가지 분야가 있어요. 드라마 만드는 일도 있고 뉴스를 만드는 일도 있고 말이죠. 신문방송학과에 진학해서 방송과 관련된 다양한 공부를 하다 보면 잘할 수 있는 일이 무엇인지 찾을 수 있을 거예요.

듣기 2 09

선배 어, 너 얼굴이 왜 그래? 무슨 고민 있니?
후배 아, 누나, 이번 시험을 너무 못 봐서요.
선배 시험이 어려웠다면서? 다른 친구들도 못 봤을 거야. 너무 걱정하지 마.
후배 그래도 이제 취직 준비도 시작해야 하는데 학점이 나빠서 큰일이에요.
선배 아직 안 늦었어. 지금부터 열심히 하면 돼.
후배 요즘은 동아리 활동을 하느라 공부에 집중할 시간이 없어요. 선배들이 시키는 대로 이것저것 하다 보면 시간이 금방 가 버려요. 어떻게 해야 할지 모르겠어요.
선배 하하. 동아리 활동하고 공부하고 둘 다 잘하려고 하면 시간이 부족하기는 하겠다. 너는 책임감이 강해서 맡은 일은 열심히 하는 편이잖아.
후배 그래서……. 동아리를 그만둘까 해요.
선배 글쎄, 그것도 방법이 될 수 있겠지. 하지만 동아리 활동도 열심히 하다 보면 나중에 취직하는 데 큰 도움이 될 거야. 더구나 네가 좋아하는 일이잖아.
후배 그렇기는 하지만 시간을 너무 많이 쓴다는 점이 문제지요.
선배 네가 일을 잘하니까 선배들이 자꾸 너만 시키게 돼서 그래. 동아리 일을 좀 줄이고 공부 시간을 좀 더 늘리면 어떨까?

2과 듣기

잘 듣고 이야기해 보세요

여 또 운동해요? 요즘 운동 너무 많이 하는 거 아니에요?

남 운동이 건강에 얼마나 좋은데요. 운동 시작하고 나서 몸이 많이 좋아졌어요.

여 그래도 그렇게 하루에 몇 시간씩 운동하다가는 오히려 건강이 안 좋아질 거 같은데. 그런데 또 뭘 마셔요?

남 홍삼 음료예요. 홍삼이 건강에 좋다잖아요.

여 어휴, 정말 건강에 관심이 많군요. 운동에 건강식품에…….

남 그럼요. 건강은 건강할 때 지키라는 말도 있잖아요.

듣기 1

직원 119입니다. 무엇을 도와 드릴까요?

환자 여보세요. 저, 몸이 안 좋은데 일요일이라 동네 병원이 문을 닫아서요.

직원 몸이 어떻게 안 좋으십니까? 증상을 말씀해 주세요.

환자 아까부터 가슴이 답답해요. 숨 쉬기도 힘들고요.

직원 그러십니까? 그러면 내과를 가셔야 할 것 같습니다. 사시는 곳을 말씀해 주시면 휴일에 문을 여는 병원을 안내해 드리겠습니다.

환자 강남구 신사동이에요.

직원 강남구 신사동이요? 근처에 오늘 문을 연 병원이 세 곳이 있네요.

환자 아, 그래요? 잘됐네요. 병원 전화번호 좀 알려 주세요.

직원 네, 병원 이름과 전화번호를 말씀드리겠습니다. 혹시 전화번호를 적으실 준비가 되셨습니까?

듣기 2

남 야, 오랜만에 놀이공원에 오니까 좋다.

여 그러게. 그동안 스트레스 때문에 가슴이 답답했는데 오늘 하루 신나게 놀고 나면 다 풀리겠지? 우리 뭐부터 탈까?

남 당연히 롤러코스터부터 타야지.

여 뭐? 롤러코스터를 타자고? 난 그런 건 딱 질색이야.

남 왜? 하늘 높이 올라갔다가 아래로 뚝 떨어질 때 얼마나 신나는데.

여 난 무서워서 싫은데. 높은 데만 올라가면 너무 긴장이 되거든. 지난번에 한 번 타 봤는데 어찌나 무서운지 숨도 못 쉴 정도였어.

남 알았어. 그럼 넌 뭐 타고 싶은데?

여 얼마 전에 광고에서 봤는데 진짜 재미있는 놀이 기구가 생겼대.

남 그래? 어떤 건데?

여 음악에 맞춰 의자가 계속 빙글빙글 도는 놀이 기구래. 진짜 재미있겠지?

남 어휴, 난 돌아가는 건 별론데. 그런 건 탈 때마다 멀미가 나서 어지럽고 속도 거북해진단 말이야. 오히려 더 스트레스를 받을 것 같은데.

3과 듣기

잘 듣고 이야기해 보세요

남 쇼트트랙 결승전이네. 누가 금메달을 딸지 한번 볼까?

여 두 선수가 비슷하게 달리고 있는데. 누가 이길까?

남 어, 우리 선수가 상대 선수를 따라잡고 있는데.

여 조금만 더, 조금만 더! 와, 우리가 이겼다. 우리 나라가 금메달이다.

남 아니지, 저렇게 발을 내밀면 안 되지. 가슴이 먼저 들어와야 이기는 거야.

여 무슨 소리야? 먼저 결승선에 들어왔으니까 1등이지.

듣기 1

사회자 최근 올림픽 경기에서 은메달을 딴 선수가 시상대에서 1등을 못해서 억울하다고 운 일에 대해 말들 이 많습니다. 이 일에 대해서 어떻게 생각하십니까?

해설 위원 1 네, 저는 그 선수의 마음이 충분히 이해가 됩니다. 그 한 경기를 위해서 노력해 온 시간을 생각해 보십시오. 마지막 순간에 다른 선수와 부딪히는 바람에 아깝게 1등을 놓쳤으니 억울하지 않겠습니까?

해설 위원 2 저는 그런 행동이 이해가 되지 않습니다. 2등도 훌륭한 결과입니다. 최선을 다해서 열심히 준비했고 그 결과로 은메달을 받았으면 결과를 받아들여야 한다고 생각합니다. 1등을 하지 못했다고 해서 억울해 하는 것은 바람직한 스포츠 정신이 아닙니다.

해설 위원 1 물론 운동 경기에서 연습 과정도 중요하지만 결국 결과가 중요한 것 아닙니까? 1등과 2등은 분명한 차이가 있습니다. 사람들은 1등만을 기억하기 때문에 운동선수에게 은메달은 받으나 마나입니다.

해설 위원 2 아니, 그럼 반칙을 해서라도 1등을 해야 한다는 겁니까? 스포츠는 결과뿐만 아니라 과정도 중요합니다.

듣기 2

29

남 어, 씨름 경기를 하네.

여 오랜만에 씨름이나 볼까? 그런데 두 선수 체격 차이가 너무 나는데.

남 그러게. 이 경기는 해 보나 마나일 것 같아. 체격이 큰 선수가 이길 게 틀림없어.

여 그건 모르는 일이야. 길고 짧은 건 대 봐야 안다고 하잖아. 두고 봐야지.

남 에이, 무슨 소리야? 씨름은 무엇보다 힘이 중요하니까 체격이 클수록 유리하지. 체격이 큰 선수가 이길 게 틀림없어.

여 힘도 중요하지만 기술도 중요해. 전에 봤는데 체격이 작은 선수가 기술을 잘 써서 자기보다 훨씬 큰 선수도 쉽게 이기더라고. 이 경기 결과도 아직 모르는 거야. 어, 시작하나 보다.

남 둘이 막상막하네. 작은 선수가 생각보다 승부욕이 강한데. 금방 끝날 줄 알았는데 승부가 쉽게 안 나겠어.

여 야, 정말. 흥미진진한데. 어, 작은 선수가 넘어질 것 같은데. 아, 아슬아슬하게 잘 버티네. 와, 이겼다. 그것 봐. 길고 짧은 건 대 봐야 안다고 했지?

남 아, 이길 수 있었는데 균형을 잃는 바람에 졌어. 아쉽다.

4과 듣기

잘 듣고 이야기해 보세요

32

남 어때? 마음에 들지?

여 어, 그래. 꽃 참 예쁘네.

남 하하, 좋아할 줄 알았어.

여 어, 고마워. 그런데 이거뿐이야?

남 왜? 꽃이 마음에 안 들어?

여 내가 몇 번이나 이야기했는데…….

남 왜? 뭐가 잘못됐어? 나한테 무슨 얘기 했는데?

여 목도리 볼 때마다 예쁘다고 얘기 했는데 생각 안 나?

남 아, 예쁘다고는 했지만 갖고 싶다고는 안 했잖아.

여 어휴, 그걸 꼭 직접 말로 해야 알아?

듣기 1

남 어제 여자 친구가 직장 상사 때문에 힘들다고 하더라고요. 그래서 제가 도와주고 싶어서 직장 상사와 원만하게 지낼 수 있는 방법에 대해 조언해 줬어요. 그랬더니 오히려 발끈하면서 도대체 누구 편이냐고 따져서 당황스럽더라고요. 제가 뭘 잘못한 거예요?

여 아이고, 저 같아도 화를 냈을 거예요. 여자 친구가 철수 씨한테 기대했던 건 문제를 해결할 수 있는 방법이 아니라 자기의 속상한 마음을 들어 주고 이해해 주는 거였을 거예요. 자기가 얼마나 힘든지 이해해 주기는커녕 오히려 문제점을 지적하니 화가 날 수밖에 없었겠죠. 남자들은 왜 그렇게 문제를 해결하려고만 하지요? 그냥 힘들겠다는 한마디면 충분할 텐데…….

남 스트레스 때문에 힘들어하니 당연히 스트레스를 받게 한 문제를 해결해야 하는 것 아닌가요? 여자들의 문제 해결 방법은 남자들하고 다른가 봐요. 어휴, 여자들은 왜 이렇게 복잡해요?

듣기 2

(39)

남 뭘 먹을까? 오늘 오랜만에 만났으니까 맛있는 거 먹자.

여 그래. 그런데 이 집 굉장히 좋아 보인다. 너무 비싼 거 아냐?

남 괜찮아. 내가 살게. 걱정 말고 메뉴 골라 봐.

여 어떡하지? 여긴 너무 비싸서 우리 수준에는 먹을 만한 게 없는데.

남 다 맛있어 보이는데 왜 그래? 손님이 많아서 맛있을 거 같아 들어왔는데. 그러지 말고 골라 봐.

여 아니, 그렇긴 한데 이거 봐. 너무 비싸. 정식 일 인분이 5만 원이나 하잖아.

남 괜찮다니까. 모처럼 좋은 데 왔는데 왜 그래, 또?

여 또라니? 너무 비싸니까 그렇지.

남 내가 마음먹고 사겠다는데 왜 자꾸 그래? 벌써 들어왔는데 창피하게 다시 나갈 수도 없잖아.

여 뭐 어때? 다시 나가면 되지. 우리 결혼하려면 돈도 모아야 하는데 너 이렇게 기분 나는 대로 쓰다가는 돈을 모으기는커녕 오히려 이번 달 네 생활비도 모자랄 게 뻔해.

남 그래도 메뉴판도 받았는데 어떻게 나가냐?

여 아직 시키지도 않았는데 뭘. 그러니까 미리 좀 찾아보고 오든지. 계획성 없이 그냥 오니까 이렇게 비싼 집에 들어오게 되잖아.

남 너 정말 자꾸 이럴래?

5과 듣기

잘 듣고 이야기해 보세요

(42)

여 야, 너는 무슨 남자가 그렇게 입이 짧으냐?

남 뭐? 내가 입이 짧다고?

여 그래. 내가 줄리앙한테 관심 있다고 친구들한테 다 말했다면서?

남 아, 미안 미안. 어떻게 하다가 얘기가 나와서 그만. 그런데 그것 때문에 입이 짧다는 거야?

여 그래. 비밀이라고 너한테만 말한 건데 그걸 다 얘기하고 다니면 어떡해?

남 나는 또 무슨 소리라고. 하하하. 그럴 때는 입이 짧다고 하는 게 아니고 입이 가볍다고 하는거야.

듣기 1

(48)

진행자 1 그럼 다음 사연 들어 볼까요?

진행자 2 네, 다음 사연입니다. 서울에 사시는 이선영 씨가 보내 주신 사연이네요. '저는 사당동에 살고 있는 22살 여대생입니다. 저에게는 사귄 지 6개월이 된 남자 친구가 있었습니다. 저희는 다른 사람들이 모두 부러워할 정도로 예쁜 사랑을 했습니다. 그러다가 한 달 전쯤에 저랑 어릴 때부터 친했던 단짝 친구와 저녁을 먹는 자리에 남자 친구를 불렀습니다.'

진행자 1 하하, 여자들은 남자 친구가 생기면 단짝 친구에게 제일 먼저 자랑하고 싶어 하지요.

진행자 2 그런가요? 그럼 사연을 계속 읽어 볼게요. '그런데 언젠가부터 남자 친구한테서 연락이 뜸해지기 시작했습니다. 기말고사 기간이니까 시험 공부하느라 바쁘고 해서 연락을 안 하는 거라고 생각했습니다.'

진행자 1 어, 왠지 불안해지는데요. 그래서 어떻게 되었을까요?

진행자 2 '그런데 며칠 전 친구가 저한테 울면서 사과를 했습니다. 제 남자 친구와 몇 번 만나다 보니 서로 사랑하는 마음이 생겼다고요. 자기가 나쁜 걸 알지만 어쩔 수 없었다고 말했습니다. 저는 제 친구한테도 화가 나지만 남자 친구한테 더 화가 나고 배신감을 느낍니다. 저만 사랑하겠다더니 어떻게 저한테 이럴 수가 있을까요?'

진행자 1 저런, 어떡해요. 정말 안타깝네요.

진행자 2 그러게요. 얼마나 속상하셨을까요? 노래 한 곡 듣고 다시 이야기를 계속하겠습니다.

듣기 2

49

남 켈리 씨 아니에요? 진짜 오랜만이에요.

여 아, 아키라 씨. 오랜만이네요. 잘 지냈어요? 제가 요즘 바쁘게 지내다 보니 모임에도 못 나갔네요.

남 네, 그랬군요. 같이 커피라도 한잔 하실래요?

여 아, 미안한데 지금은 같이 못 마실 거 같아요.

남 석사 논문 쓴다고 바쁘다더니 아직도 안 끝났어요?

여 하고 있는 중인데 아직 잘 안돼요. 그거 말고도 이것저것 할 일이 많은데 마음만 급하네요.

남 할 일이 많으면 마음이 급해지기 마련이지요. 느긋하게 생각하세요. 그런데 무슨 할 일이 그렇게 많아요?

여 졸업하고 바로 박사 과정에 진학하려고요. 입학 원서 마감이 다음 주까지고 해서 더 정신이 없어요.

남 어떡해요. 한꺼번에 두 가지 일이 겹쳤으니 정신없는 게 당연하겠네요.

여 네, 게다가 하필이면 이번 주에 고향에서 친구들이 여행을 와서 친구들 안내도 해 줘야 해요.

남 저런. 일이 한꺼번에 생기는군요. 논문은 많이 썼어요?

여 아니요, 이제 겨우 쓰기 시작했어요. 미리미리 마음먹고 썼어야 하는데 다 제가 게을러서 그래요.

남 힘내세요. '천 리 길도 한걸음부터'라고 하잖아요. 하나씩 하다 보면 다 잘 될 거예요. 제가 커피라도 사 주고 싶은데 바쁘다니까 할 수 없네요.

여 말이라도 고마워요. 일이 좀 끝나면 저도 모임에 나갈게요.

6과 듣기

잘 듣고 이야기해 보세요

남 정말 감동적인 공연이었지요?

여 네, 세계적으로 유명한 뮤지컬이라더니 정말 멋있었어요.

남 맞아요. 무슨 말인지 다 알아듣지는 못했지만 내용은 대강 알겠더라고요.

여 전 주인공이 아이와 헤어지는 부분에서 저도 모르게 눈물이 났어요.

남 저도 그 부분이 참 슬펐어요.

듣기 1

앵커 보령 머드 축제가 오늘부터 20일까지 충남 대천 해수욕장에서 펼쳐집니다. 어제부터 국내외 관광객들이 몰려들고 있다고 합니다. 김준수 기자 전해 주시죠.

기자 저는 보령 머드 축제가 펼쳐지는 대천 해수욕장 광장에 나와 있습니다. 잠시 뒤 오전 10시부터는 머드 미끄럼틀 타기와 머드 씨름 등 다양한 행사가 펼쳐질 예정입니다. 대천 해수욕장에는 어제부터 국내외에서 많은 관광객들이 몰렸는데요. 모두 축제에 대한 기대가 여간 높지 않습니다.

여행객 유튜브에서 보고 왔는데 머드 축제는 정말 대단해요. 내년에도 또 오고 싶어요.

기자 20일까지 이어지는 보령 머드 축제에는 누구나 즐길 수 있는 무료 체험 프로그램과 요트 경기, 콘서트 등 다양하고 신나는 볼거리가 이어집니다. 한국인이든지 외국인이든지 누구나 즐길 수 있는 머드 축제야말로 관광객들에게 추천할

만한 한국의 대표 축제라고 할 수 있습니다. 대천 해수욕장에서 김준수입니다.

듣기 2

59

남 켈리 씨, 어제 한국 전통 공연 보러 갔다고 들었는데 어땠어요? 좀 지루했지요?

여 지루하기는요. 신나고 흥겨운 공연이었어요. 관객들 반응도 대단했고요.

남 그래요? 전통 음악이라서 좀 졸릴 거라고 생각했는데.

여 사실 처음에는 좀 졸렸어요. 첫 번째 공연이 한국 궁중 음악이었거든요. 수준이 높아서 좀 이해하기 힘들었어요.

남 하하, 듣다가 잔 건 아니에요?

여 에이, 그 정도는 아니었어요. 그 다음에는 부채춤이었는데 설명이 필요 없을 정도로 인상적이었어요. 화려한 한복과 부채, 그리고 우아한 춤 동작 등이 지금도 기억에 남아요.

남 아, 정말 좋았겠네요.

여 아, 그리고 말로만 듣던 판소리 공연도 봤어요. 어찌나 슬프게 노래를 하는지 가슴이 찡했어요. 판소리야말로 한국 사람의 정서를 이해할 수 있는 최고의 음악인 것 같아요.

남 판소리 공연도 봤군요. 저도 꼭 보고 싶었던 공연인데……. 또 다른 공연도 있었어요?

여 마지막 공연은 사물놀이였는데 아주 신이 나고 흥겨웠어요. 끝날 때쯤에는 관객들이 무대로 나가 같이 춤을 췄는데 아주 감동적이었어요.

남 와, 대단했겠는데요.

여 스티븐 씨도 꼭 한번 가 보세요. 한국을 좋아하는 사람이라면 음악에 관심이 있든지 없든지 꼭 한 번은 볼 만해요. 안 보면 후회할걸요.

7과 듣기

잘 듣고 이야기해 보세요

62

남 요즘 젊은 사람들은 결혼 후에 부모님과 같이 살기 싫어한다던데 문제인 것 같아요.

여 그게 왜 문제예요? 결혼하면 당연히 독립해야 하는 거 아니에요?

남 그래도 우리나라는 전통적으로 부모님을 모시고 살았잖아요. 나이 드신 부모님과 같이 사는 게 옳다고 봐요.

여 꼭 같이 살아야 할까요? 같이 살면 오히려 서로 불편한 점이 많지 않겠어요?

남 그럴 수도 있겠지만 가족이니까 조금씩 양보하면서 살면 괜찮을 것 같아요.

듣기 1

68

관리 사무소 주민 여러분, 안녕하십니까? 관리 사무소에서 잠시 안내 말씀 드리겠습니다. 최근 이웃집에서 들려오는 소음 때문에 불편을 겪고 있는 주민들의 항의가 자주 있었습니다. 아파트는 여러 사람들이 같이 사는 곳이니까 서로를 배려하고 남에게 불편을 주는 행동을 조심해 주셨으면 좋겠습니다.
아이들이 시끄럽게 뛰지 않도록 해 주시고 밤 9시 이후에는 피아노 같은 악기 연주를 하지 마시기 바랍니다. 손님이 오셔서 늦은 시간까지 모임이 계속될 경우에는 미리 이웃에게 양해를 구해 주시기 바랍니다. 모두가 즐겁고 살기 좋은 아파트를 만들기 위해 노력해 주십시오. 지금까지 관리 사무소에서 말씀드렸습니다.

듣기 2

69

사회자 아파트에서 악기 연주를 해도 되는지 하면 안 되는지에 대한 토론을 진행하고 있습니다. 다음은 '조용한 아파트 만들기 모임' 대표께서 말씀해 주십시오.

토론자 1 저는 아파트에서 악기 연주를 금지해야 한다고 생각합니다. 아파트는 여러 사람들이 같이 사는 공간이기 때문에 다른 집에 소음으로 불편을 줄 수 있는 행동은 하면 안 됩니다. 예를 들어서 한밤중에 망치질을 한다든지 창문을 열어 둔 채로 음악을 크게 듣는다든지 하는 행동은 당연히 금지되어야 하는 것입니다. 악기 연주도 마찬가지입니다. 악기 연주는 실수로 나는 소음이 아니라 자기가 선택해서 하는 행동입니다. 따라서 저는 아파트에서 악기 연주를 하는 것은 옳지 않다고 봅니다.

사회자 네, 의견 잘 들었습니다. 그럼, '음악을 사랑하는 사람들의 모임' 대표께서도 말씀해 주시지요.

토론자 2 저는 아파트에서 악기 연주를 완전히 금지해서는 안 된다고 생각합니다. 아파트에 산다고 해서 개인이 하고 싶은 일을 전혀 하지 못하도록 막는 것은 옳지 않기 때문입니다. 저의 경우에는 피아노 연주하는 것이 가장 큰 즐거움입니다. 아무리 힘들고 피곤하더라도 피아노 연주를 하면 다시 힘이 납니다. 제 취미가 그림 그리는 것이 아니라 소리가 나는 피아노 연주이기 때문에 해서는 안 된다고 하는 입장은 이해가 되지 않습니다. 그럼 음악을 좋아하는 사람들은 아파트에 살 수 없다는 말입니까? 그래서 저는 아파트에서 악기 연주하는 것을 완전히 금지해서는 안 된다고 봅니다.

8과 듣기

잘 듣고 이야기해 보세요 72

남 히엔 씨, 이 집은 독특하게 생겼네요.

여 네, 베트남 전통 집 중의 하나예요.

남 왜 이렇게 높이 지었어요?

여 베트남은 날씨가 덥고 습기가 많거든요. 그래서 땅에서 올라오는 습기를 피하려고 높이 지었대요. 또 뱀 같은 동물들이 집에 들어오는 것도 막아 주고요.

남 그렇군요. 이렇게 지은 데에는 다 이유가 있네요.

듣기 1 73

남 안녕하십니까, 여러분. 오늘 발표를 맡은 마쓰모토 게이고입니다. 저는 오늘 '한국의 사투리'에 대해서 발표하겠습니다. 제가 사투리에 관심을 갖게 된 이유는 여러 한국 친구들을 사귀면서 출신 지역별로 억양과 말투, 사용하는 단어 등에 차이가 있다는 점을 알게 되었기 때문입니다.
한국에는 각 지역별로 다양한 사투리가 있습니다. 오늘은 그중에서 가장 대표적인 세 지역, 경상도, 전라도, 충청도 사투리의 특징에 대해 말씀드리고자 합니다.
먼저 부산을 비롯한 경상도 지역에서 사용되는 사투리는 억양이 매우 강하며 짧고 분명하게 말하는 특징이 있습니다. 자기가 하고 싶은 말만 간단하게 말하기 때문에 경상도 사람들이 말하면 무뚝뚝하다는 느낌을 받습니다.
다음으로 전라도 사투리는 감탄사를 많이 사용하며 표현이 다양한 편입니다. 그래서 다른 지역 말에 비해 정겨운 느낌이 듭니다. 마지막으로 충청도 사투리는 말을 끌면서 느리게 말하기 때문에 점잖게 들리며 편안하고 따뜻하게 느껴집니다. 또한 충청도 사람들은 자기 생각을 직접적으로 말하지 않는 특징이 있습니다.
이상으로 세 가지 사투리의 특징을 말씀드렸는데 어떤 친구들은 자신이 사투리를 사용하는 것에 대해 부끄럽게 생각하기도 합니다. 그렇지만 저는 그런 태도는 옳지 않다고 봅니다. 지역적 특색을 잘 살려 주는 사투리야말로 한국 사람들이 잘 보존해야 하는 흥미로운 문화 중의 하나라고 생각합니다.
지금까지 제 발표를 들어 주셔서 감사합니다.

듣기 2

질문자 1 마쓰모토 씨의 한국의 사투리에 관한 발표 아주 잘 들었습니다. 사투리가 지역별로 다르다고 말씀하셨는데 그 원인이 무엇인지 궁금합니다.

발표자 사투리가 지역별로 차이가 있는 것은 자연환경의 영향이 큽니다. 만약 어떤 지역이 산이나 강으로 막혀 있다면 그것 때문에 각 지역의 문화도 서로 달라지는데 말도 그 영향을 받아 자기 지역만의 독특한 사투리를 유지하게 되는 것입니다.

질문자 1 네, 잘 알겠습니다. 또 지역별로 억양, 말투, 사용하는 단어 등이 다르다고 하셨는데 구체적인 예를 들어 설명해 주시기 바랍니다.

발표자 구체적으로 예를 들어 보면 우리가 보통 "빨리 오세요."라고 말하는 것을 경상도 사람들은 "퍼뜩 오이소."라고 하고 전라도에서는 "빨랑 오랑게요."라고 하고 충청도에서는 "어서 와유."라고 말합니다. 이렇게 단어나 억양, 말투 등이 달라집니다.

질문자 2 충청도 사람들은 직접적으로 말하지 않는 것이 특징이라고 하셨는데 이것은 무슨 말인지 잘 이해가 되지 않습니다. 그게 무슨 뜻인지 다시 한 번 설명해 주시기 바랍니다.

발표자 네, 충청도 사람들은 말을 할 때 돌려 말한다는 뜻입니다. 자기주장을 내세우지 않고 상대방이 이해할 때까지 계속 같은 이야기를 반복하기도 합니다. 이것은 직접적으로 할 말만 하는 경상도 사람들과는 매우 다른 모습입니다.

9과 듣기

잘 듣고 이야기해 보세요

남 저는 지금 가수 강빈의 콘서트 현장에 나와 있는데요. 이곳의 열기는 정말 뜨겁습니다. 안녕하세요.

여 안녕하세요!

남 강빈 씨를 좋아하세요?

여 그럼요. 강빈 오빠 멋있잖아요. 노래도 잘하고요. 최고예요, 오빠!

남 네, 이곳에는 천오백 명이 넘는 팬들로 가득 차 있습니다. 잠시 후면 강빈 씨의 첫 번째 콘서트가 시작되는데요. 저는 콘서트가 끝난 후 강빈 씨와 인터뷰를 하도록 하겠습니다.

듣기 1

남 1 준영아, 너 지금 무슨 생각하는지 알아. 하지만 내 말 좀 들어 봐.

남 2 더 이상 너한테 들을 말 없어. 이 손 놔.

남 1 그건 정말 사고였어. 어쩔 수 없는 사고였다고. 나도 준수 형의 손을 놓치지 않으려고 끝까지 애를 썼어. 제발 내 말을 믿어 줘.

남 2 서윤아, 나보고 지금 그 말을 믿으라고? 아니, 절대로 못 믿어. 등산을 좋아하지도 않는 우리 형을 데리고 그 험한 산을 가겠다고 할 때 내가 눈치 챘어야 했어. 그때 말렸더라면 이런 일은 없었을 텐데.

남 1 아니야, 그건 오해야. 준수 형이 먼저 나한테 가자고 했어. 그렇게 못 믿겠거든 혜수한테 물어 봐. 혜수 때문에 우리 사이가 안 좋아지니까 화해하려고 형이 계획한 등산이야.

남 2 아니, 혜수가 우리 형하고 결혼하게 되니까 질투심 때문에 벌인 일이잖아. 그렇다고 어떻게 형을 죽여! 두고 봐. 서윤이 네가 우리 형을 죽였다는 것을 꼭 밝혀내고 말 거야.

듣기 2

89

진행자 안녕하세요. 오늘은 요즘 '형제'라는 드라마에서 서윤 역할을 맡아 좋은 반응을 얻고 있는 하지욱 씨를 모시겠습니다. 어서 오세요.

배우 네, 안녕하세요.

진행자 요즘 가장 주목받는 연기자로 떠오르고 계신데 그 인기를 실감하고 계신가요?

배우 아니요, 아직은 얼떨떨해서 잘 실감이 안 납니다. 거리에서 많은 분들이 알아 봐 주실 때마다 꿈만 같다는 생각을 하지요.

진행자 하하, 그러시군요. 원래 연극을 하셨던 것으로 알고 있는데 드라마 연기자로 데뷔하게 된 특별한 동기가 있으세요?

배우 대학 졸업 후에 칠팔 년 연극 작품에 출연하며 활동을 했는데 그리 인기를 얻지 못했어요. 다른 일을 했더라면 하고 후회한 적도 많고요. 그러다가 우연히 아는 선배가 추천해 줘서 드라마에 출연하게 됐습니다.

진행자 이번에 맡은 서윤이라는 역은 사랑하는 여자를 차지하려고 친구의 형을 죽이고 또 계속 거짓말을 하는 그런 역할인데 실제 성격도 그렇습니까?

배우 제가요? 아닙니다. 오히려 자기주장을 강하게 못하고 주변 사람들의 의견을 많이 듣는 편이지요.

진행자 혹시 다음 드라마에서 꼭 해 보고 싶은 역할이 있습니까?

배우 다음에는 멜로드라마의 착한 남자 주인공 역할을 꼭 해 보고 싶은데요. 이번 작품에서 이미지가 강해서 좀 다른 역할을 해 보고 싶습니다.

진행자 네, 오늘은 요즘 가장 주목 받는 배우 하지욱 씨와 함께 인터뷰를 했는데요. 앞으로도 좋은 작품 활동 기대하겠습니다. 나와 주셔서 감사합니다.

과제 도움말 課堂活動說明

1과

1. **적성에 맞는 직업을 알아보는 그룹 활동이다.**
   透過團體活動，找尋適合自我性向的職業。
2. **준비물** 準備物品
   활동지(직업표, 직업 유형 분석표)
   活動學習單（職業表、職業類型分析表）
3. **활동 시 주의 사항** 活動注意事項
   1) 직업표를 보고 자기가 좋아하는 직업을 있는 대로 고르고 그 이유에 대해 설명하도록 한다. 학생들의 수준에 따라 싫어하는 직업을 말해 보게 해도 좋다.
      參照職業表，讓學生從中挑選出自己喜歡的工作，並說明理由。依據學生能力水準的不同，亦可試著讓學生述說自己討厭的職業。
   2) 직업의 유형별 특징을 읽고 자기 적성과 잘 맞는지 친구들과 이야기하게 한다.
      讓學生閱讀各類型職業的特徵，並試著和朋友說說看是否符合自我性向。
   3) 시간 여유가 있을 경우에는 자기의 적성과 직업 유형에 대해 간단히 발표해 보도록 한다. 當時間充裕時，簡單使學生就自我性向與職業類型來進行報告。

2과

1. **카드에 쓰여 있는 상황과 증상을 연결하여 말하는 게임이다.**
   透過遊戲，練習連結並述說寫在卡片上的情境與症狀。
2. **준비물** 準備物品
   활동지(초록색 상황 카드, 하늘색 증상 카드)
   活動學習單（綠色情境卡、藍色症狀卡）
3. **활동 시 주의 사항** 活動注意事項
   1) 4~5명으로 이루어지게 팀을 나눈다.
      分組，每組由 4~5 人組成。
   2) 한 명당 1~2장의 빈 상황 카드를 나누어 주고 빈칸에 병에 걸리거나 아플 수 있는 여러 가지 재미있는 상황을 쓰게 한다.
      發給每個人 1~2 張空白情境卡，讓學生在空格中填上各種生病或可能不舒服的有趣情境。
   3) [활동지]에 제시된 상황 카드와 학생들이 쓴 상황 카드를 섞는다.
      將「活動學習單」上的情境卡與學生自己所寫情境卡弄混。
   4) 상황 카드와 [활동지]에 제시된 증상 카드를 내용이 보이지 않도록 뒤집어 놓는다.
      將情境卡與「活動學習單」上的症狀卡翻面放置，避免學生看到卡片內容。
   5) 한 사람씩 돌아가면서 상황 카드와 증상 카드를 한 장씩 뒤집고 각 상황과 증상을 연결해서 알맞게 말하게 한다.
      讓每個學生輪流翻開情境卡與症狀卡，並讓他們正確將各情境與症狀進行連結並陳述。
   6) 상황과 증상을 잘 연결하여 말한 사람은 그 상황 카드를 가지고, 상황과 증상이 서로 맞지 않아 말하지 못한 사람은 다시 상황 카드를 내려놓게 한다.
      正確將情境與症狀連結並陳述的人可帶走該情境卡，因情境與症狀不符而無法進行陳述之人則需再次將情境卡放回原位。
   7) 상황 카드를 가장 많이 가진 사람이 이긴다.
      擁有最多張情境卡的人獲勝。

3과

1. **체육 대회를 준비하기 위해 토의하는 활동이다.**
   藉由準備體育大會，來進行討論的活動。
2. **활동 시 주의 사항** 活動注意事項
   1) 반 학생 수에 따라 3~4명씩 팀을 구성하게 한다.
      評估班上學生人數，每組由 3~4 人組成。
   2) 체육 대회 준비에 필요한 항목을 정하도록 한다.
      讓學生擬定準備體育大會時的必要項目。
   3) 팀 별로 정한 항목에 대해 15~20분 정도 토의하게 한다.
      讓各組就自身所擬定的項目來討論，時間約 15~20 分鐘。
   4) 토의한 내용을 정리하여 발표하게 한다.
      讓學生彙整討論後的內容並報告。
   5) 수업 여건에 따라 체육 대회를 직접 해 봐도 좋다.
      評估課程條件，亦可實際辦理體育大會。

4과

1. **남자와 여자가 차이가 있는지 없는지에 대해 토론하는 활동이다.**
   就男女之間是否存有差異來進行討論的活動。
2. **활동 시 주의 사항** 活動注意事項
   1) 먼저 설문을 하면서 남자와 여자의 특징에 대해 생각해 보게 한다.
      首先透過問卷讓學生思考一下男女的特徵。
   2) 남자와 여자가 능력에 차이가 있다고 생각하는지, 있다면 그 이유는 무엇인지 생각해 보게 한다.
      讓學生思考男女在能力上有無差異，如果認為有的話，讓他們想想看原因是什麼？
   3) 남자와 여자가 잘할 수 있는 직업이 같다고 생각하는 사람 2~3명과 다르다고 생각하는 사람 2~3명을 한 팀으로 구성하여 서로 토론하는 활동을 하게 한다.
      將 2~3 位認為男女擅長工作是一樣的學生，與 2~3 位認為男女擅長工作是不一樣的學生編成同一組，讓他們互相來進行討論。

5과

1. **속담이나 관용어를 알아맞히는 퀴즈를 하는 활동이다.**
   透過猜謎活動來猜猜看正確的俗語或慣用語。
2. **준비물** 準備物品
   활동지(속담과 관용어 카드)
   活動學習單（俗語與慣用語卡）
3. **활동 시 주의 사항** 活動注意事項
   1) 4~5명으로 이루어지게 2~3팀으로 나눈다.
      分成 2~3 組，每組由 4~5 人組成。
   2) 각 팀마다 앞에 나와서 설명할 팀원의 순서를 정하게 한다.
      引導學生決定各組要到臺前負責解說的組員順序。
   3) 팀 순서를 정하고 팀마다 순서대로 나와서 퀴즈를 진행하게 한다.
      決定各組順序，並請各組依序到臺前來進行猜謎遊戲。

4) 다른 팀원들은 속담과 관용어 활동지를 볼 수 없고 설명하는 순서인 팀원만 앞에 나와 카드를 보고 설명하게 한다.
同組的其他組員不可偷看「俗語與慣用語活動學習單」，只有負責說明的組員可以看卡並進行講述。
5) 설명하는 팀원은 해당하는 속담과 관용어를 말할 수 없고 그 속담이나 관용어에 맞는 상황을 만들어 설명하게 한다.
負責說明的組員不可直接說出該俗語或慣用語，僅可描述符合該俗語或慣用語的狀況。
6) 다른 팀원들은 설명을 듣고 그에 맞는 속담이나 관용어를 말하게 한다.
其他組員聽完敘述之後，正確說出符合組員敘述的俗語或慣用語。
7) 정해진 시간 안에 속담과 관용어를 가장 많이 맞힌 팀이 우승한다. 시간은 학생들의 수준이나 분위기에 맞게 교사가 조절한다.
在規定時間內猜出最多俗語及慣用語的隊伍獲勝。教師可依學生的能力與活動氣氛來決定時間長短。

6과

1. **'경기 아리랑'을 개사하여 직접 공연하는 활동이다.**
改編「京畿阿里郎」來進行表演的活動。
2 **활동 시 주의 사항** 活動注意事項
1) 학생들에게 '경기 아리랑'을 들려주어 곡에 익숙해지게 한다.
讓學生聆聽「京畿阿里郎」以熟悉曲子。
2) 2명씩 팀을 만들어 '아리랑' 가사를 바꾸게 한다.
兩人一組，讓學生改寫「阿里郎」歌詞。
3) '아리랑'의 가사를 바꿀 때는 전통 민요라서 진지하거나 무거워야 한다는 부담감을 갖지 않도록 재미있는 여러 가지 경우를 생각해 보게 한다.
改寫「阿里郎」歌詞的時候，讓學生不要因為是傳統歌謠，而有歌詞必須要寫得真摯、謹慎的負擔，可以引導學生多方思考各種有趣的情境。
4) 개사 후 돌아가면서 새롭게 만든 아리랑을 직접 불러 보게 한다.
更改歌詞之後讓學生輪流唱頌重新改編的阿里郎。
5) 노래를 들은 후 다른 팀의 노래를 평가하게 한다.
讓學生聽完別組的歌曲後予以評價。

7과

1. **주제를 정하고 그에 대해 의견을 말하는 활동이다.**
選擇主題並述說自我意見的活動。
2. **활동 시 주의 사항** 活動注意事項
1) 학생들에게 문제가 되는 상황을 이해하게 한다.
讓學生瞭解各個可能會成為問題的狀況。
2) 네 가지 상황 중에 이야기하고 싶은 상황을 고르게 한 후 같은 상황을 고른 학생끼리 팀을 만들어 앉게 한다.
從四種狀況中挑選出自己想要述說的主題後，與挑選同樣主題的學生共同組隊並坐在一起。
3) 팀 별로 고른 상황에 대해 의견을 말하게 한 후 정리하게 한다.
各組成員就挑選的主題來陳述自我意見後，進行彙整。

4) 팀 별로 정리한 의견을 발표하게 한다.
各組報告彙整後的意見。

8과

1. **자기 나라의 흥미로운 문화에 대해 조사하여 발표문을 작성하고 발표하는 활동이다.**
調查自己國家有趣的文化，撰寫報告並發表的活動。
2. **활동 시 주의 사항**
活動注意事項
1) 학생들이 자기 나라의 독특한 문화에 대해 소개하고 싶은 주제를 생각하게 한다.
讓學生思考想介紹自己國家的哪一項獨特文化。
2) 친구들에게 자기 주제를 소개하고 어떤 내용을 알고 싶은지 조언을 듣도록 한다.
讓學生向其他人介紹自己的主題，同時詢問同學想知道些什麼內容。
3) 들은 조언을 바탕으로 발표할 내용을 정리하게 한다.
參考同學意見，彙整要報告的內容。
4) 발표문을 작성하고 발표하게 한다. 필요한 경우 시각 자료를 준비하여 보여 줄 수 있게 한다.
撰寫報告並發表，必要時亦可準備視聽資料讓同學觀看。
5) 발표문을 듣고 내용을 잘 이해하고 궁금한 점에 대해 더 질문하도록 한다.
同學聆聽完報告並清楚理解內容後，讓他們就想進一步瞭解的部分進行提問。

9과

1. **좋아하는 유명인에 대해 정보를 찾아보고 소개하는 활동이다.**
搜尋自己喜歡的名人資訊並進行介紹的活動。
2. **활동 시 주의 사항**
活動注意事項
1) 학생들이 가장 관심 있는 유명인에 대해 생각하게 하고 자세한 정보를 인터넷 등을 통해 찾아보게 한다.
讓學生想想自己最有興趣的名人是誰，再讓他們透過網路等管道來搜尋詳細的資訊。
2) 그 사람의 대표 작품, 영화, 책, 드라마, 노래 등을 정리하게 한다.
讓學生彙整那位名人的代表作品、電影、書、電視劇與歌曲等。
3) 그 내용을 친구와 같이 두세 번 정도 반복하여 이야기하게 한다. 이야기하는 상대를 바꿔서 내용 설명을 능숙하게 할 수 있게 한다.
讓學生與同學一起將內容反覆述說兩到三次，並替換陳述對象使學生可以熟悉內容說明。
4) 한두 명 정도 발표하여 수업을 정리하도록 한다.
讓 1~2 位學生上台發表，並完成課程。

모범 답안 標準答案

1과

듣고 말하기

1. 1) ② 2) ③ 3) 신문방송학과
2. 1) 학점이 나쁩니다.
   2) 동아리 활동 때문에
   3) ① 강한 ② 잘하는 ③ 그만두고
   4) 동아리 일을 좀 줄이고 공부 시간을 늘리면 좋겠다고 조언했습니다.
   5)

조언을 구할 때	조언을 할 때
☑ ~어서 큰일[걱정, 고민]이에요	☑ 지금부터 ~으면 돼요
☐ 어떻게 ~는 게 좋을까요?	☑ ~다 보면 ~을 거예요
☑ 어떻게 ~어야 할지 모르겠어요	☐ ~는 대로 ~어 보세요
	☑ ~으면 어떨까요?

읽고 쓰기

1) 어떤 직업을 선택하면 좋을지 고민하고 있습니다.

2) 성격이 활발하고 사교적입니다.

3)

여행사 직원 — 여행 상품을 기획한다.
여행 가이드 — 직접 여행객을 도와준다.
항공기 승무원 — 비행기 안에서 승객을 도와준다.
항공사 직원 — 공항에서 일을 한다.

4) 학생의 성격과 적성에 잘 맞을 것 같아서

2과

듣고 말하기

1. 1) ① 2) ①, ②
2. 1) 높은 데에 올라가면 긴장이 되기 때문에
   2) ②
   3)

정도를 설명할 때	반복되는 상황을 설명할 때
☑ 어찌나 ~는지	☐ ~만 되면
☐ ~보다 더[덜]	☑ ~만 ~으면
☑ ~을 정도로	☑ ~을 때마다
	☐ ~기만 하면

읽고 쓰기

1) ☑ 발목을 삐었을 때의 치료법

2)

정형외과	엑스레이 검사, 붕대, 깁스
한의원	침, 얼음찜질, 한약
민간요법	감자, 생강, 밀가루

3)

엑스레이 검사를 한다. — 뼈가 부러졌는지 확인한다.
깁스를 한다. — 발목을 움직이지 않게 한다.
얼음찜질을 한다. — 부어 있는 곳을 치료한다.
밀가루 반죽을 붙인다. — 멍을 빨리 사라지게 한다.

3과

듣고 말하기

1. 1) 마지막 순간에 다른 선수와 부딪히는 바람에

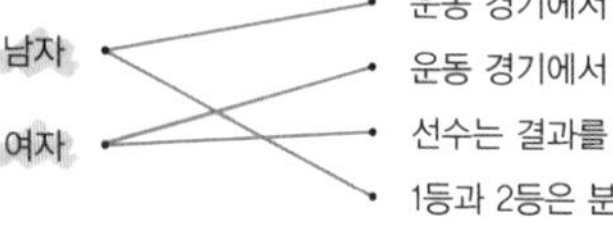

2. 1)

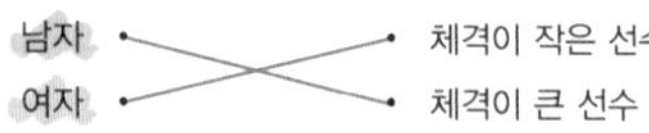

   2) 체격이 작은 선수
   3) 남자 : 힘 여자 : 기술
   4)

결과를 확신할 때	상대방의 예상에 반대할 때
☑ ~으나 마나	☑ 그건 모르는 일이야
☑ 당연히 ~을 거야	☐ 그렇지 않을걸
☐ ~을 게 확실해	☑ 두고 봐야지
☑ ~을 게 틀림없어	☑ 무슨 소리야?

읽고 쓰기

1) ☑ 풋살에 대한 설명

2) ① 실내에서 하는 축구
   ② 5명의 선수, 전반전과 후반전 각각 20분씩
   ③ 축구 경기와 비슷한데 공을 발로 차서

상대편 골문에 넣습니다.

④ 아무 데서나 쉽게 할 수 있고 경기 진행이 빠른 것이 장점입니다.

3)

	풋살	축구
인원	5명	11명
경기장과 공의 크기	축구에 비해 작다	크다
경기 장소	실내, 실외	실외
경기 시간	전후반 20분씩	전후반 45분씩
경기 방법	축구 경기와 비슷하다.	공을 발로 차서 골문에 넣으면 이긴다.

4 과

듣고 말하기

1. 1) ①　　2) ①

2. 1) ③

2) ① 비싼　2) ② 가고 싶어하지 않는다

③ 쓰는

3) 계획성이 없는 성격

4)

부정적 결과를 예상할 때	상대방에게 불만을 표현할 때
☑ ~다가는	☑ ~는 거 아냐?
☑ ~기는커녕	☑ 왜 그래, 또?
☑ ~을 게 뻔해	☑ 어떻게 ~니/냐?
☐ ~기는 틀렸다	☐ ~는다는 게 말이 되니/되냐?

읽고 쓰기

1) ① 남녀 대학생

② 여자 : 평균 9분 56초　　남자 : 평균 13분 52호

③ 여자 : 침착하게 해 냈습니다.

남자 : 당황스러워하면서 허둥댔습니다.

2) 남녀 대학생을 대상으로 10분 안에 8가지 일을 마치는 것에 대한 실험을 했습니다. 실험 결과 여자들은 동시에 여러 가지 일을 해 내는 능력이 뛰어난 반면에 남자들은 그런 능력이 여자에 비해 뒤떨어진다는 것을 알 수 있었습니다. 그러므로 여자에게 일을 줄 때는 한꺼번에 여러 가지 일을 주어도 되지만 남자에게 일을 줄 때는 한 가지 일이 끝나면 다음 일을 주는 것이 더 좋습니다.

5 과

듣고 말하기

1. 1) 자신의 남자 친구와 제일 친한 친구가 사귀게 되었습니다.

2) ②

2. 1) ②

2) ② 박사 과정 입학 원서 쓰기

③ 친구들 여행 안내하기

3) ②

4)

인용할 때	위로할 때
☑ ~는다더니	☑ 어떡해요
☐ ~는다고	☑ 저런
☑ ~는다고 하잖아요 [는다잖아요]	☐ 안됐네요
☐ ~는다는 말이 있잖아요	

읽고 쓰기

1) ① 살 수 없을 것입니다.

② 돈을 모아서 어려운 이웃을 도와주려고

③ 연인 사이일 것 같습니다.

2) ① 가 서울에서 집을 사는 것은 하늘에 있는 별을 따는 것처럼 힘든 일이다.

② 나 작은 티끌을 모으면 큰 산이 될 수 있는 것처럼 적은 돈을 모아서 이웃을 돕는 일을 할 수 있었다.

③ 다 불을 피워야 연기가 나는 것처럼 이유가 있었기 때문에 스캔들이 생겼을 것이다.

6과

듣고 말하기

1. 1) 누구나 참가할 수 있습니다.
   2) ①, ②
2. 1) ①, ③
   2) 궁중 음악, 부채춤, 판소리, 사물놀이
   3)

소개할 때	평가할 때
☑ ~었는데	☑ ~이야말로
☐ ~이라는	☑ 최고의
☑ 말로만 듣던	☑ ~을 만해요
☑ 첫 번째 / 그다음 / 마지막	☐ 여간 ~는 게 아니에요

읽고 쓰기

1) ① 2) ②

3) 경기 아리랑, 진도 아리랑, 밀양 아리랑, 정선 아리랑

7과

듣고 말하기

1. 1) 이웃집의 소음 때문에 항의가 있었습니다.
   2) ③
2. 1) 여러 사람이 사는 공간이
   2) 개인이 하고 싶은 일을 막는 것은 옳지 않
   3) 한밤중에 망치질하기, 창문을 열어 둔 채로 음악을 크게 듣기
   4) 소리가 나는 취미를 할 수 없도록 하는 일
   5)

의견을 제시할 때	예를 들어 설명할 때
☐ 제가 생각하기에는[보기에는]	☑ 예를 들면[예를 들어서]
☐ 제 생각에는	☑ 저의 경우에는
☑ 저는 ~는다고 봅니다	☐ 구체적으로 말하면
☑ 저는 ~는다고 생각합니다	

읽고 쓰기

1) 깨끗한 상영관을 만들자고 건의하고 있습니다.

2) ① 영화에 집중할 수가 없습니다
   ② 극장 안이 더러워집니다

3) 여러 상영관 중 하나를 음식을 가지고 갈 수 없는 '깨끗한 상영관'으로 지정하는 것입니다.

8과

듣고 말하기

1. 1) 한국의 사투리 2) 출신 지역별
   3) 강하며 4) 다양한
   5) 점잖게, 직접적으로
2. 1) 지역의 문화가 달라
   2) 경상도, 전라도, 충청도
   3) 돌려 말한다
   4)

질문할 때	답변할 때
☑ ~는다고 말씀하셨는데	☐ 이미 말씀드린 대로
☑ 저는 잘 이해가 안 되는데 다시 한 번 설명해 주시기 바랍니다	☑ 구체적으로 예를 들어 보면
☑ 그 원인이 무엇인지 궁금합니다	☑ ~는다는 뜻입니다
☑ 구체적인 예를 들어 설명해 주십시오	☐ ~는 것으로 알고 있습니다

읽고 쓰기

1) 현대인 : 부모가 중심이 되어 자식과 함께 가정을 이룹니다.
   모소족 : 할머니를 중심으로 가족을 구성합니다.

2) **모소족**

사는 곳 : 중국 남서부 로고호 주변.

가족 구성원 : 할머니, 어머니, 이모, 손녀, 외삼촌, 외손자.

아이의 성과 재산 : 어머니의 성을 따르고 재산은 딸에게 물려준다.

결혼 제도 : 결혼 제도가 없다.

여자가 주로 하는 일 : 농사일, 집안일, 아이들을 키우고 교육시킨다.

남자가 주로 하는 일 : 경제적 책임이나 자식을 키울 의무가 없다. 산에서 야크를 치거나 말을 타고 돌아다니면서 물건을 가져다가 팔고 생활에 필요한 물건을 사다가 가족에게 준다.

9 과

듣고 말하기

1.

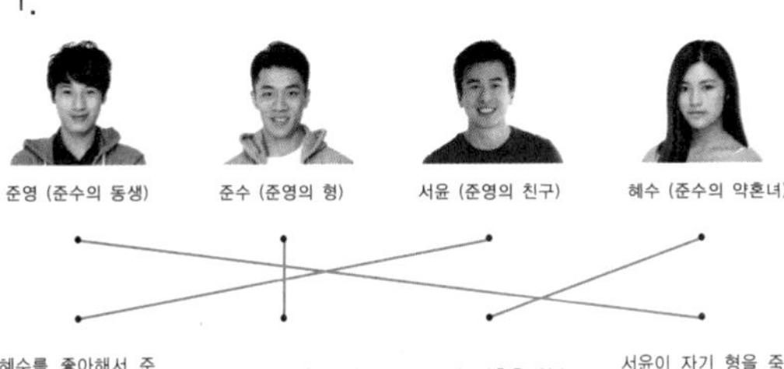

2. 1) 아는 선배가 추천해 줌.

자기주장을 강하게 못 하고 주변 사람의 의견을 많이 들음.

멜로드라마의 착한 남자 주인공.

2)

인터뷰에서 질문할 때

- [V] ~은가요/나요?
- [ ] ~는다면서요?
- [V] ~게 된 동기가 있습니까?
- [ ] ~에 대해 말씀해 주시기 바랍니다

인터뷰에서 대답할 때

- [V] ~는다는 생각을 합니다
- [V] ~는 편입니다
- [V] ~게 되었습니다
- [V] ~어 보고 싶습니다

읽고 쓰기

1) 〈널 못 만났더라면〉 : 소설 '가족'을 원작으로 만든 드라마.

〈도전 퀴즈〉 : 다양한 퀴즈 문제를 풀어 일등에게 상금을 주는 프로그램.

2. 〈널 못 만났더라면〉

① 오주희 작가의 소설 '가족'

② 주변에서 흔히 볼 수 있는 평범한 가족의 일상을 보여 주기 때문입니다.

③ 80대 노부부, 아들 4형제, 손자와 손녀

④ 배우들의 연기가 뛰어나 드라마의 수준을 높였다는 평가를 받고 있습니다.

〈도전 퀴즈〉

① 5천만 원의 상금을 줍니다.

② 등록금을 준비하거나 가족과 여행을 계획하고 있거나 부모님께 효도 관광을 보내 주고 싶어서 등 다양한 이유로 출연합니다.

③ 출연자들이 은근히 강한 승부욕을 보여 주기 때문입니다.

④ 출연자들이 놓친 문제를 전화로 참여할 수 있습니다.

어휘 색인 單字索引

ㄱ

ㅅ

ㅇ

ㅈ

執筆

崔銀圭
首爾大學國語國文學系博士
首爾大學語言教育院韓國語教育中心待遇副教授

吳美南
中央大學文學創作學碩士
首爾大學語言教育院韓國語教育中心待遇專任講師

劉載善
延世大學對外韓國語教育碩士
首爾大學語言教育院韓國語教育中心待遇專任講師

河信永
首爾大學國語國文學系博士
仁川大學語國文學系客座教授

翻譯

Robert Carrubba
首爾大學韓國語教育學系博士生
韓國語教育者及翻譯

翻譯監修

李素英
梨花女子大學教育工學系博士生
首爾大學語言教育院韓國語教育中心待遇專任講師

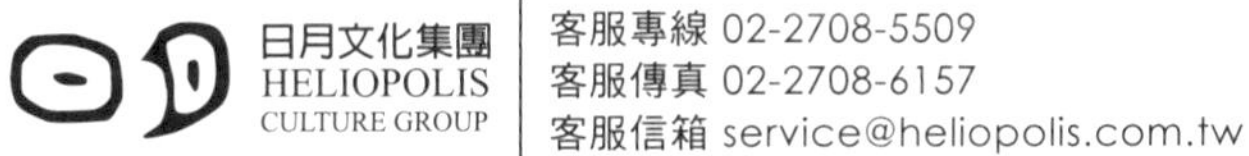

客服專線 02-2708-5509
客服傳真 02-2708-6157
客服信箱 service@heliopolis.com.tw

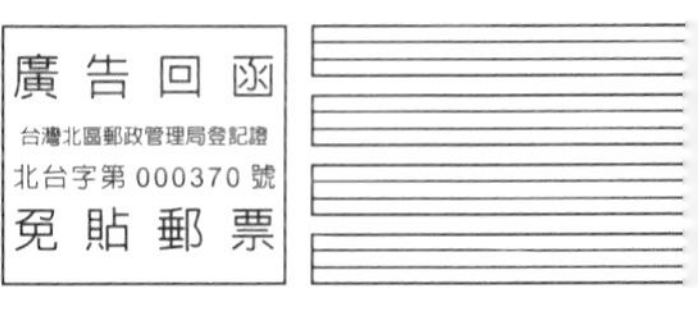

日月文化集團 讀者服務部 收

10658 台北市信義路三段151號8樓

對折黏貼後，即可直接郵寄

日月文化網址：**www.heliopolis.com.tw**

最新消息、活動，請參考 FB 粉絲團

大量訂購，另有折扣優惠，請洽客服中心（詳見本頁上方所示連絡方式）。

日月文化

EZ TALK

EZ Japan

EZ Korea

大好書屋・寶鼎出版・山岳文化・洪圖出版 EZ叢書館 EZKorea EZTALK EZJapan

感謝您購買 首爾大學韓國語 4A

為提供完整服務與快速資訊，請詳細填寫以下資料，傳真至02-2708-6157或免貼郵票寄回，我們將不定期提供您最新資訊及最新優惠。

1. 姓名：＿＿＿＿＿＿ 性別：□男 □女
2. 生日：＿＿年＿＿月＿＿日 職業：
3. 電話：（請務必填寫一種聯絡方式）
（日）＿＿＿＿ （夜）＿＿＿＿ （手機）＿＿＿＿
4. 地址：□□□＿＿＿＿＿＿
5. 電子信箱：＿＿＿＿＿＿
6. 您從何處購買此書？□＿＿＿＿ 縣/市＿＿＿＿ 書店/量販超商
□＿＿＿＿ 網路書店 □書展 □郵購 □其他
7. 您何時購買此書？ 年 月 日
8. 您購買此書的原因：（可複選）
□對書的主題有興趣 □作者 □出版社 □工作所需 □生活所需
□資訊豐富 □價格合理（若不合理，您覺得合理價格應為＿＿＿＿）
□封面/版面編排 □其他＿＿＿＿
9. 您從何處得知這本書的消息： □書店 □網路／電子報 □量販超商 □報紙
□雜誌 □廣播 □電視 □他人推薦 □其他
10. 您對本書的評價：（1.非常滿意 2.滿意 3.普通 4.不滿意 5.非常不滿意）
書名＿＿ 內容＿＿ 封面設計＿＿ 版面編排＿＿ 文/譯筆＿＿
11. 您通常以何種方式購書？□書店 □網路 □傳真訂購 □郵政劃撥 □其他
12. 您最喜歡在何處買書？
□＿＿＿＿ 縣/市＿＿＿＿ 書店/量販超商 □網路書店
13. 您希望我們未來出版何種主題的書？＿＿＿＿
14. 您認為本書還須改進的地方？提供我們的建議？